# Tod à la Provence

Andreas Heineke ist Journalist, Regisseur und Filmemacher. Er arbeitet seit fast dreißig Jahren in den Medien, unter anderem für den NDR, die ARD, das ZDF und das Schweizer Fernsehen. Außerdem arbeitete er viele Jahre für ein Kochformat im ZDF. 2012 veröffentlichte er seinen ersten Provence-Roman und in den folgenden Jahren mehrere Sachbücher zu unterschiedlichen Themen. »Tod à la Provence« ist sein erster Krimi. Wenn er nicht gerade auf ausgedehnter Rerchercheise in einem provenzalischen Restaurant sitzt, lebt er mit seiner Tochter und seiner Frau in der Nähe von Hamburg.

ANDREAS HEINEKE

# Tod à la Provence

KRIMINALROMAN

emons:

© Emons Verlag GmbH
Cäcilienstraße 48, 50667 Köln
info@emons-verlag.de
Alle Rechte vorbehalten
Umschlagmotiv: iStockphoto.com/Tree4Two
Umschlaggestaltung: Nina Schäfer, nach einem Konzept
von Leonardo Magrelli und Nina Schäfer
Gestaltung Innenteil: César Satz & Grafik GmbH, Köln
Lektorat: Susann Säuberlich, Neubiberg
Druck und Bindung: sourc-e GmbH, Köln
Printed in Europe 2025
Erstausgabe 2017
ISBN 978-3-7408-0059-8
6. Auflage

Unser Newsletter informiert Sie
regelmäßig über Neues von emons:
Kostenlos bestellen unter
www.emons-verlag.de

Dieser Roman wurde vermittelt durch die
Verlagsagentur Lianne Kolf, München.

Für meine geliebte Familie, insbesondere für meine Frau Marga und meine Tochter Lucie, sowie für meinen Freund Christian. Jeder hat mich auf seine Weise unterstützt und inspiriert.

# Prolog

Bill legte seine braun gebrannte Hand auf den Gasknüppel seiner Yacht und schob ihn behutsam nach vorn. Der Motor wurde für ein paar Sekunden lauter, eine fast senkrecht aufsteigende, kaum sichtbare Rauchfahne zog über den Hafen von Saint-Tropez.

Angel und Victoria lächelten sich an und prosteten sich auf der schneeweißen Lederrückbank mit Dom Pérignon zu. Vor ihnen auf dem weißen Tisch stand ein Weinkühler, der die Magnum-Flasche kalt halten sollte. Die Gläser waren beschlagen, Bläschen stiegen auf und zerplatzten an der Oberfläche.

Die Sonne hatte den Mädchen eine gesunde Braune verliehen, in ihre durchtrainierten Körper hatten sie viel Geld und Arbeit investiert. Vor allem unter den BHs und an den flachen Bäuchen sah man das Ergebnis. Angel trug einen blauen Bikini mit weißen Sternen, Victoria einen rot-weiß gestreiften. Wenn sie ihre Hintern aneinander hielten, war die amerikanische Flagge in Apfelform zu erkennen. Beim Ablegemanöver drückten sie ihre Rücken durch, ihre Brüste kamen dann noch besser zur Geltung. Eine antrainierte Bewegung, die ihre Wirkung noch nie verfehlt hatte.

Der ältere Herr mit dem grauen Haar und der weißen Leinenhose stand am Hafen und winkte der kleinen Reisegruppe freundlich zu. Er lächelte, und seine Lippen formten die Worte »Bon Voyage«. Gerade eben war er selbst noch auf der Yacht gewesen und hatte in den Augen von Angel und Victoria ein viel zu langes, unglaublich langweiliges Gespräch mit Bill über Immobilien geführt. Am Ende war die Atmosphäre gelöst gewesen, Bill war in Hochstimmung geraten und hatte mit dem Mann noch ein Glas Rotwein getrunken, irgendeinen Lafite-Rothschild – bei der Hitze.

Angel und Victoria wussten, dass die Fahrt nicht lange dauern würde, nur raus aufs Meer, in Sichtweite des Hafens von Saint-Tropez. Der Anblick der schönen Häuser und der Yachten der Konkurrenz versetzte Bill in Bestlaune. Es ging ihm nie ums Fahren, der Auftritt war entscheidend, man musste gut aussehen, wenn man etwas Spektakuläres tat, das war schon immer sein Motto gewesen, und damit war er weit gekommen und sehr reich geworden.

Er war doppelt so alt wie die beiden jungen Damen, die in gekonnter Pose ihren Kopf in den Nacken gelegt hatten und um die Wette kicherten, aber er war in bester körperlicher Verfassung. Das betonte er stets gern, wenn er mit geschickten Händen ihre BHs öffnete und mit einem Lächeln seine Finger unter ihre Röcke schob. Dann rochen sie sein teures Parfüm. Seine trainierten braunen Arme fassten um ihre Taillen, und es endete dort, wo es immer endete – in der mit Tropenholz getäfelten Kajüte, im extra ausladenden Designerbett. Nachts feierten sie ihre kleinen Tête-à-Têtes an Deck, ebenfalls gut sichtbar für die anderen Yachtbesitzer mit ganz ähnlichen Interessen.

Heute befand sich noch eine weitere Frau an Bord, Valencia. Ihr Job war es, auf das Kind aufzupassen. Jack. Er war gerade drei Jahre alt. Schon jetzt liebte er die Geschwindigkeit der Yacht, das Gefühl, wie sich sein Polohemd aufblähte, wenn Papa den Hebel nach vorn drückte, bis er am Anschlag war, und ihm seine langen blonden Haare ins Gesicht flogen. Er lachte dann immer.

Mit seiner orangen Schwimmweste saß er eng neben Valencia, während die Yacht aus der Hafenanlage auf das blaue Mittelmeer hinaussteuerte. Eine Brise wehte, in der Ferne bildeten sich Schaumkronen.

Dann kam der schönste Moment. Bill drückte den Hebel noch weiter herunter, und der Motor katapultierte den Bug des Bootes aus dem Meer. Ein lautes Brummen machte Gespräche jetzt unmöglich.

Ein Lächeln umspielte Bills Lippen. Er rückte seine Gucci-Sonnenbrille zurecht. Nach zehn Minuten hatten sie die Bucht von Saint-Tropez verlassen, die anderen Yachten fuhren Richtung Nizza oder lagen träge vor Anker, die Badeleitern ausgeklappt.

Bill nickte Valencia zu, die mit dem kleinen Jack zum Bug des Bootes gegangen war. Jacks Lieblingsplatz, hier konnte er stundenlang sitzen, die Beine über die Reling hängen lassen, Fische beobachten, ins Meer spucken und »Ich sehe was, was du nicht siehst« mit Valencia spielen. Sein Vater war in der Kajüte verschwunden, er hatte die beiden kieksenden Mädchen an der Hand hinuntergeführt. Das Kind freute sich darüber. Papa ging es gut, das wollte er auch Mama sagen, wenn sie mal wieder anrief.

Auf dem weißen Bett hatte Bill es sich gemütlich gemacht. Große Spiegel an den Wänden, überall Leder, ein Fernseher stand auf der Kommode. Hier konnte er sich auf dem Sportkanal die spektakulärsten Golfspiele der Welt ansehen.

Er leerte sein Glas, woraufhin Victoria ihm den Champagner direkt aus der Flasche in den Mund laufen ließ. Die Hälfte ging daneben und landete auf dem Laken. Angel ließ lasziv ihr Bikini-Oberteil zu Boden gleiten, doch Bill sah zwei Angels, beide nackt, die stöhnten, ohne dass er sie berührt hatte. Er wirkte plötzlich hilflos, wie er seine Hand ins Nichts streckte. Die Perspektive hatte sich in Sekundenschnelle vor seinen Augen verschoben. Bill rieb sie sich zunächst, fast belustigt über die Wirkung des Champagners.

»Bill«, sagte Victoria und stellte die Flasche auf den silbernen Nachtschrank. Sie schien jetzt irgendwo ganz weit hinten zu stehen, draußen auf dem Meer, da wo Meer und Himmel aufeinandertreffen.

»Komm her«, sagte er, während er seine Hose auszog. »Gib mir mehr Champagner«, raunte er Angel zu, »mein Mund ist so trocken.«

Victoria lächelte, nein, sie lachte.

»Mein Job. Es gibt aber etwas, was ich noch besser kann.« Während sie das sagte, öffnete Angel ihren BH. Victoria schüttelte sich vor Lachen, die strohblonden Haare fielen ihr über ihre nackten Brüste.

Nahtlos braun, wollte Bill sagen, aber es drang nur ein trockener Husten aus ihm heraus.

»Alles okay mit dir? Fühlt sich jedenfalls alles richtig an.« Angel kicherte, während sie sich von ihrer Feststellung mit den Fingern überzeugte.

»Was sind das für Wellen?« Bill hielt sich am Bett fest, seine Pupillen waren geweitet. Er starrte die Mädchen wie ein Fisch aus dem Aquarium an. Das Meer war vollkommen ruhig.

»Wasser«, stöhnte er. »Und was macht Jack hier?«

Angel blickte sich verwirrt um. »Jack? Bill, dein Sohn ist an Deck. Was ist los?«

»Mein Herz.« Bill spürte, wie der Schlag seines Herzens immer mehr an Tempo zunahm. Immer schneller, immer schneller, wie der Geschwindigkeitsanzeiger auf seiner Motoryacht. Er hob ab. Von oben sah er, wie Victoria und Angel nackt umschlungen zu ihm aufschauten, wollte nur diesen Kloß im Mund herunterschlucken, glaubte, es war Speichel, doch es fühlte sich wie Watte an, die seine Kehle verschloss.

Er würgte, es war ein trockenes, ein abgehacktes Würgen, und versuchte, den Kopf zu heben, doch eine Art Lähmung im Halswirbel machte jede Bewegung unmöglich. Bin ich auf dem Weg, ein Pflegefall zu werden?

Bill begann, sich über seine eigenen Gedanken zu wundern, die sich zu verselbstständigen schienen. Er sah ein Schloss mit einer gigantisch großen Eingangstür, versuchte sie zu öffnen, doch die Klinke ließ sich nicht bewegen, also drehte er sich wieder um und schaute in die Richtung, in der der Vorgarten des Schlosses gewesen war. Dort befand sich aber jetzt ein Golfplatz.

Bill kämpfte gegen die Müdigkeit an, die seine Gedanken immer langsamer werden ließ, denn er wollte noch sehen, was als Nächstes Verrücktes passierte. Er hatte sein Leben lang Angst gehabt, irgendetwas zu verpassen, und so war es auch in dieser Minute. Er wollte noch zu Ende schauen, was seine Phantasie für ihn bereithielt.

Und es lohnte sich. Er sah sich selbst, wie er mit einem Jahrhundertschlag einen Golfball mit seinem Schläger traf, wie er mit seinem gesamten Körper elegant nachfederte und der weiße Ball in den blauen Himmel tauchte und schließlich verschwand. Dann ließ er die Müdigkeit zu. Einen Moment die Augen zumachen, das wär's, dachte er.

Sein Herzschlag hatte noch weiter an Geschwindigkeit zugenommen. Aus dem Augenwinkel sah er alles doppelt. Die Mädchen, den Golfball, den Champagner.

Ein letzter Moment der Klarheit, sein Sohn, seine Ex-Frau, irgendetwas Lilafarbenes, dann stolperte ihn sein Herz in die ewige Dunkelheit.

# 1

Pascal schloss den Reißverschluss seiner Jacke, als er an einem der drei kleinen Bistrotische auf dem holprigen Bürgersteig vor dem »Café Tabac« Platz nahm. Er atmete tief ein und spürte die klare, kalte Luft in seiner Lunge. Es roch nach feuchtem Moos. Der Mistral war in den letzten Tagen durch das Tal gefegt, hatte die Luft gereinigt und die Wolken aus Südfrankreich vertrieben. Dies ist also einer der dreihundert statistischen Sonnentage im Jahr, dachte er.

Noch vor einem Monat hatte er in den trüben Pariser Nachthimmel geblickt und ein letztes Mal den Raketen des öffentlichen Silvesterfeuerwerks am Eiffelturm nachgeschaut, die nach wenigen Sekunden vom tief hängenden Nebel verschluckt worden waren.

Pascal hörte die Kaffeemaschine aus dem »Café Tabac« zischen und ächzen, während sie ihrer täglichen Arbeit nachging.

Wenn Alexandre mich jetzt hier sitzen sehen würde, dachte er, streckte die Füße so weit es ging unter dem kleinen Bistrotisch aus und beobachtete auf der anderen Straßenseite eine Frau, die einen argwöhnischen Blick auf den Unbekannten warf. Wahrscheinlich erregte er die Aufmerksamkeit der Dorfbewohner, da er sich trotzig der Kälte stellte und bei unzumutbaren zwölf Grad einen Platz im Freien gewählt hatte. Genau so aber sollte sein erster Tag in der Provence aussehen, das hatte er sich in seiner Pariser Wohnung all die Monate wieder und wieder vorgestellt, als er sein neues Leben plante.

Die Frau sah aus, als würde sie zum Wintersport fahren, mit ihrer Thermojacke, dem dicken Schal und den Skihandschuhen, mit denen sie eine Plastiktüte mit Lauchstangen umklammerte.

Pascal grüßte sie, deutete ein Nicken an. Einfach, weil ihm danach war. Lässig verschränkte er die Arme hinter dem Kopf. Das tat er gern, wenn er sich wohlfühlte.

Die Frau deutete ebenfalls einen Gruß an, indem sie kaum merklich die grüne Plastiktüte mit den Lauchstangen anhob. Angestrengt setzte sie ihren Weg auf der ansteigenden Straße fort, bog um die Ecke des gegenüberliegenden Hauses und verschwand aus Pascals Blickfeld.

Im Sommer würde die Mittagshitze den Weg durch diesen Teil Lucassons äußerst beschwerlich machen. Wie eine Glocke wird sie über den engen Gassen des Dorfes liegen, stellte Pascal sich vor.

Die Türen im Ort waren auch heute verrammelt, die blauen und roten Fensterläden geschlossen. Der letzte Regen konnte noch nicht lange her sein. Die drei kleinen Tische im Schatten der Markise waren noch feucht, ebenso wie der Boden darunter. Die Sonne würde die Pflastersteine schnell trocknen.

Seit fünfzehn Minuten saß Pascal nun schon an dem kleinen Tisch. Außer der Frau auf der anderen Seite der Straße war bislang niemand vorbeigekommen. Auch kein Kellner. Pascal störte sich nicht daran, vielleicht würde er ihm sagen, wie schön es hier war und dass er sich bloß Zeit lassen solle, schließlich waren sie in der Provence. Die Uhren schlichen hier manchmal ein bisschen, und das war nur einer der vielen Gründe, warum er jetzt hier an diesem Tisch saß.

Interessiert betrachtete er die heruntergekommene Eingangstür, das Leuchtschild »Café Tabac – Chez Jacques« – was für ein lustiger Reim, dachte er –, die Markise, die nur noch auf einer Seite in der Verankerung hing, den verrosteten Fahrradständer, die runden Tische, mühsam mit durchweichten Bierdeckeln abgestützt, damit sie nicht zu sehr kippelten. Sie standen so auf dem Fußgängerweg, wie sie auch zu Tausenden vor Pariser Cafés standen. An diesen Tischen wurde tagtäglich Zeitung gelesen, Kaffee getrunken, beobachtet, gestritten, geliebt, gelogen und geschworen.

Gerade als er der Ruhe lauschte, kam ein Mann an seinen Tisch. Zunächst hielt Pascal ihn für einen jener Obdachlosen, die ihm eine Zeitung verkaufen wollten. In seiner alten Heimat hatte es zwei Arten von Bettlern gegeben. Die einen standen in den Metrostationen und spielten komplizierten Jazz, die anderen verkauften Zeitungen, die sie selbst geschrieben und gedruckt hatten. Was Pascal schlimmer fand, wusste er gerade auch nicht.

»Bonjour, Monsieur.« Auf seinen Gruß erntete Pascal ein

Kopfnicken, das nur als solches zu erkennen war, wenn man genau hinschaute. Er sah genau hin, konnte aber kein Lächeln, kein Wohlwollen im Gesicht des Mannes entdecken, nur eine fast vollkommen heruntergebrannte Zigarette im Mundwinkel.

Natürlich, es ist *sieste*, dachte Pascal. Die Mittagspause war hier im Süden heilig, egal, wie warm oder wie kalt es war. Wahrscheinlich ist es Jacques und kein Obdachloser, dachte er und beobachtete, wie der Kellner den feuchten Tisch betrachtete, an dem er saß.

Für einen Moment war es ein Stillleben, und Pascal fürchtete, es würde nichts passieren, aber er täuschte sich. Der Mann zog wie ein Magier, mit einer Geste, nach der man hätte applaudieren müssen, einen feuchten Lappen aus seiner Hosentasche und wischte damit über den Tisch. Als ihm Zigarettenasche auf die gerade gesäuberte Marmorplatte fiel, nahm er seine mit schwerer Hornhaut überzogene Hand und schnippte sie mit dem kleinen Finger von der Oberfläche. Der Lappen wurde kein zweites Mal bemüht, er verschwand wie ein weißes Kaninchen nach seiner Darbietung wieder in der Hosentasche.

»Voilà.« Jetzt war der Mann bereit, die Bestellung entgegenzunehmen, das spürte Pascal.

Er nutzte seine Chance und sagte mit fester Stimme: »Un pastis, Monsieur.«

Keine Regung in dem bärtigen Gesicht. Hätte man den Mann auf den Pariser Straßen durchsuchen müssen, hätte zumindest sein ehemaliger Partner Alexandre es nicht ohne seine weißen Plastikhandschuhe getan. Das cremefarbene Oberhemd, das wohl einmal weiß gewesen war, wurde nur noch von der Hälfte der Knöpfe zusammengehalten. Die heutige *sieste* hatte der Mann vermutlich in genau diesem Hemd verbracht – und die der letzten Woche genauso.

Rasch steckte er es noch ein Stück tiefer in die Hose. Vielleicht eine Art Ritual, denn das Hemd musste wohl auch diese dezente Prozedur nicht zum ersten Mal über sich ergehen lassen. Dunkle Spuren führten von der Mitte des Stoffes bis zu dem unteren Teil, der in der Hose verschwand.

Pascals Blick blieb an dem Gürtel hängen, der auf dem letzten Loch, halb herunterhängend, nur noch mit letzter Mühe seinem

Job nachkam. Die Kniepartie der Anzughose wirkte, als hätte sie schon häufig Bekanntschaft mit dem Fußboden der Bar gemacht. Möglich, dass Jacques den Boden damit gewischt hatte. In den Hosentaschen schien sich ein ganzer Werkzeugkasten zu befinden, so tief hingen sie am Oberschenkel.

Pascal erwartete von dem Mann inzwischen kein Kopfnicken mehr, keine Regung, die ihm zeigte, dass es ihn überhaupt gab. Sosehr er sich mehr Ruhe im Leben wünschte, so sehr mehr zweifelte er in diesem Moment, ob er jemals auch nur eine einzige so langsame Bewegung hinbekommen konnte wie dieser Jacques. Erst nach einer halben Ewigkeit drehte er sich behäbig um und verschwand wieder in seinem Café.

Pascal reckte seine Arme so weit nach oben, wie es seine über vierzigjährigen Knochen und Muskeln gerade noch zuließen. Es knackte laut. Die Autofahrt war lang gewesen, und der Weg von der weit unten liegenden Stadtmauer hatte ihn angestrengt. Über viele Treppen, über sehr viele Treppen und über Steigungen. Immer wenn er geglaubt hatte, es geschafft zu haben, kam die nächste Steigung und die nächste und die nächste.

Er sah sich in seiner neuen Heimat um. Tausendvierhundert Einwohner lebten großzügig verteilt auf einundfünfzig Quadratkilometern. Er, Pascal Chevrier, der neue Chef de police, war der tausendvierhunderterste.

Er würde viel Zeit haben, sich dem Tempo der Menschen hier anzupassen. Er würde in den warmen Monaten auf den alten Steinmauern am Dorfrand sitzen, vielleicht ein Baguette in Olivenöl tunken, dabei eine Flasche kalten Rosé entkorken, über die Lavendelfelder blicken und den Sonnenuntergang über der Provence genießen. Außer dem gelegentlichen Summen einer Biene oder dem Zwitschern eines Vogels würde er bestenfalls mal einen Motor starten hören.

Ich hätte schon früher aus meinem Leben aussteigen sollen, dachte er und erinnerte sich mit Grauen an die Nächte in Paris.

Noch letzte Woche hatte er mit geweiteten Augen in die Mündung einer Pistole gesehen, die ein Jugendlicher auf ihn gerichtet hatte, während er mit der anderen Hand einen halb vollen Benzinkanister über die Brüstung der Pont Neuf in die Seine schmiss und dabei debil grinste. Er und sein Partner Alexandre waren zu Hilfe gerufen worden, weil mitten in der Stadt ein Auto gebrannt hatte. Ein Bild, an das sich die Bewohner der Pariser Vororte vielleicht gewöhnen konnten, nicht aber die wohlhabenden Pariser, die einen Quadratmeterpreis von bis zu sechstausendfünfhundert Euro für eine Wohnung in bester Lage, natürlich rechts der Seine, hinblätterten. Sie hatten ein Anrecht auf Ruhe und Sicherheit. Schließlich zahlten sie dafür Steuern, und Pascal war einer von denen, die davon ihren Lohn bekamen. Also musste er auch dafür sorgen, dass seine Geldgeber zufrieden waren.

Wie oft hatte er sich in all den Jahren diesen und ähnliche Sprüche von seinem Chef anhören müssen, wenn er zu spät zu einem Raub, zu einem Autounfall mit Fahrerflucht oder zu einer Schlägerei gekommen war. Er hatte das Leben als Polizist in der Großstadt so sattgehabt, dass die letzten Monate zu einer unerträglichen Tortur geworden waren. Erst als er seine Wohnung endgültig aufgelöst hatte, als er die wenigen Möbel, die ihm seine Frau Catherine nach der Scheidung noch gelassen hatte, verkauft oder verschenkt hatte, als er den obligatorischen Abschiedsdrink im Kreise seiner Kollegen kurz vor Weihnachten auf der Gendarmerie im siebten Arrondissement zu sich genommen hatte, konnte Pascal wieder durchatmen.

Egal, was passieren würde, es konnte nur aufwärtsgehen. Bei diesem Gedanken fühlte er sich so gut wie seit Jahren nicht mehr.

Jacques brachte den milchig aussehenden Pastis an den kleinen Tisch. Der Kellner brummte etwas Unverständliches an seiner wieder fast vollkommen abgebrannten Zigarette vorbei und entfernte sich in dem gleichen, von Ruhe durchdrungenen Tempo.

Pascal spürte den Alkohol schon nach dem ersten Schluck. Er war es nicht gewohnt, um diese Uhrzeit zu trinken, und natürlich war das auch eine Ausnahme, denn als Dorfgendarm im Dienst war Alkohol verboten, sofern man überhaupt von Dienst würde sprechen können.

Ein träumerisches Lächeln huschte über seine Lippen. Er würde sich um Hühnerdiebe kümmern, um entlaufene Katzen, und im Sommer müsste er vielleicht Touristen erklären, dass in dieser Kulisse aus dem 12. Jahrhundert tatsächlich noch Menschen lebten, die ein Anrecht auf Ruhe hatten.

Er hatte kürzlich in einem Reiseartikel gelesen, dass Napoleon 1815 auf seinem Weg von Cannes nach Grenoble kurz in Volonne haltmachen musste. Heute würde man den kurzen Halt wohl »Pinkelpause« nennen. Dort, wo sich der kleine Kaiser erleichtert hatte, war heute eine Steintafel angebracht, auf der man den Weg seines Urins in den Straßenasphalt nachverfolgen konnte.

Es waren vor allem Japaner, die sich dort kniend, mit lachendem Gesicht, von anderen Japanern mit japanischen Kameras ablichten ließen. Vielleicht würden er und seine Kollegen dort mal vorbeischauen müssen, um nach dem Rechten zu sehen.

Pascal lief ein angenehmer Schauer über den Rücken, als er an die überschaubaren Aufgaben dachte, die vor ihm lagen. Ohnehin waren seine Tage als Gendarm gezählt, schon bald würde er sich auf die Suche nach einer Bar machen, die er als begeisterter Hobbykoch zu einem kleinen Bistro umbauen wollte. Ob sein Traum von einem eigenen Restaurant schon in diesem oder erst im nächsten Jahr umgesetzt werden würde, war ihm egal. Es kümmerte ihn auch nicht, ob sein Restaurant direkt in Lucasson oder in einem der Nachbarorte Lacoste, Roussillon, Bonnieux oder gar in dem vollkommen überteuerten Gordes sein würde. Das gesamte Département Vaucluse kam in Frage, solange er nur hierbleiben konnte, an seinem ganz persönlichen Sehnsuchtsplatz.

Mit einem letzten schnellen Schluck ließ er den Pastis die Kehle hinunterlaufen, setzte das Glas schwungvoll zurück auf den Tisch und ging in das Bistro, um zu zahlen.

Zwei Männer saßen bei einem Glas Rotwein an der Bar, als Pascal freundlich grüßend nach dem Kellner Ausschau hielt. Er war überrascht, noch mehr Gäste zu sehen. Mit einem Nicken wurde sein Kommen zur Kenntnis genommen.

Jacques lehnte so an der Bar, dass die Männer sich auch im Flüsterton gut verständigen konnten. Sie unterbrachen das Gespräch, als Pascal einen Fünf-Euro-Schein auf die Theke legte. Jacques suchte sehr umständlich nach seinem Portemonnaie, doch Pascal winkte ab, nickte freundlich in die Runde und machte sich schließlich zurück auf den Weg zum Parkplatz. Einen Moment blieb er noch neben der Kirche auf dem Dorfplatz stehen, um die klare Luft einzuatmen und den Blick über seine neue Heimat schweifen zu lassen.

Sein Renault Mégane war bis unter das Dach bepackt. In dem geliehenen Anhänger befanden sich die paar Habseligkeiten, die ihn in sein neues Leben begleiten sollten. Pascal stieg ein, startete den Motor und fuhr einen weiten Bogen über den Parkplatz. Er schaltete das Navigationssystem ein, in das er schon in Paris die Adresse des Bauernhofs von Madame Perieux eingegeben hatte. Sie hatte am Telefon einen netten Eindruck gemacht.

Die kleine Einliegerwohnung auf ihrem Bauernhof und Weingut lag am Dorfrand von Lourmarin. Seinen Weg zur Arbeit würde Pascal in Zukunft nicht mehr in halb gebeugter Haltung in der überfüllten Metro verbringen, sondern inmitten der provenzalischen Hügellandschaft auf der einzigen Nord-Süd-Passage, die der Luberon vorzuweisen hatte.

Die Straße, ein kleiner kurviger Bergpass, führte direkt durch die Berge an der Grenze des Petit Luberon und des Grand Luberon entlang. Für die vierzehn Kilometer brauchte man laut Google Maps gut und gern eine halbe Stunde. Wieder und wieder hatte er sich diese Strecke im Netz angeschaut, ihm war, als wäre er sie schon zigmal gefahren.

Er stellte sich vor, wie er im Sommer bei geöffnetem Fenster den Lavendel- und Thymiangeruch noch in der Nase haben würde, wenn er an seinem neuen Arbeitsplatz in Lucasson eintraf.

Das Weingut hatte auf den Fotos im Internet ansprechend ausgesehen. Das Leben auf einem bewirtschafteten Anwesen war genau das Richtige für ihn. Endlich musste er nicht mehr jeden Abend allein in der Küche essen. Fortan würde er an einem langen Tisch im Freien zu Abend speisen. Um ihn herum die Wein- und Viehbauern, die sich nach harter Arbeit auf dem Feld eine Extraportion aus dem großen Topf in der Mitte auffüllten, sich dann mit dem Rosé zuprosteten und den Sonnenuntergang über den Hügeln der Provence genossen. Pascal würde zu einem Teil von alledem werden. Irgendwann wollte er seinen eigenen Gemüsegarten anlegen, seine eigenen Kartoffeln anbauen,

Zucchini und Tomaten. Vor allem die *coeur de boeuf* hatten es ihm angetan. Jahr für Jahr würde er die Samen aus den Tomaten trocknen und sie im nächsten Jahr wieder einpflanzen.

Er freute sich auf die körperliche Arbeit, die das Pflegen seiner Kräuter und Gemüsesorten mit sich brachte. Während er diese Zukunftspläne schmiedete und von seinem neuen Leben träumte, huschte ein Lächeln über sein Gesicht.

## 2

»Monsieur Chevrier«, rief Madame Perieux aus, als Pascal mit seinem Renault auf den Hof einfuhr. Ihr Lächeln war herzlich, ihr Alter schwer zu schätzen, vielleicht um die fünfzig. Pascal fand es immer schwierig, das Alter der Menschen zu schätzen – gerade bei den Südeuropäern altert die Haut durch die viele Sonne schneller.

Madame Perieux hatte einen aufrechten Gang und kleine, tippelnde Schritte. Ihr dunkles, mit einigen grauen Strähnen durchzogenes Haar war schulterlang und wurde von einer silbernen Spange zusammengehalten. Bevor sie Pascal auf die linke und rechte Wange küsste, klassisch, ohne ihn zu berühren, wischte sie ihre Hände an einer eleganten roten Schürze ab, die sie um ihre schmale Hüfte gebunden hatte.

»Chloé Perieux, und das«, sie machte eine ausladende Geste, »ist Château Sept. Vielleicht ist das Wort ›Château‹ ein bisschen übertrieben, aber schon vor dreihundert Jahren hieß dieses Haus Château Sept, und warum sollten wir es umbenennen? Endlich kennen die Leute auch unseren Wein, da macht sich ›Château‹ auf dem Etikett besser als ›Domaine‹.« Sie lachte herzlich und wiegte den Kopf von einer auf die andere Seite, dabei ließ sie ihren neuen Mieter nicht aus den Augen.

»Kommen Sie, ich zeige Ihnen Ihre Wohnung«, sagte sie und verschwand im Haus.

Pascal betrat eine große Diele. Es roch nach Braten, Knoblauch und Thymian, aus der Küche waren Stimmen zu hören. Die Tür stand einen breiten Spalt offen. Pascal lugte vorsichtig hindurch. Das Personal fachsimpelte offenkundig über die richtige Zubereitung.

Die Küche erinnerte in ihrem Ausmaß eher an eine Restaurantküche als an einen Ort, an dem die Familie sich das Abendessen zubereitete. Der große Gasherd in der Mitte, das Herzstück, hatte acht Platten, zwei große kupferfarbene Töpfe standen darauf, darüber eine große Abzugshaube. Die Wand über der großen Arbeitsplatte war mit bunten, sehr alten Kacheln verziert. Zwei Männer schnitten etwas, sie hatten Pascal den Rücken zugewandt.

Große Fenster ließen so viel Abendsonne herein, dass die Küche in rötliches Licht getaucht war. Auf den Fensterbänken standen Kräuter. In Paris wären es Hanfplantagen gewesen, hier im Luberon waren es Kräuter.

Schon durch den Türspalt erkannte Pascal die ungeheure Menge von Kräutern, einige sahen aus wie Unkraut, sie schienen ungenießbar zu sein. Möglich, dass er hier in der Provence seinen Kochstil ändern würde, wenn er die Vielfalt und die Möglichkeiten der südfranzösischen Natur in seine Gerichte integrierte.

»Abendessen um achtzehn Uhr«, sagte Madame Perieux. »In unserer Diele.« Sie zeigte auf den langen Tisch. »Von Frühjahr bis Herbst sitzen wir dort draußen, an dem langen Steintisch unter den Platanen.« Sie hob ihre Hand wie eine Fürstin Richtung Fenster, als würde sie einen Schlossgarten präsentieren. Ihre Bewegung hatte etwas Stolzes.

Die Bäume sahen gewaltig aus, wie sie ihre kahlen Äste in den Abendhimmel streckten. Das Nachmittagslicht ließ sie Schatten werfen, die wie lange Finger über den Steinboden im Hof liefen.

»Sie müssen uralt sein«, merkte Pascal an.

»Ja, so wie vieles hier«, entgegnete Madame Perieux. »Wir pflegen und lieben das Alte und Schöne, wir schätzen unsere Natur und was sie uns schenkt. Wir leben mit ihr.« Für einen Moment waren ihre Gesichtszüge härter, kantiger.

Pascal nickte eifrig. Der Blick in die Natur, das Haus, der Geruch, all das war schon fast unerträglich schön.

»Sie sind heute Abend eingeladen.«

»Merci, Madame, merci.«

Eine schmale Steintreppe führte in die erste Etage zu der Einliegerwohnung. Es gab kein Fenster in dem Flur, das einzige Licht kam von einer viel zu kleinen Lampe am oberen Ende der Treppe. Die Steinstufen waren bereits abgetreten, an einigen Stellen war der graue Stein gesprungen, als hätten schon Ritter mit schwerer Rüstung den Weg über diese Treppe in die erste Etage genommen, als wäre sie schon immer da gewesen.

Als Madame Perieux die alte, schwere Holztür oberhalb der

Treppe aufgeschlossen hatte, betraten sie einen kleinen Flur, von dem zwei Zimmer abgingen. Der Holzboden schien ebenfalls uralt und jahrelang nicht behandelt worden zu sein. Pascal nahm sich vor, ihn abzuschleifen und neu zu ölen.

Der Boden in der Küche war mit unterschiedlich großen Terrakotta-Fliesen ausgelegt. Ein alter Schrank, wahrscheinlich Kiefer, Biedermeier-Zeit, schätzte Pascal, stand an der Wand. Durch die Schrankfenster konnte er Weingläser, Teller und Tassen sehen. Im Zentrum ein alter Gasherd, genau wie in der großen Küche der Familie unten im Haus, ein Gasherd – der Traum für einen Hobbykoch wie ihn. Die Anrichte war weiß gefliest, die Küchenutensilien hingen an einer langen Stange über dem Herd. Darüber ein Regal für Gewürze und Kräuter.

Die Zimmer gingen jeweils zu einer anderen Seite des Hofs hinaus, sie hatten kleine, niedrige Fenster. Alle Räume waren liebevoll möbliert. Kleine Holzschränke, wie man sie auf Antikmärkten in Orten wie L'Isle-sur-la-Sorgue findet. Ebenfalls ein Ort, den Pascal sich vorgenommen hatte zu besuchen, an einem der Sonntage, wenn sich der Markt durch die ganze Stadt ergoss.

Auf der Rückseite des Hauses befand sich ein kleiner Balkon.

»Es ist wunderschön«, sagte Pascal, während er die Balkontür öffnete, hinaustrat und die Hände auf das verzierte Eisengeländer legte. Es fühlte sich wie Urlaub an.

»Vollkommene Ruhe. Der nächste Nachbar ist fast einen Kilometer entfernt«, sagte Chloé Perieux, die neben Pascal auf den Balkon getreten war wie eine Schlossherrin, die ihrem Staatsbesuch etwas Besonderes präsentierte.

Ein Waldstück lag zwischen dem Château Sept und der nächsten Anhöhe. Ein prächtiges Haus mit zwei für die Provence typischen Türmen thronte auf dem kleinen Berg gegenüber. Pascals Blick blieb einen Moment an dem gewaltigen Gebäude hängen.

»Eine Burg? Der Kaiser von Lourmarin? Ein Mini-Schloss, das Napoleon im Vorbeigehen errichten ließ, vielleicht für Josephine?« Für den Fall, dass er noch mal eine Pinkelpause einlegen musste? Den letzten Zusatz ließ er aus Rücksicht lieber weg. Pascal lächelte, er war mit seinem Scherz zufrieden.

Madame Perieux lächelte zum ersten Mal nicht. »Es wurde von einem Amerikaner gekauft, quelle merde«, sagte sie und wendete sich ab.

»Was haben Sie gegen Amerikaner?«

»Sie machen alles kaputt. Alles. Vor allem dieser Mann. Er denkt, er kann alles kaufen mit seinen Scheißdollars.«

Damit war das kurze Gespräch beendet, denn Madame Perieux drehte sich um und ging die Treppen hinunter zurück in die Diele.

Pascal blieb noch einen Moment am Fenster stehen. Das Haus auf der kleinen Anhöhe sah dunkel aus – als sich die Konturen gegen den Abendhimmel abzeichneten, sogar ein bisschen mystisch. Es brannte kein Licht. Pascal ließ den Blick über die typische Hügellandschaft Südfrankreichs wandern. Rechts von ihm lag das Dorf Lourmarin. Stolz thronte dort das Renaissance-Schloss aus dem 12. Jahrhundert. Sobald er Zeit hatte, wollte er es besichtigen.

Noch einmal sog er die ständig kälter werdende Luft in sich ein, holte seine Koffer und begann, sich in seinem neuen Heim einzurichten. Die wenigen Bücher, die er mitgenommen hatte, stellte er in ein altes dunkles Regal, das eine ganze Wand in Anspruch nahm. Offensichtlich hatte hier vor ihm jemand gelebt, der eine große Bibliothek besaß.

Damit es nicht ganz so leer aussah, stellte Pascal noch seine Kochbuch-Sammlung dazu, die er in Paris in seiner Küche aufbewahrt hatte. Eine Leidenschaft, der er schon lange nachging.

Er liebte gerade Kochbücher aus vergangenen Zeiten oder Epochen. Interessiert beobachtete er, wie sich die Trends in der Küche veränderten. Einigen Strömungen folgte er, andere ließ er links liegen. Vegetarier betrachtete er skeptisch, und der neuen Vegan-Bewegung in der Hauptstadt konnte er nur mit schwer zu unterdrückendem Spott begegnen.

Ausgerechnet im Mekka der besten Küchen der Welt verzichtete man plötzlich auf Austern, Steak Tatar und Lammfleisch. Zum Frühstück gab es nicht mal mehr Honig, dafür Agavendicksaft. Was ist bloß passiert?, fragte sich Pascal jedes Mal, wenn auf der Straße die Tafeln mit dem Hinweis »vegane Küche« aufgestellt wurden oder er im Supermarkt vor Würsten aus Soja und Tofu stand. Würste, die aussahen wie Würste, aber keine waren. Wer kauft diese Produkte? Wer isst so etwas?

Über die Jahre hatten sich auch selbstverfasste Schreibhefte mit eigenen Rezepten angesammelt, die neben einigen ihm ans Herz gewachsenen Kochutensilien, die er später in der Küche verstauen wollte, ebenfalls einen Platz in dem großen Regal fanden.

Pascal war froh, eine möblierte Wohnung ausgesucht zu haben, denn der Umzug sollte ein Neuanfang auf allen Ebenen für ihn werden. Die alten Möbel der Perieux, die in seinem neuen Heim standen, gefielen ihm. Er hatte schon immer ein Faible für das Alte und Schöne. Ihm lagen Dinge am Herzen, die etwas erlebt hatten und ihm Geschichten erzählen konnten. Er hatte das Gefühl, dieses Haus würde ihm noch viele Geschichten erzählen, so wie die gesamte Landschaft im Luberon.

Er schaute noch einmal auf das Waldstück hinter dem Haus. Es ergoss sich wie ein prunkvoller Garten durch das Tal. Ihm war beim ersten Anblick aufgefallen, wie gepflegt es war, wie die Bäume gestutzt waren, wie die unnützen Äste wahrscheinlich schon im Herbst abgeschnitten und vielleicht zu Feuerholz verarbeitet worden waren. Hier wurde geerntet, nicht abgeholzt. Pascal konnte spüren, wie die Natur auf den Frühling wartete, um zu explodieren. Auf den Anblick, diesen Wald voller Leben zu sehen, freute er sich.

Langsam zog die Dunkelheit über die Bäume. Auch in Südfrankreich ging es Anfang Februar schnell, wenn die Sonne sich einmal entschieden hatte unterzugehen. Als sie verschwunden war, konnte Pascal das Haus hinter dem Wald, in dem der unbeliebte Amerikaner lebte, nur noch schemenhaft erkennen. Der Wald wirkte wie ein blinder Fleck, wie ein schwarzes Loch.

Pascal hatte gar nicht gemerkt, dass er die Balkontür, nachdem er sie mit Madame Perieux geöffnet hatte, um herauszutreten, nicht wieder geschlossen hatte. Die kalte, feuchte Waldluft kroch an ihm hoch, ließ ihn frösteln.

Das Läuten einer großen Glocke in der Diele erschreckte ihn.

»Kommen Sie, Monsieur Chevrier. Kommen Sie essen. Dîner.« Die Stimme von Chloé Perieux schallte zu ihm hinauf.

Das ließ er sich nicht zweimal sagen, er hatte einen Riesenhunger.

Um den Tisch herum saßen acht Erwachsene und drei Kinder. Jetzt begann das Händeschütteln, Küsschenverteilen, Sich-Beäugen. Am Kopf des Tisches saß Monsieur Perieux, ein stattlicher Mann mit einem Bauchansatz. Der Herr im Haus.

»David Perieux«, sagte er, und sein Händedruck ließ keinen Zweifel daran, dass er die Weinfässer auch ohne fremde Hilfe über den Hof hätte rollen können. »Das ist mein Vater, Maurice Perieux. Er hat hier alles am Leben erhalten. Es sind seine Reben, sein Land, sein Wein.« Er deutete auf den steinalten Mann auf der anderen Seite des Tisches.

Maurice Perieux trug eine schwere dunkle Hornbrille. Seine Nase schien sich vom vielen Riechen an den hauseigenen Weinen zu einem praktischen Werkzeug entwickelt zu haben. Ohne Mühe hätte er seinen riesigen Zinken auf den Boden eines Weinglases drücken können. Die Evolution hatte hier ganze Arbeit geleistet.

Jetzt steckte er seine Nase in eines der Kräuterbüschel, die zur Dekoration auf dem Tisch standen. Die grünen Blätter erinnerten an Brennnesseln. Sie hatten kleine weiße Stacheln, die über die Wangen des alten Mannes streichelten. Er zuckte nicht. Entweder waren es keine Brennnesseln, oder er hatte sich jedes Schmerzgefühl abtrainiert.

Maurice Perieux schien nicht mehr besonders gut sehen zu können, denn er tastete kurz nach Pascals Hand, bis er sie fest in die seine nahm. Den Topf mit dem Kräuterstrauch hatte er neben sich gestellt.

»Sie sind der neue Gendarm aus unserem Dorf?«, fragte er. Seine Stimme klang wie die eines Märchenvorlesers, und doch schwang eine gewisse Skepsis mit, die Pascal nicht entging. Er musste sich konzentrieren, denn Maurice Perieux sprach *provençal*, diesen unergründlichen Dialekt, der sich durch zusätzliche und vollkommen sinnlose Buchstaben am Ende eines Wortes auszeichnet.

»Oui, Monsieur.«

»Aus Paris?«, fügte Maurice Perieux hinzu.

»Oui, Monsieur.«

Pascal konnte nicht deuten, ob das Wort Paris dem Mann nur so schwer über die Lippen kam, da ihn das Sprechen in seinem

Alter anstrengte, oder ob er den Hauptstädtern grundsätzlich mit Skepsis begegnete. Er hätte es verstanden. Selbst als geborener Pariser war ihm die Hochnäsigkeit der Bewohner seiner Heimatstadt zuwider. Daher klang sein »Oui, Monsieur« irgendwie entschuldigend.

Pascal hatte nicht viel Zeit, über die Wirkung seines Auftritts nachzudenken, denn ein gepflegter älterer Herr betrat gemeinsam mit einer jungen Frau die Diele, die in der Abendsonne in ein trübes Licht getaucht war. Der Kräuterduft oder die Schönheit an der Seite des Mannes – eines von beidem raubte Pascal für einen Moment die Sinne.

David Perieux ergriff wieder das Wort. »Darf ich Ihnen meinen Önologen vorstellen.«

Da es nicht nach einer Frage klang, schwieg Pascal und schüttelte dem Mann, der sich als Patrick Dumont vorstellte, freundlich die Hand. Doch sein Blick schweifte ab. Wieder sah er zu der jungen Frau, wie sie sich von den um den Tisch herumsitzenden Menschen einen Eindruck verschaffte.

»Meine Tochter.«

Mit unruhigem, skeptischem Blick musterte sie die Gäste, als würde sie in ihren Gesichtern nach etwas suchen. Pascal schien sie zunächst kaum wahrzunehmen.

Sie trug schwarze Stiefel über der Jeans, die ihr fast bis zum Knie reichten. In ihrem karierten Hemd sah sie aus wie eines der Models, die für Landmode warben. Sie hätte an einer glänzend sauberen Schubkarre im Fotostudio stehen und so verführerisch in die Kamera sehen können, dass man die Harke an ihrer Seite und die Gartenhandschuhe an ihren Händen sofort gekauft hätte.

Pascal war sich sicher, dass sie sich ihrer Wirkung vollkommen bewusst war, als sie ihr schulterlanges Haar aus der Stirn wischte und sich einfach nur als Elaine vorstellte. Von ihrer Schönheit war er für einen Moment gefangen und gewarnt zugleich. Nicht noch einmal, dachte er.

»Champagner?«, fragte Madame Perieux, als sie Elaine mit drei Küsschen begrüßte.

»Oui«, sagte Elaine mit ernster Miene. Ihre Stimme war kälter, als Pascal es erwartet hatte.

»Sie auch, Monsieur Chevrier?«

»Sehr gern, in dieser Gesellschaft.« Pascal war das Flirten nicht mehr gewohnt, seit seine Frau Catherine ihm vor drei Jahren eines Abends eröffnet hatte, sie habe einen Architekten kennengelernt. Es war zu lange her. Während er sein Leben auf den Straßen von Paris riskiert hatte, traf sie sich mit dem Architekten, der sie erst zu einem Essen in ein Sternerestaurant entführte und später in sein Bett irgendwo im ersten Arrondissement mit Blick auf die Seine.

Wahrscheinlich hatte sie nackt mit einem Glas Dom Pérignon an dem großen Fenster gestanden und dabei zugesehen, wie Pascal und Alexandre mit ihrer Hand an der Waffe über die Straßen schlichen. Ohne Frage, der Mann hatte ihr mindestens das Dreifache zu bieten gehabt, und Catherine war schon immer eine Frau gewesen, die eigentlich nicht zu Pascal passte. Sie hatte andere Interessen, andere Ziele im Leben. Vielleicht hätte er ihr bei einer Beförderung irgendwann das Leben bieten können, das sie sich wünschte, doch zu dieser Beförderung war es nie gekommen, und Pascal hatte auch nie um einen beruflichen Aufstieg gekämpft.

Einmal war er kurz vor einem Karriereschritt nach oben gewesen – seine Sternstunde bei der Pariser Polizei. Eine filmreife Szene, wie aus einem Louis-de-Funès-Film. Geradezu Slapstick:

Unweit des Police Départements war ein Bankraub gemeldet worden. Alexandre war hineingegangen und hatte den Bankräuber eigentlich schon gestellt, während Pascal im Auto vor der Bank wartete. Oft wartete er im Auto, wenn in irgendeinem Gebäude etwas Gefährliches geschah. Ihm war es recht gewesen, denn in Wahrheit hatte er noch nie viel Wert darauf gelegt, sich für irgendjemanden – und schon gar nicht für einen Bankkonzern – in Gefahr zu begeben. Manchmal war genau das der Grund dafür, warum er bei der Polizei falsch aufgehoben war. Pascal mochte das Nachdenken, das Kombinieren, nicht den blutigen Straßenkampf.

An jenem Tag aber war es anders gewesen. Er hörte im Inneren der Bank Schüsse und wollte seinem Kollegen zu Hilfe kommen. Pascal war noch nie feige gewesen. Er wog nur stets ab, wann es lohnte, sich in Gefahr zu begeben, und wenn sein

Kollege Alexandre in Schwierigkeiten steckte, dann brauchte er nicht lange zu überlegen. Für ihn hätte er alles getan.

So griff er nach seiner Dienstwaffe, die in seinem Gürtel steckte. Da er nicht herankam, musste er die Wagentür öffnen. Just in dem Moment lief der Bankräuber mit der Sporttasche direkt in die Autotür hinein. Die Franc-Scheine, da sieht man mal, wie lange das her ist, dachte er, flogen über den Bürgersteig und der Bankräuber blieb bewusstlos mit einer Kopfverletzung auf der Straße liegen.

Pascal hatte für einen Moment dieses Gefühl genossen, einmal seine Körperlichkeit eingesetzt zu haben, Gewalt statt Gedankenwelt, und damit war er weit gekommen, es erfüllte ihn mit einem gewissen Stolz. Es hätte nur noch gefehlt, dass er für ein Foto stolz seinen Fuß auf den Mann gestellt hätte, als Alexandre unverletzt aus der Bank stürmte.

Für ein paar Tage war Pascal der Held gewesen. Ihm wurde tatsächlich eine Beförderung in Aussicht gestellt. Am Abend jenes Vorfalls gab es in Catherines Lieblingsrestaurant Austern und Champagner satt. Einen halben Monatslohn kostete ihn das Dinner, eigentlich gingen sie nur in dieses Restaurant, wenn es wirklich etwas zum Feiern gab. Als Catherine ihm vor fast zwanzig Jahren eröffnet hatte, sie sei schwanger, oder als er die Polizeiprüfung bestanden hatte – da wurde nie gespart.

Die Beförderung aber blieb aus, denn andere Kollegen spielten sich mit ihren Heldentaten in den Vordergrund. Plötzlich gab es viele Bewerber auf die wenigen Positionen im gehobenen Dienst. Nach einem Gespräch mit seinem Chef, der um Verständnis warb, weil er anderen Kollegen den Vortritt gegeben hatte, einfach weil sie schon länger dabei waren und »dieses eine Prozent besser waren«, wofür Pascal dann tatsächlich Verständnis hatte, wurde er kein zweites Mal in Betracht gezogen, einen höheren Posten zu bekommen.

Pascal war eben noch nie der Typ gewesen, der Karriere machen wollte. Er zog immer an den verkehrten Hebeln, hatte zu wenig Ehrgeiz. Er mochte es, den Dingen ihren Lauf zu lassen. Als Polizist war das oft die falsche Herangehensweise, und offensichtlich auch in seiner Beziehung zu Catherine.

Instinktiv hatte er immer auf den Moment gewartet, an dem

seine Ex-Frau ihm eröffnete, dass sie ihn verlassen würde. Jedes Mal, wenn sie ihm am Telefon ankündigte, dass sie miteinander reden müssten, ging er bereits in Gedanken den gesamten Freundeskreis durch und überlegte, mit wem sie etwas gehabt haben könnte, damit der Schock bei der Aussprache nicht zu groß wurde. Doch die Schockmeldung war ausgeblieben. Sie hatten es gemeinsam geschafft, ihre Tochter Lillie in einigermaßen geordneten Familienverhältnissen großzuziehen. Es war kein Zufall, dass Catherine ihm die Trennung genau zu dem Zeitpunkt mitteilte, als Lillie gerade eine Woche mit ihrem Freund, einem Koch aus Lyon, zusammengezogen war.

Später war Pascal sich gar nicht mehr sicher gewesen, ob der Architekt in all den Jahren Catherines einziger Liebhaber gewesen war, aber nachgefragt hatte er nie. Ihm war nichts anderes übrig geblieben, als sich mit der Trennung abzufinden und sein Leben neu zu planen.

Die letzten drei Jahre hatte er meistens allein in seiner Wohnung verbracht. Er fühlte sich einsam, und in einer Stadt wie Paris war man sehr einsam, wenn man keine Frau hatte.

Halbherzig war er immer wieder in angesagte Bars gegangen, um eine Frau kennenzulernen, doch er spürte schnell, dass das der falsche Ort für ihn war. So begann er zu kochen. Ganz allein, für sich in seiner Wohnung. Er legte sich seine ersten Kochbücher zu, lernte sie auswendig, kaufte weitere, alte und neue, und studierte Warenkunde. Schließlich begann er, selbst Salzbutter herzustellen, kreierte eigene Desserts und Dressings. Er beschäftigte sich mit der Konsistenz von Soßen, unterschiedlichen Garweisen und Olivenölen.

Pascal war zu einem exzellenten Koch geworden, es gab nur niemanden, der das wusste. Nie hatte er in den drei Jahren für irgendjemanden gekocht. Nie hatte er jemanden zu sich eingeladen, nie hatte er über seine Leidenschaft gesprochen. Kochen war zu seiner ganz persönlichen Passion geworden, die er mit niemandem teilte. Erst jetzt, hier in der Provence, trug er sich mit dem Gedanken, etwas aus seiner Kunst zu machen. Aber er würde noch vieles lernen müssen.

Für einen kurzen Moment kamen ihm die Kräuter und das Unkraut in den Sinn, die er in der Küche gesehen hatte und die ihm teilweise vollkommen unbekannt waren. Würde er eines Tages hier im Luberon ein Restaurant eröffnen, müsste er diese Kräuter erkennen.

Ja, ein eigenes Restaurant, das wär's, dachte Pascal. Doch am Anfang stand der Schritt zurück in ein gesellschaftliches Leben, und diese Frau, die jetzt mit dem Champagnerglas vor ihm stand, diese Elaine, die war ein ziemlicher Anreiz für den ersten Schritt. Pascal schätzte sie auf fünfunddreißig Jahre, also deutlich jünger als er selbst, und ihren Vater, Patrick Dumont, auf knapp sechzig. So genau kann man das hier nicht sagen, dachte er.

»Sie sind der neue Dorfgendarm.« Elaine stellte zwar eine Frage, aber ihre Stimme blieb unten, als handle es sich um eine Feststellung, als würde sie keine Antwort erwarten, auch sah sie Pascal nicht direkt an. Sie betrachtete stattdessen wie beiläufig die aufsteigenden Bläschen in ihrem Champagnerglas.

»Das spricht sich hier ja schnell herum.«

Elaine verzog das Gesicht. Nicht zu sehr, sodass sie noch immer attraktiv blieb. Dann wurde sie plötzlich verbindlich.

»Was glauben Sie? Wir sind in Lourmarin, wir lieben Neuigkeiten. Dass der alte Max doch noch irgendwann in Rente gehen würde, war ja klar, aber die meisten von uns dachten immer, dass man fortan aus Apt, Carpentras, Salon-de-Provence oder sonst woher ein Auge auf uns werfen würde.«

Sie trank einen Schluck.

»Wir sind so gefährlich hier in Lourmarin und Lucasson.« Elaine deutete ein Lächeln an und warf ihren Kopf leicht in den Nacken.

»Oh ja, wir sind gefährlich«, sagte der offensichtlich doch besser hörende Maurice Perieux in seinem Dialekt. »Hüte dich vor alten Männern, sie haben nichts mehr zu verlieren.« Sein Satz ging in ein Husten über. Nicht laut, eher in sich hineinkeuchend, den Blick nicht von Pascal abwendend.

Madame Perieux trug einen dampfenden Topf nach dem anderen aus der Küche in die Diele, eine Geruchsexplosion lag über der Gesellschaft, hing tief unter der Decke.

Pascal hatte inzwischen eine geübte Nase. Frischer Knoblauch, Thymian, die leichte Note von Wein und Dijon-Senf, und schließlich der Lammbraten, in einer Kräuterhülle.

Zufrieden lehnte er sich zurück. Er kannte das Gericht und konnte es kaum abwarten zu erfahren, wie ein Lammbraten von echten Provenzalen zubereitet wohl schmeckte. Unzählige Male hatte er selbst einen aus dem Ofen in seiner kleinen Pariser Wohnung geholt und jedes Mal eine neue Idee entwickelt, das Gericht weiter zu verbessern.

Für einen Moment war es still, fast andächtig still. Die Ruhe vor dem Essen, vor dem Besteckklappern, vor dem Sich-Zuprosten.

Pascal schaute sich um. Durch das große Fenster in der Diele konnten die Gäste nichts mehr sehen. Es war inzwischen stockdunkel geworden. Eine Dunkelheit, an die Pascal sich als Städter erst gewöhnen musste. Dort vor dem Fenster lag der Weinberg. Schon als er auf das Grundstück gefahren war, hatte er bemerkt, wie die Reben fast bis an das Château Sept heranreichten. Auf dem Feld daneben würde im Juni der Lavendel blühen, daran gab es für Pascal keinen Zweifel. Wenn er sich noch länger seiner Träumerei hingab, würde er ihn riechen können.

Das war schon immer seine Stärke gewesen. Schon als Schüler vermochte er sich an andere Orte zu träumen. An bessere Orte. Es war eine geradezu meditative Gabe, die ihn die langen, harten Jahre auf den Straßen von Paris und das Leben eines Gendarmen hatte ertragen lassen. Es war auch seine Träumerei gewesen, die ihn so lange an der Seite seiner Frau Catherine hatte aushalten lassen, das wusste er, denn wie sonst hätte er es ertragen, für sie nie gut genug gewesen zu sein?

Nach ihrer Trennung schöpfte er aus der Träumerei von einem besseren Leben Kraft. Seine geliebte Tochter Lillie im fernen Lyon an der Seite ihres zukünftigen Ehemannes, seine Frau in den Armen eines Mannes in einem Haus mit Seine-Blick, all das ließ Pascal irgendwann nur noch träumen. Es war sein Kollege und guter Freund Alexandre, der ihn schließlich darauf brachte, seinem bisherigen Leben den Rücken zu kehren.

Ein Gefühl von Stolz erfüllte Pascal, als er sich in der typisch provenzalischen Diele mit verzierten Möbeln und rustikalen Holzstühlen umschaute und realisierte, dass er tatsächlich den Schritt aufs Land gewagt hatte.

»Greifen Sie zu, Pascal Chevrier«, sagte Chloé Perieux und lächelte ihn aufmunternd an.

»Merci, Madame.«

»Ja, greifen Sie zu, nehmen Sie von dem Lamm in Kräuterhülle. Haben Sie schon die Artischocken probiert?«

Pascal hatte bereits herausgeschmeckt, dass das Lamm vor seinem Ableben eine Extraportion Kräuter verzehrt haben musste.

»Ich habe den Dip selbst hergestellt«, sagte Chloé, während sie Wein nachschenkte. »Essen Sie sich satt, Sie müssen morgen kräftig und stark sein, bei Ihrer Vereidigung.«

Ach ja, die Vereidigung, dachte Pascal.

»Sie haben unseren Bürgermeister schon kennengelernt?«, fragte Patrick Dumont.

Pascal musste verwirrt aussehen, denn Chloé machte eine beschwichtigende Geste in die Richtung des Önologen, der sein Weinglas gegen das Licht des Kronleuchters hielt, der es durch seine enorme Größe und seine vielen geschliffenen Steine mit jedem Modell im Élysée-Palast hätte aufnehmen können.

»Bislang nicht. Wie ist er denn so, der Herr Jean-Paul Betrix?«, fragte Pascal.

Elaine lächelte ihn kühl an. Pascal konnte nicht anders, als zurückzulächeln.

Die Zeremonie stand ihm bevor. Er war ein Mann, der sich ungern in den Mittelpunkt rückte. Morgen war es so weit. Es sollte eine kleine Rede geben, dann die Vereidigung. Sicher musste Pascal seine Vorstellung von Sicherheit in einem Dorf darlegen.

»Es ist unser Bürgermeister«, warf der alte Maurice Perieux in die Runde und beugte sich ein Stück weit nach vorn über den Tisch.

Pascal beobachtete, dass er das jedes Mal tat, bevor er sprach. Wie ein Adliger, der erwartete, dass man sich an der Tafel erhob. Seine Stimme klang wie ein alter Motor, der nur noch auf drei Zylindern lief.

»Man hat Achtung vor ihm zu haben. Ich hatte immer Achtung vor ihm«, fügte Maurice Perieux hinzu.

»Nun ist aber gut. Er ist ein eingebildeter Machtmensch.« Über Elaines Augenbrauen tauchte eine Falte auf. Als sie sich zwischen den Gängen eine Zigarette in den Mund steckte, sah sie aus wie eine Schauspielerin in einem französischen Film noir. Ihre Gesten schienen einstudiert zu sein, sie wusste um die Wirkung. Als sie David Perieux' strafenden Blick bemerkte, ließ sie die Zigarette wieder in ihrer Tasche verschwinden, so als hätte sie die Entscheidung, am Essenstisch nicht zu rauchen, selbst getroffen.

»Er will das Beste für sein Heimatdorf Lucasson«, warf David Perieux ein. »Ob das das Beste für uns ist, wird sich zeigen.«

Wieder beugte sich der alte Mann nach vorn, dabei stützte er seine Unterarme auf den schweren Holztisch. Pascal bemerkte, wie alle Gäste aufhörten zu kauen und innehielten, wenn Maurice Perieux das Wort an sie richtete. »Natürlich ist er ein Machtmensch. Er muss streng sein, er muss die Geschicke der Stadt leiten. Er muss beliebt sein, er muss Erfolge aufweisen, er will wiedergewählt werden. Ich wüsste nicht, was daran verwerflich sein soll.« Der Satz endete mit einem bedrohlich schnarrenden Brummen und Husten.

»Und so eine Vereidigung des neuen Chef de police findest du normal? Albern.« Chloé lächelte süffisant.

David Perieux tauchte ein Stück Lammfleisch in die Bratensoße, begutachtete es kurz und blickte ein letztes Mal in die Runde, bevor er es genüsslich in seinem Mund verschwinden ließ. Nach einer kleinen Pause studierte er den Rotwein in seinem Glas, schloss für einen kurzen Moment die Augen und führte es schließlich mit einer fast andächtigen Geste zum Mund.

»Hier, Monsieur Pascal, mon gendarm, nehmen Sie von unseren *calissons d'Aix*.« Chloé reichte ihrem Gast einen großen Teller mit Mandelgebäck. »Es kommt aus Aix-en-Provence, dort ist es eine traditionelle Nachspeise.«

Pascal bedankte sich, er kannte das Gebäck, hatte es oft probiert, seine Zubereitung geradezu trainiert, denn es gehörte zu seinen Lieblingsnachspeisen.

»Superbe«, war das Einzige, was ihm einfiel, als er den Taler in den Mund schob. Dazu nahm er einen Schluck des hauseigenen Dessertweins.

Erst jetzt spürte Pascal die Müdigkeit, die ihm durch die weite Reise und die beträchtliche Menge an Alkohol langsam zusetzte.

Er legte seine Serviette auf dem Tisch ab und erhob sich. »Madame Perieux, Monsieur Perieux, Elaine, Monsieur Dumont, ich wünsche Ihnen eine gute Nacht und danke herzlich für das köstliche Abendessen.«

David Perieux und sein Vater blickten auf und nickten ihm freundlich zu. Sie hatten sich leise auf *provençal* unterhalten, sodass Pascal nichts von dem Gespräch verstanden hatte.

Er versuchte, einen Blick von Elaine zu erhaschen, doch die sah ihren Vater und den alten Mann am Kopf des Tisches erstaunt an. In ihrem Blick lag Besorgnis.

# 3

Es gab keine Digitaluhr an dem kleinen Fernseher in der Ecke des Schlafzimmers. Der Wecker lag noch zwischen Pascals Hemden im Koffer, und doch wachte er auf, bevor die ersten Sonnenstrahlen in seine neue Wohnung unter dem Dach schienen.

Die ungewohnte Stille, der viele Alkohol, die Aufregung der bevorstehenden Vereidigung durch den Bürgermeister von Lucasson, all das könnte schuld daran gewesen sein. Doch es waren die Stimmen vor dem Haus, die Pascal aufstehen und sich zum Fenster tasten ließen.

Zwei in wärmende Jacken eingepackte Männer standen mit einem Stock und einer Art Hacke vor dem Haus. Sie trugen Wanderstiefel. Einer der Männer hatte eine Umhängetasche dabei, wie man sie eher in Großstädten als auf dem Land trägt. Er deutete in Richtung des Waldes neben den Weinbergen des Château Sept.

Ein Hund bellte, Pascal hatte ihn noch gar nicht bemerkt. Auch am vorigen Abend nicht. Der Hund kam aufgeregt aus einem Nachbargebäude auf die beiden Männer zugerannt. Auf einen Befehl hin legte er sich ihnen sofort zu Füßen.

Es war noch zu dunkel, um etwas Genaueres zu sehen, doch Pascal glaubte, die Stimme von David Perieux zu erkennen. Der Haltung nach konnte es sich bei dem anderen Mann um den Önologen Patrick Dumont handeln, doch er war sich nicht sicher. Wie sollte er auch? Er hatte ihn an dem Abend zuvor die längste Zeit nur sitzend und Wein trinkend erlebt.

Die beiden Männer entfernten sich schnell in Richtung Wald, der wie eine Grenze vor dem Petit Luberon lag. Die einzige Straße führte links am Wald vorbei, durch den Luberon Richtung Lucasson.

Pascal war zu sehr damit beschäftigt, den Männern nachzuschauen, als dass er hätte sagen können, aus welcher Richtung das Auto auf die beiden zugerast kam. Er bemerkte es erst, als die Scheinwerfer die Männer auf dem Feldweg kurz vor dem

Wald in grelles Licht tauchten. Wie erstarrt blieben sie stehen, einem Reh auf der Landstraße gleich, unfähig, sich zu bewegen.

Einer von ihnen gestikulierte, der andere – Pascal glaubte noch immer, dass es David Perieux war – hielt den Hund an seinem Halsband eng bei sich. Sein Bellen durchschnitt die Stille des Morgengrauens.

Der Mann aus dem Auto musste schnell ausgestiegen sein, denn er hielt ein zweites Licht in die Höhe. Es musste der Schein einer Taschenlampe sein, der über die Spaziergänger tastete. Sie unterhielten sich, erst kaum hörbar, dann wurden ihre Stimmen lauter, sie begannen wild zu gestikulieren.

Zu gern hätte Pascal verstanden, um was es ging. Er war zu sehr Gendarm, als dass ihm die Szenerie egal gewesen wäre. Irgendetwas war da faul.

Er kam sich vor wie Alexandre, dessen ständige Verdächtigungen ihm gehörig auf die Nerven gegangen waren, wenn sie gemeinsam auf Streife gewesen waren.

»Als Polizist musst du immer dreimal so genau hinschauen«, pflegte Alexandre zu sagen. Hätte er die Szenerie dort drüben im Licht der Scheinwerfer beobachtet, hätte er sicher gleich seine Waffe durchgeladen.

Gleichwohl war hier kein Platz für voreilige Verdächtigungen, hier war die Welt noch in Ordnung. Was war schon Besonderes daran, wenn sich drei Männer vor Sonnenaufgang auf einem Feldweg am Wald trafen und sich stritten? Was war schon Besonderes daran, wenn einer von ihnen den Hund nur schwer im Zaum halten konnte, wenn ein anderer ihnen mit der Taschenlampe ins Gesicht leuchtete und wenn alle drei zusammen ins Auto stiegen?

Tatsächlich, die beiden Männer öffneten die hinteren Türen des Wagens. Sogleich sprang der Hund auf die Rückbank, die beiden Spaziergänger mit der Spitzhacke setzten sich daneben. Wenige Sekunden später wendete das Auto auf dem engen Feldweg und nahm Kurs auf die große Villa auf dem Hügel.

Über den Weinreben und dem Wald lag ein sanfter Frühnebel. Das Auto tauchte wie ein Flugzeug in die Wolken in den Dunst ein. Am Ende der Talsenke erschien es wieder. Es war schon weit entfernt, zu weit, um Einzelheiten erkennen zu können.

Pascal rieb sich die Augen und beobachtete das Treiben noch eine Weile. Erst dann beschloss er, sich wieder hinzulegen, nachdem er seine Armbanduhr so gegen das fahle Morgenlicht gehalten hatte, dass er das Ziffernblatt lesen konnte.

»Sieben Uhr«, flüsterte er, als fürchtete er, belauscht zu werden.

# 4

Jean-Paul Betrix war ein kleiner Mann mit einer Nickelbrille. Seine hellwachen Augen scannten den Raum ab und musterten ihn, den neuen Chef de police im Département Vaucluse, mit interessiertem und strengem Blick. Der Bürgermeister trug einen dreiteiligen Anzug, der maßgeschneidert zu sein schien.

Schon immer hatte sich Pascal gefragt, wie die Staatsmänner es aushalten konnten, den kratzigen Anzugstoff bei über dreißig Grad im Schatten auf der Haut zu ertragen. Ihm grauste vor der engen Uniform, die er nach der Vereidigung im Rathaus von Lucasson würde tragen müssen. Er hatte sich in seinen einzigen Anzug gezwängt, den er aus Paris mit in sein neues Leben genommen hatte, um dem Staatsakt gerecht zu werden. Erst wollte er seine Uniform anziehen, doch dann hatte er an die Beschreibung des Bürgermeisters denken müssen, die ihn als strengen und konservativen Mann darstellte. Vielleicht hatte er es nicht gern, wenn der zukünftige Chef de police bereits in Uniform erschien, obwohl er den Segen von höchster Stelle noch gar nicht empfangen hatte.

Eigentlich liebte Pascal die zivile Kleidung, sodass er nicht immer gleich erkennbar war. Lieber ermittelte er unauffällig. Er würde hier eine Mischung finden müssen, mal die Uniform, mal die zivile Kleidung. Er war froh, dass das *képi* seit 2011 abgeschafft war. Und trotzdem besaß er noch eines für besondere Anlässe – und dieser hier war einer dieser besonderen Anlässe.

Schon als er die schwere Holztür des Rathauses geöffnet hatte, fühlte Pascal sich unwohl. Auf dem kleinen Markt von Lucasson hatten ihm wildfremde Menschen neugierig zugenickt. Sie alle schienen zu wissen, was den neuen Chef de police erwartete, im Gegensatz zu ihm, dem Großstädter, dem Fremden, der sein Schicksal selbst gewählt hatte.

Das Büro des Bürgermeisters war in einer Mischung von antiken Schränken und Stühlen sowie modernen Möbeln eingerichtet. Während der Schreibtisch schon zu Napoleons Zeiten hier gestanden haben musste, entsprach der moderne Schreibtischstuhl eher dem Stil eines jener neureichen Menschen aus der Großstadt, die ihr Geld in Design und Kunst investierten.

An den Wänden hingen Bilder. Es waren alte Werke. Auf einem davon stand ein Hund neben seinem Herrchen. Beide schauten über die Hügel der Provence. Helles Gestein, Kalkfelsen, Kiefern, in die Landschaft eingebettete Häuser, Weinreben. Das Bild konnte ein paar hundert Jahre alt sein. Zu erkennen war das nur an den Farben, nicht an der Landschaft. Die Zeit schien um dieses Fleckchen Erde einen Bogen gemacht zu haben.

Doch etwas anderes, nicht Sichtbares, erregte Pascals Aufmerksamkeit. Er hatte zu viele Stunden in der Küche verbracht, um den Geruch ignorieren zu können. Es roch nach Trüffeln. Möglich, dass dieser Geruch der natürliche Duft der Provence war, diese erdige Köstlichkeit zwischen Gourmetmahl und Natur.

Jean-Paul Betrix hatte einen festen Händedruck und stellte sich ihm als Bürgermeister der Stadt Lucasson, der Region Provence-Alpes-Côte d'Azur des Département Vaucluse und des Arrondissement Apt vor. Als wüsste Pascal nicht, wo er war.

Kein Lächeln, keine menschliche Regung, der Mann hatte eine strenge Ausstrahlung. Pascal fand ihn auf Anhieb unsympathisch.

»Sie sind also Monsieur Chevrier?«, fragte der Bürgermeister ihn, als würde er nicht wissen, wen er vor sich hatte. Jean-Paul Betrix wartete keine Antwort ab. »Vom Flic zum Dorf-Gendarm, was für eine Karriere.« Lächelt der Mann?, fragte sich Pascal, verwarf den Gedanken aber schnell wieder. Er wusste, dass er in wenigen Minuten der ZGN angehörte, der »Zone de responsabilité propre de la gendarmerie nationale«, den fünfundneunzig Prozent des französischen Territoriums, die von ihnen und nicht von der Police nationale überwacht wurden. Also eigentlich dem bedeutend größeren Teil, nur mit weniger Ansehen. Jean-Paul Betrix war sein neuer offizieller Vorgesetzter. Er hatte die Macht, Pascal für seinen Ort zu berufen.

Der Bürgermeister betrachtete das signierte Versetzungsschreiben, das Pascal bereits in Paris unterzeichnet hatte. Betrix hatte es vor ihnen auf den schweren antiken Schreibtisch gelegt. Noch immer standen sie beide am Tisch.

»Der gute alte Max«, ein nicht zu deutendes Lächeln huschte um den Mund des Bürgermeisters und verschwand so schnell, wie es gekommen war, »hat einfach den Dienst quittiert. Nach fünfundvierzig Jahren.«

Pascal nickte und wartete ab.

»Er hat es sich verdient. Wir hatten hier in fünfundvierzig Jahren keinerlei Scherereien. Alles war ruhig. Max hatte immer eine ruhige Ausstrahlung. Er kannte die meisten der Einwohner schon, als sie noch Kinder waren. Er hat sie sozusagen in der Sandkiste und später auf dem Bouleplatz erzogen. In Max steckte schon in frühester Kindheit ein Gendarm. Letztendlich hat er auf diese Weise sein eigenes Dorf mit seinen Regeln erschaffen. Man kann gar nicht früh genug anfangen, den Menschen Grundwerte für ein friedliches Miteinander zu vermitteln. Max hat das immer getan.«

Der Bürgermeister deutete endlich auf den niedrigen Sessel vor seinem klobigen Schreibtisch. Pascal nahm darauf Platz. Die durchgesessene, weiche Sitzfläche ließ ihn ein Stück hinabsinken. Der Holzrahmen drückte ihm in die Hüften. Mit einer schwungvollen Bewegung nahm der Bürgermeister in seinem Stuhl vor dem Schreibtisch Platz. Er saß höher, wie auf einem Podest thronte er über Pascal.

»Ich habe mir die Statistik angesehen. Es hat in den letzten fünfundvierzig Jahren in meiner Stadt nur sechs Diebstähle gegeben. Alle bei unserem guten alten Monsieur Dufranc im ›Café Tabac‹. Stellen Sie sich vor, Monsieur Chevrier. Alle Diebstähle sind von Touristen verübt worden. Es gab hier nie einen Mord oder eine Vergewaltigung. Gott bewahre unser Städtchen vor einem solchen Unglück.«

Pascal fiel auf, dass plötzlich von »unserem« Städtchen die Rede war. Er wertete das als gutes Zeichen.

»Es gab immer wieder mal ruhestörenden Lärm, auch meistens von Touristen, und einmal kamen ein paar Zigeuner aus Apt zu uns und beklauten die Touristen, während die anderen sie mit ihrer entsetzlichen Zigeunermusik abgelenkt haben. Apt, das ist ohnehin ein Brutkessel für Kriminalität. Mein Kollege, der Bürgermeister Laurence, hat seine Stadt einfach nicht im Griff. Drogen, Jugendkriminalität und Raubüberfälle. Ich gönne es niemandem, dort zu leben.« Der Bürgermeister schlug einen geradezu mitleidigen Tonfall an.

»Nun, ich denke, nach den nächsten Wahlen wird sich das Thema Laurence mit seiner liberalen Politik erledigt haben«, fuhr er fort. »Ich werde meinen konservativen Kollegen Monsieur Hunault dort unterstützen. Er ist ein kluger Mann.« Dann wechselte er das Gesprächsthema, als wolle er nicht zu viel über seine politische Gesinnung preisgeben. »Paris. Warum sind Sie da eigentlich weg?«

»Es liegt an dem gesamten Umfeld dort.« Pascal wusste selbst nicht, wie er das Umfeld genauer beschreiben sollte, und war froh, als Betrix dies selbst tat.

»Ja, ja, da braucht es mal eine harte Hand. Man kommt kaum noch in die Stadt. Da brennen die ganzen Vororte.«

Er lachte verächtlich, und für einen Moment fragte Pascal sich, wie so jemand wie er zum Bürgermeister gewählt worden war.

Irgendwas muss der Mann haben, dachte Pascal, und als er ihm wieder zuhörte, hatte er den Anfang des nächsten Satzes verpasst.

»... pro Jahr etwa zwölf Verkehrsunfälle, unzählige Falschparker, und achten Sie auf die *cambrioleurs*, die Einbrecher. Sie haben es auf die Häuser außerhalb des Dorfes abgesehen. Meistens sind es *résidences secondaires*, Zweitwohnsitze. Die meiste Zeit des Jahres sind sie nicht besetzt. Man erkennt es daran, dass die Fensterläden verschlossen sind, und die vermeintlich Klügsten von ihnen hängen eine schwere Kette hinter die Eingangspforte. Unter uns, wie dämlich muss man denn sein? Die Häuser stehen die Hälfte des Jahres leer. Hier wurden schon Einbauküchen, Schrankwände und sogar Olivenbäume geklaut. Kein Mensch merkt es, wenn ein Kleinlaster die Gartenhäuser von den Grundstücken abtransportiert. Man hat Glück, wenn die Kette nach dem Raubzug noch hängt. Monsieur Chevrier, Sie müssen das im Griff haben. Bei Ihrer Streife müssen Sie auch die Randgebiete von Lucasson beobachten.«

Die Stimme von Jean-Paul Betrix hatte einen geradezu eifrigen Klang bekommen. Er hatte sich in Rage geredet. »Dann der Markt – unser ganzer Stolz. Es kommt immer wieder vor, dass hier am Samstag die Bauern und Bouchers aus der Umgebung ihre illegalen Waren verkaufen. Foie gras aus dem Languedoc oder Trüffel aus dem Périgord, die vollkommen überschätzt werden. Dem illegalen Markttreiben muss ein Ende gesetzt werden. Der gute alte Max war zu eng mit den Händlern befreundet. Gott weiß, mit wie viel Trüffel er sich hat bestechen lassen. Wie oft er sich wohl ins Fäustchen gelacht hat, als er abends mit seiner Frau vor den dampfenden Trüffelnudeln saß. Ja, es hat schon Vorteile, dass hier mal ein frischer Wind aus Paris über den Marktplatz fegt.«

Jean-Paul Betrix griff zu einem silbernen Zigarettenetui und bot Pascal einen Zigarillo an.

»Danke, Monsieur Betrix.« Pascal nahm einen, er hatte schon lange nicht mehr geraucht, er tat es nur zu besonderen Anlässen – und dieser war einer. Er roch an dem Zigarillo und hielt ihn in der Hand, darauf wartend, dass Betrix ihm Feuer gab.

»Schon gut, Monsieur Chevrier. Wir müssen Seite an Seite stehen. Wir brauchen hier Zusammenhalt.« Er zog eine Packung Streichhölzer aus der Schublade vor ihm und zündete Pascal den Zigarillo an, bevor er sich selbst das Streichholz vor seinen hielt. Für einen Moment war es still, nur das Einsaugen des Rauchs und das Ausatmen waren zu hören. Der Zigarillogeruch vertrieb sofort das Trüffelaroma, das Pascal die ganze Zeit über in der Nase gehabt hatte.

Pascal schaute seinem Vorgesetzten ins Gesicht, der sorgfältig gestutzte Vollbart, die grauen Haare, die silberne randlose Brille, die blauen Augen, die ständig durch den Raum wanderten, ihn abscannten, als würde in jeder Ecke eine Gefahr, das Böse lauern.

Auf dem schweren Schreibtisch lag ein Smartphone der neuesten Generation, mit dem Display nach unten, sodass niemand die Nachrichten, die eintrafen, lesen konnte. Jean-Paul Betrix nahm einen weiteren Zug seines Zigarillos und blies den Rauch über sich, als er schließlich weitersprach.

»Der Tourismus, Monsieur Chevrier, der Tourismus ist hier das Wichtigste. Klar, wir haben den Weinbau, unsere beiden Delikatessläden und unseren bereits erwähnten Wochenmarkt, aber der Tourismus ist das Entscheidende. Unser Dorf hat einen exzellenten Ruf. Im Sommer wimmelt es hier von Engländern, Deutschen, Holländern, Belgiern und Franzosen aus anderen Regionen. In den letzten Jahren kommen immer mehr Japaner, Russen und Amerikaner nach Lucasson. Die sind wichtig, sie haben Geld, aber das Wichtigste ist der gute Ruf des Dorfes. Hier ist die Welt noch in Ordnung. Und es ist jetzt Ihr Job, dass das so bleibt. Jedes Verbrechen wäre eine Katastrophe. Ich bin der nette Jean-Paul, aber glauben Sie mir, wenn das mit Ihnen nicht funktioniert, dann bin ich … na ja, lassen wir das.«

Pascal hatte das Gefühl, er brauchte nach dieser Unterredung eine neue Hüfte, so sehr drückte das Holz des Sessels seine Körpermitte zusammen. Nach drei Zügen mochte er nicht mehr an dem Zigarillo ziehen und legte ihn in den Aschenbecher auf Jean-Paul Betrix' Schreibtisch, in der Hoffnung, dass er dort in den nächsten Minuten erlosch. Auch den Rauch im Raum empfand er inzwischen als unangenehm. Der Duft nach Trüffeln wäre ihm wesentlich lieber gewesen, der Geruch hatte das Gefühl der Vorfreude auf eine gute Mahlzeit in seiner Magengegend hervorgerufen.

Der Bürgermeister gestikulierte und schwärmte weiter von seinem Dorf Lucasson, von Recht und Ordnung – und dann schließlich war es so weit. Mit einer feierlichen Geste zog er ein Stück Papier aus einem prunkvollen Ledereinband. Es hatte einen goldenen Rand und trug das blau-gelbe Wappen von Lucasson. Er reichte Pascal das Dokument über den Schreibtisch und zog aus der Innentasche seines Sakkos einen gold-schwarzen Montblanc-Füller.

»Monsieur Pascal Chevrier, neuer Chef de police von Lucasson, bitte unterschreiben Sie.«

Pascal kam der eigentliche Akt der Unterzeichnung gegen die lange Einleitung des Bürgermeisters geradezu nichtig vor. Es hätte ihn nicht gewundert, wenn er in diesem Büro zum Ritter geschlagen worden wäre, kniend ewige Treue hätte schwören müssen, die Füße des Bürgermeisters küssend, sein Kopf in einem Topf mit heißem Olivenöl, weil man das bereits im Mittelalter so gemacht hatte. Und jetzt? Nichts von alledem. Der Bürgermeister reichte seinem neuen Chef de police nur die Hand, was Pascal zunächst als Hilfeleistung auslegte, um einigermaßen unverletzt aus dem Sessel zu kommen. Dann aber wurde er selbst von der Feierlichkeit des Moments übermannt. Mit brüchiger Stimme gelobte er von nun an, sich voll und ganz und zu jeder Tages- und Nachtzeit in den Dienst des Dorfes Lucasson im Département Vaucluse zu stellen. Er fühlte sich wie nach der Polizeiprüfung.

Stolz, Rührung und Verantwortungsbewusstsein durchströmten Pascal, als der Bürgermeister ihm die Tür öffnete und feierlich verkündete: »Ich werde Sie nun in Ihr neues Büro begleiten.«

## 5

Pascals Büro lag nur wenige Türen neben dem des Bürgermeisters Jean-Paul Betrix, der seit wenigen Stunden sein Vorgesetzter war. Pascal wusste, dass es in vielen Dörfern und kleinen Städten üblich war, dass die Gendarmerie direkt in den Rathäusern untergebracht war. Ein Umstand, an den er sich gewöhnen musste.

Von seinem Bürofenster aus konnte Pascal die Place de la Fontaine überblicken. Unermüdlich sprudelte das Wasser aus dem großen Brunnen, dem der Dorfplatz seinen Namen zu verdanken hatte. Ein hechelnder Hund balancierte auf dem Rand und steckte seinen Kopf so weit es ging in das eiskalte Wasser. Seine Zunge hing tief.

Pascal erinnerte sich an den mühsamen Aufstieg über die Kopfsteinpflasterwege vom Fuße des Berges zum Dorfkern von Lucasson. Auch bei Temperaturen um die fünf Grad bekam ein ungeübter Wanderer wie er Durst, genau wie der Hund am Brunnen.

Eine Familie mit Kindern hatte es sich auf den wenigen Stühlen vor dem »Café de Gendarmerie« bequem gemacht. Die Kinder tranken Kakao, die Eltern Kaffee, während der Vater zuerst in der »La Provence« blätterte und dann, genau wie seine Frau, das Gesicht in die noch schwachen Sonnenstrahlen hielt, den Winter und die fünf Grad ignorierend, die Augen geschlossen, die Füße weit von sich gestreckt.

Der Kellner füllte seine Gießkanne mit dem Brunnenwasser und verschwand dann wieder hinter seiner Eingangstür. »Non potable«, stand auf einem Schild am Brunnen. Das Wasser wurde dennoch von allen Dorfbewohnern getrunken.

Auf der anderen Seite des Platzes erschien ein zahnloser Mann mit einer Katze auf dem Arm in Pascals Blickfeld. Der Alte sprach ständig auf sie ein. Als sie den Hund erblickte, drohte sie mit buckeligem Rücken, gebührenden Abstand zu halten.

Die Kinder, die eben noch neben ihren Eltern vor dem Café gesessen hatten, liefen zu dem Mann und versuchten, die Katze zu streicheln. Es wurde ihr zu viel, sie sprang vom Arm des Alten herunter und verschwand hinter der nächsten Hausecke.

Pascal kam sich vor wie in einem Theater, als drei weitere alte Männer sich zu dem zahnlosen Katzenhalter gesellten und aus ihren Taschen Boulekugeln hervorholten. Sie trugen Handschuhe gegen die Kälte.

In den letzten Jahren waren in der Provence immer mehr Boulehallen entstanden, damit die Provenzalen im Winter nicht auf ihre Lieblingsfreizeitbeschäftigung verzichten mussten, das hatte Pascal in der Zeitung gelesen. Diese Männer schienen das für neumodischen Blödsinn zu halten. Wenn der Mistral nicht gerade über den Marktplatz fegte und die Sonne sich so zeigte wie heute, konnte man ein Spielchen wagen, würden sie wahrscheinlich sagen.

Pascal hatte vom Boulespiel viel gehört, es aber nie selbst probiert. Ihm fehlte bislang schlichtweg die Zeit. Zudem hatte er immer das Gefühl, es sei ein Alte-Männer-Sport. Der Anblick der drei Spieler auf der gegenüberliegenden Seite widersprach seiner Vermutung nicht.

Er versuchte, sich die Spielregeln ins Gedächtnis zu rufen, und nahm sich vor, gleich am nächsten Tag ein paar Kugeln und das obligatorische Zentimetermaß zu kaufen, um bald mitspielen zu können.

Gerade als er sich im Sommer im Schatten der Platane die Kugeln werfen sah, die Dorfbewohner freundlich grüßend, dem Hund das Fell tätschelnd, forderte etwas anderes seine ganze Aufmerksamkeit: Er hatte verpasst zu beobachten, aus welcher Richtung Elaine die Place de la Fontaine betreten hatte.

Augenblicklich war Pascal wieder von ihr fasziniert. Sie trug eine eng anliegende schwarze Hose, dazu schwarze Stiefel. Gegen die Kälte hatte sie einen roten Mantel ausgewählt, mit einer breiten Gürtelschnalle. Es war ihr bewusst, ein Blickfang zu sein. Ihre halblangen Haare hatte sie heute zu einem Zopf gebunden, einige Strähnen fielen ihr ins Gesicht. Selbst der zahnlose Boulespieler drückte seinen Rücken durch, um ein bisschen zu wachsen. Für ein paar Sekunden ließ Elaine die Place de la Fontaine erstrahlen.

Hingerissen von dem Anblick der schönen Frau, entging Pascal an diesem Tag die zweite Kleinigkeit. Elaine war nicht allein.

Wenige Schritte vor ihr ging ein Mann mit zurückgegeltem Haar. Er trug eine Lederjacke und verschwand im Restaurant, nachdem er Elaine an sich gedrückt und ihr einen Kuss auf den Mund gegeben hatte. Mit einer sportlichen Drehung steuerte sie nun direkt auf die Gendarmerie zu.

Pascal blieb einen Moment wie erstarrt stehen. Er hatte ganz vergessen, dass der Nachmittag ein »Tag der offenen Tür« sein sollte. Die Einwohner erhielten so die Möglichkeit, ihren neuen Dorfpolizisten kennenzulernen. Bisher war niemand gekommen. Bisher.

Kein Zweifel, Elaine wollte zu ihm. Er überlegte kurz, wie er sie empfangen sollte. Seine Uniform trug er seit heute Mittag, aber was war mit seinem *képi*? Schnell setzte er es auf und nahm hinter seinem leeren Schreibtisch Platz, da klopfte es auch schon.

»Oui.«

Um Elaines Mundwinkel herum spielte ein Lächeln, als sie Pascal in voller Polizeimontur hinter dem Schreibtisch antraf. Ihr Ausdruck hatte etwas Hintergründiges, leicht Verschmitztes.

Schnell nahm er die Mütze wieder vom Kopf und strich sich über das Haar. »Elaine!«

»Oui, Monsieur le gendarm.« Lächelnd ging sie zu ihm und verteilte ihre drei Küsse. Sie roch gut, ein bisschen nach Frühling, und als sie ihn für einen Moment am Arm berührte, lief Pascal ein kurzer wohliger Schauer über den Rücken. »Wie war Ihr Treffen mit dem Bürgermeister?« Elaine schaute ihm aufmerksam in die Augen, ihre dunklen Pupillen ließen ihn nicht mehr los, hielten ihn gefangen.

»Sehr gut. Ein strenger Mann mit dem Ziel auf sein Weiterkommen …«

»Ich weiß«, unterbrach Elaine ihn. Sie sah zu Boden. »Manchmal fehlt ihm der Blick für das Wesentliche. Verstehen Sie, Monsieur Chevrier?«

»Pascal, Sie dürfen mich gern Pascal nennen.« Er lehnte sich in seinem Sessel zurück.

Ohne Aufforderung hängte Elaine ihren roten Mantel an den Haken neben der Tür. Sie trug einen geringelten Pullover, der eher nach der Bretagne als nach der Provence aussah. Er lag eng an.

»Das Wesentliche?«

Elaine schaute sich in der Gendarmerie um. »Darf ich mich setzen?«

»Ich bin aber auch … klar, bitte schön. Möchtest du ein Wasser, einen Kaffee, einen Tee?«

Elaine schüttelte kaum sichtbar den Kopf und setzte sich an den Schreibtisch. Pascal nahm sich vor, eine kleine Besucherecke in seinem Büro einzurichten, einen kleinen Tisch, zwei Stühle, dadurch konnte er mehr Nähe zu seinen Gästen aufbauen und auf diese Weise eine vertraulichere Atmosphäre schaffen, die über die große Schreibtischplatte hinweg schwer zu erreichen war.

In Paris hatten Pascal und Alexandre sogar eine Assistentin gehabt, die Kaffee oder Wasser holte, hier gab es außer ihm niemanden. Ob er in den nächsten Wochen oder Monaten eine Assistentin bekommen würde oder vielleicht sogar einen Partner, war noch nicht klar. In Frankreich wurden immer weniger Polizisten eingestellt, ihre Gebiete wurden ausgeweitet. Sein Territorium war groß, Bonnieux, Lourmarin, Lacoste, eigentlich der gesamte Petit Luberon.

»Das Wesentliche für den Bürgermeister ist es, die nächste Wahl zu gewinnen«, sagte Elaine. »Sie findet im Herbst statt. Du solltest dir schnell einen Überblick über die Probleme verschaffen.«

Pascals Interesse war geweckt, er wartete ab. Eine Pause entstand.

»Probleme?«, fragte er schließlich und hob die Augenbrauen.

»Palace du Luberon. Hat er dir davon erzählt?«

»Nein.«

»Merde. Typisch.« Auf Elaines Stirn bildete sich eine Falte, die ihrem Gesicht etwas Schmollendes verlieh, ein Gesicht, auf das sicher schon viele reingefallen waren.

»Nichts? Gar nichts?«, hakte sie nach.

»Non. Wo steht der Palace du Luberon?«

Elaine sah ihn erstaunt an. »Noch nirgendwo. Das ist es ja.« Sie warf einen Blick aus dem Fenster, als würde der Palace du Luberon gerade auf der Place de la Fontaine errichtet, Elaine zu Ehren. »Der Palace du Luberon könnte die Zukunft sein, wenn die Bewohner nicht so stur wären.« Aufgebracht erhob sie sich wieder von ihrem Stuhl und ging zum Fenster.

Pascal sah ihr an, dass sie wütend war. Er konnte nicht anders, er stellte sich vor, wie sie gemeinsam in einer Bar saßen und sie mit genau dem gleichen Augenaufschlag eine Flasche Champagner bestellte. Für einen Moment fühlte er sich in seine Jugendjahre zurückversetzt, in die Zeit, als er Catherine kennengelernt hatte. Auch sie vermochte ihn auf diese Weise um den Finger zu wickeln. Er hatte schon nach den ersten beiden Essenseinladungen seinen gesamten Monatslohn in teure Getränke, Austern und getrüffelte Rinderfilets investiert. Dennoch würde er keinen Moment zögern, auch dieser Frau die Welt zu Füßen zu legen.

»Bist du heute Abend wieder bei der Familie Perieux auf dem Château Sept?«, fragte Elaine.

»Ich wohne da.« Pascal fand selbst, dass das komisch klang.

»D'accord. Ein guter Platz ist das. Können wir später reden?«

»Über den Palace du Luberon?«

Elaine stand noch immer am Fenster, ihren Blick auf den Platz geheftet. »Oui«, sagte sie knapp, und dann, als würde sie das Thema von sich abschütteln wollen: »Ich muss gehen. Lass uns reden. Später.«

Pascal war klar, warum Elaine das Gespräch so schnell beenden wollte. Auch er hatte den Mann mit dem zurückgegelten Haar und der Lederjacke wieder bemerkt, den Elaine kurz zuvor auf den Mund geküsst hatte. Lässig stand er am Brunnen und schien den Platz abzusuchen.

»Ich begleite dich«, sagte Pascal und rückte sein *képi* zurecht.

»Non, non, non.« Elaines Stimme überschlug sich beinahe. »Bitte.«

»Was ist los?« Pascal brachte ihre plötzliche Aufregung durcheinander. »Ich will meine erste Patrouille durchs Dorf gehen. Meine Abendrunde.«

»Doch bitte nicht jetzt«, sagte Elaine flehend. »Sag Mister Frenzen nichts von unserem Gespräch. Bitte.«

Pascal wünschte sich in diesem Moment, dass genau dieser Blick, den sie ihm zuwarf, das Letzte war, was er vor seinem Ableben sehen würde.

Sie ist unwiderstehlich, dachte er mit erschreckender Klarheit, und gefährlich. Das spürte er deutlich. Sie strahlte Berechnung und Kälte aus, Pascal wusste aber nicht, woran er das festmachen konnte.

Hier geht etwas vor, hätte Alexandre gesagt. Aber vielleicht hätte er das schon früher bemerkt. Nicht erst, wenn eine besorgte Bürgerin es ihm unmissverständlich klargemacht hätte.

»Wer ist Mister Frenzen?«, fragte Pascal.

Elaine lächelte. »Er ist mein amerikanischer Freund.«

Pascal wartete auf eine weitere Erklärung, aber Elaine drehte sich um, musterte ihn mit einem Blick, der ihn an einem Ort traf, von dem er dachte, es gäbe ihn seit seiner Scheidung gar nicht mehr.

»Ich muss jetzt gehen. Wir sehen uns später«, sagte Elaine.

Sie reichten sich die Hände und sie nahm ihren roten Mantel wieder vom Haken, alles in einer fließenden, galanten Bewegung, wie in einem Film. Würdevoll. »Du wartest hier. Bitte. Ein paar wenige Minuten. Bis ich, ich meine, bis wir weg sind.«

»Gut. Ich warte.«

Mit schnellen Schritten ging Elaine um den Schreibtisch herum und küsste Pascal auf die Wange. Nicht so, wie es das Begrüßungsritual vorschrieb, viel mehr herzlich, hektisch, ein wenig unkontrolliert. Dann verließ sie die Gendarmerie.

Pascal beobachtete, wie sie sich bei dem Mann einhakte, wohl ihrem »amerikanischen Freund«. Gemeinsam schlenderten sie über den Dorfplatz. Sie sahen aus wie ein Ehepaar in den Flitterwochen, das alle Zeit der Welt hatte. Elaine drehte sich nicht um.

## 6

Pascal bemerkte nicht, wie die Einheimischen ihn auf dem Dorf-platz musterten, als er mit fast soldatischen Schritten die nächst-gelegene Straße auf der anderen Seite der Place de la Fontaine erreichte. Es war der schnelle Schritt eines Großstädters, nicht der eines Dorfgendarmen. Noch war Pascal getrieben von dem Leben zwischen Metroschächten, unübersichtlichen Kreisver-kehren und Gruppen von gefährlich aussehenden Jugendlichen, bei denen Pariser die Straßenseite wechselten. Er drehte sich häufig um, schaute hinter jede Ecke, und statt Gelassenheit, drückte sein ganzer Körper Angespanntheit aus.

Die Sonne war gerade auf dem Weg, Südfrankreich zu verlassen und es der Dunkelheit anzuvertrauen. Es war kälter geworden. Aus einigen Fenstern schien das Licht auf die engen Gassen. Es roch nach Thymian, Rosmarin, Lamm, einfach nach Abendessen. Einige Fenster waren geöffnet.

Pascal hörte Stimmen und stellte sich vor, wie Familien um den gedeckten Tisch bei Wein und Essen saßen, sich erzählten, wie ihr Tag gewesen war, wie sie sich auf den Frühling freuten.

Während er sich noch den Gerüchen und den spätabend-lichen Geräuschen seiner neuen Heimat Lucasson hingab, er-kannte Pascal hinter der nächsten Ecke die kleine Bar »Chez Jacques« wieder. Tags zuvor hatte er in genau diesem »Café Tabac« gesessen und der Kälte trotzend seinen ersten Pastis im Freien genossen.

Heute waren die Türen der Bar geschlossen. Pascal warf einen Blick durch das halb gekippte Fenster. Auf dieses Spek-takel war er nicht vorbereitet. Die kleine Bar war rammelvoll. Das Licht war gedimmt. Vor allem Männer waren zu sehen. Die meisten von ihnen standen mit einem Glas Rotwein in der Hand mit dem Rücken zur Theke. An der gegenüberliegenden Wand war eine Leinwand heruntergerollt worden, auf der eine Art Grundriss und eine Menge Berge, vermutlich der Luberon und das Gebiet rund um Lucasson, gezeigt wurden.

Seitlich vor der Leinwand stand der Mann, der Elaine heute

Mittag auf den Mund geküsst hatte. Pascal erkannte Mister Frenzen, ihren »amerikanischen Freund«. Er hielt einen Laserpointer in der Hand, dessen Licht er über die aufgezeichneten Berge sausen ließ.

Das nächste Bild erschien auf der Leinwand. Es zeigte eine strahlend lächelnde Familie. Der Mann auf dem Bild hatte einen hellblauen Pullover um seinen Hals geknotet. Er wirkte sportlich.

Das Licht des Laserpointers umkreiste das kleine Krokodil auf dem Polohemd des Mannes. Mister Frenzen lächelte in die Runde. Er musste einen Witz über den Ort Lacoste auf der Nordseite des Luberon gerissen haben. Niemand lachte, das konnte Pascal deutlich erkennen.

Dann deutete Mister Frenzen mit dem Laserpointer auf die Frau, die mit einem unnatürlichen Lächeln, das ihre viel zu weißen Zähne zeigte, in die Kamera blickte. Der blonde Sohn mit dem frech aufgestellten Haar musste von dem Fotografen die Instruktion bekommen haben, seine Eltern anzuhimmeln, als seien sie Wesen von einem anderen Stern. Ohne Zweifel handelte es sich um das Cover eines Reisekatalogs. Nicht eines französischen, so viel stand fest. Mit dieser Art Klischees spielten Amerikaner, nicht aber Franzosen.

»Palace du Luberon«, stand in geschwungener Schrift über dem Bild.

Als Pascal die Tür öffnete, verstummte der Amerikaner für eine Sekunde. Alle Köpfe drehten sich zu Pascal um.

»Bonsoir«, grüßte er freundlich und ging unter neugierigen Blicken an die Theke. Außer einem leisen Flüstern war für einen kurzen Moment nichts zu hören.

»Frenzen, Jack Frenzen«, stellte der Mann sich vor, bevor er sich wieder an die Gäste wandte.

Das »Café Tabac« hatte alles, was eine kleine Bar in einem provenzalischen Dorf benötigte. Eine lange Theke mit einem Zapfhahn, eine kleine Glasvitrine, in der am Morgen die Croissants ausgelegt waren, und eine große silberne Kaffeemaschine. An der Wand, kurz unter der Decke, hing ein kleiner Fernseher, auf dem ohne Ton ein Pferderennen übertragen wurde.

Erst nach einer Pause ergriff der Amerikaner wieder das Wort. Er sprach Französisch mit jenem Akzent, der den Franzosen schon immer missfiel, weil er ihre schöne Sprache verfälschte. Den Menschen in dieser Bar stand ihre Abneigung ins Gesicht geschrieben. Die meisten von ihnen schauten finster, es gab kein Nicken, keine freundliche Aufforderung an den Amerikaner fortzufahren.

»Denken Sie an die Arbeitsplätze. Der Palace du Luberon wird Ihnen Wohlstand bringen. Es ist ein Golf-Resort. Bestens in die Landschaft integriert. Die Häuser werden im Stile des Dorfes Lucasson gebaut. Es könnten hier einhundert neue Arbeitsplätze geschaffen werden. Mehrere hundert sogar, wenn man all die Lieferanten mit den Weinen, den Ölen, den regionalen Spezialitäten und dem Kunsthandwerk bedenkt!«

Jack Frenzen blickte in die Runde, in die leeren Gesichter, die funkelnden Augen, in die Wut. Er trank einen Schluck Wasser, offensichtlich war ihm die Kehle durch die Kälte im Raum, die ihm entgegenschlug, ausgetrocknet. Das Glas mit dem Wein war noch unberührt.

Pascal wollte etwas zu trinken bestellen. Doch der Besitzer Jacques Dufranc, der noch immer dasselbe Hemd wie am Vortag trug, stand teilnahmslos an der Bar. Ob er ihn bewusst ignorierte oder tatsächlich so gefangen von der Präsentation war, ließ sich nicht einschätzen. Pascal schenkte ihm keine allzu große Aufmerksamkeit. Hier ging es um etwas, was die Menschen in seiner neuen Heimat sehr bewegte. Der Palace du Luberon ging sie alle an. Die Atmosphäre war entsprechend hitzig.

Auch Pascal wollte wissen, worum es den Menschen hier genau ging, er wollte sich in sie hineinversetzen. Wenn jemand wie Frenzen, ein amerikanischer Geschäftsmann, ein dynamischer »Macher«, auftauchte, der in einen Ort investieren wollte und zusätzlich auch noch Arbeitsplätze und dadurch Wohlstand versprach, warum schlug ihm dann so viel Argwohn entgegen?

»Bitte, meine Herren. Stellen Sie Ihre Fragen.« Jack Frenzen schaute zuversichtlich in die Runde. In seiner Körperhaltung lag das, was Pascal in einer jener schlaflosen Nächte nach der Trennung von seiner Frau in Paris in einer Dokumentation über Körpersprache gesehen hatte. Die Beine ein Stück weit auseinander, die Augen hellwach, mit jeder Faser Optimismus ausstrahlend.

Niemand sagte etwas.

»Ich wollte Sie, meine Damen und Herren, liebe Bürger aus dem Petit Luberon, gern in meine Pläne integrieren. Ihnen rechtzeitig die Möglichkeit bieten, dabei zu sein. Vielleicht Ihre Ideen mit einzubringen. Sie werden auf Dauer nicht ohne Pauschalhotels mit Golfplätzen und geführten Weintouren überleben können. Das sollten Sie wissen. Es ist selten, dass die Dorfbewohner in ein solches Projekt von Anfang an mit einbezogen werden. Und es ist fast nie so, dass ein Privatier ein Golf-Resort plant. Kein Konzern, niemand steht hinter mir. Ich bin da, und ich bin Ihr Ansprechpartner. Bitte – Ihre Fragen.«

Die Zuhörer schwiegen. Niemand wollte Jack Frenzen eine Frage stellen, keiner lächelte ihm aufmunternd zu. Jetzt erst bemerkte Pascal Elaine, die an der Eingangstür lehnte. Sie sah gelassen aus, ihren Blick hatte sie fest auf ihren Freund gerichtet, als er von der kleinen improvisierten Bühne herunterstieg und den Beamer ausschaltete. Plötzlich war die Bar nicht nur viel dunkler, sondern auch düster, geradezu gespenstisch, mit all den ernsten Gesichtern, die noch immer Richtung Leinwand starrten und nicht glauben konnten, was sie da gerade gesehen und gehört hatten.

»Was ist mit dem Wald?«, fragte Jacques Dufranc von seinem Tresen aus. Sein Gesicht wirkte noch finsterer als am Nachmittag des Vortages.

Jack Frenzen, der bereits dabei war, sich den Weg zur Tür und zu Elaine, die auf ihn wartete, zu bahnen, wurde von Jacques gestoppt, der mit einigen schnellen Schritten hinter seiner Bar hervorgetreten war und sich seinem Gast in den Weg stellte.

Pascal roch ein teures Herrenparfüm mit einer Holznote. Derartige Details fielen ihm automatisch auf, und er prägte sie sich gut ein. Manchmal machte ihn das wahnsinnig. Er wusste, dieser Amerikaner würde für ihn immer der Mann sein, der nach Holz roch.

»In Amerika pflanzen wir für jeden abgeholzten Baum einen neuen.« Jack Frenzen gab sich freundlich, verbindlich, aber auch sehr ehrgeizig. Die aufgesetzte Ruhe, das Ziel immer fest vor Augen, nichts würde ihn stoppen. »Weitere Informationen entnehmen Sie bitte der Broschüre, die ich für Sie habe anfertigen lassen. Sie liegt hier an der Bar aus.«

»Finger weg von dem Wald«, zischte Jacques und wollte sich an Jack Frenzen vorbei zurück hinter die Bar drängen. Dabei rempelte er ihn an.

Für einen Moment verlor der Amerikaner das Gleichgewicht und trat verwundert einen Schritt zur Seite, dann stieß er zurück, nicht ohne vorher noch einmal zu Elaine zu sehen, die gespannt das Treiben beobachtete. Um ihren Mund war ein kaum sichtbares Lächeln zu erkennen, so als wollte sie sagen: »Ja, zeigt mir, wer von euch der Stärkste ist.«

Schon griff ein Dritter ins Geschehen ein. Bevor der Mann, der wie aus dem Nichts aufgetaucht war, seinen gezielten Faustschlag im Gesicht des Amerikaners platzierte, stellte er in aller Ruhe sein Weinglas auf einen der wenigen Tische in der Bar, als hätte er es nicht eilig, als wäre das, was er dann tat, reine Routine.

Jack Frenzen stürzte zu Boden. Blut spritzte aus seiner Nase und bildete rote Flecken auf seinem dottergelben Lacoste-Pulli. Mit dem Ärmel wischte er sich über den Mund, dann kontrollierte er, ob seine weißen Zähne noch alle an ihrem Platz waren.

Erstaunen und Gespanntheit lagen in der Luft, viele Gäste waren von der plötzlichen Eskalation überrascht worden, einige Dorfbewohner traten erschreckt einen Schritt zurück, sie wollten nicht in das Geschehen hineingezogen werden.

Nur ein kleiner asiatisch aussehender Mann mit einer Broschüre in der Hand stürzte auf Jacques zu und streckte ihn mit einem gezielten Handkantenschlag auf die Brust nieder. Jacques sank zu Boden und rang nach Luft. Wie ein verletzter Hund kniete er dort und japste.

Pascal brauchte nur wenige Sekunden, um sich zu orientieren und um zu erkennen, dass er sich vor allem auf den Asiaten konzentrieren musste, der inzwischen die Ausgangstür erreicht hatte und auf die Straße flüchtete. Mit einem Satz durchquerte Pascal die Bar, riss einen Stuhl zu Boden, hörte Gläser auf den Boden fallen, das Stimmengewirr hinter ihm schwoll an.

Aus dem Augenwinkel registrierte er den bewundernden Blick von Elaine, doch sein Hauptaugenmerk hatte er auf den Asiaten gerichtet. Dieser hatte nicht damit gerechnet, dass jemand so schnell in der Lage war, ihn zu stellen.

Mit geübtem Griff drehte Pascal dem überraschten Mann den Arm auf den Rücken und drückte ihn bis zum Schulterblatt nach oben, doch ihm entfuhr lediglich ein kurzes Japsen, aber kein Schmerzenslaut. Bei dem harten Zugriff hätte Pascal einen Schrei erwartet, doch der kam nicht, nur dieses kaum hörbare Aufstöhnen, dieser leise Pfiff, als die Luft mit aller Wucht seiner Lunge entfuhr.

Der Mann war zäh, das konnte Pascal in diesen Sekunden beurteilen – wieder ein Detail, das er sich einprägte. Dennoch hatte er die Situation im Griff.

Einige Besucher waren ebenfalls aus dem »Café Tabac« auf die Straße getreten, um das Handgemenge zu beobachten. Jetzt fehlen nur noch die Wetten auf den Gewinner, dachte Pascal belustigt, doch dann entglitt ihm die Situation.

Es fühlte sich an, als hätte der Asiat Metallplatten in seiner Ferse, als der Tritt Pascal direkt auf den Mittelfuß traf. Er spürte einen zweiten Tritt, einen dritten. Ein lähmender Schmerz erfasste ihn, für einen Moment lockerte er seinen Griff.

Schnell riss der kleine Asiat sich los. Seine schmalen Augen funkelten ihn an. Die Broschüre noch in der Hand, ging der Mann in Kampfstellung. Er wollte ihm mit einem Karatesprung offensichtlich den Rest geben, doch er überlegte es sich anders, drehte sich um und rannte mit schnellen Schritten die enge Gasse in Richtung Place de la Fontaine.

Pascal versuchte, ihm einige Schritte zu folgen, doch sein Fuß gab nach. Schon nach wenigen Metern musste er sich an der Mauer abstützen, spürte einen brennenden, wilden Schmerz. Sehen konnte er nur einen vagen Schatten unter der Straßenlaterne, an der Stelle, an der der Weg eine Biegung machte. Pascal hörte, wie die Hacken des Asiaten über das alte Kopfsteinpflaster schlugen und von den dunklen Mauern der Gasse widerhallten – und dann waren da nur noch die Stimmen der anderen Gäste zu hören, die sich vor der Bar in einem Halbkreis hinter Pascal versammelt hatten.

»Merde«, entfuhr es Pascal. Er ärgerte sich darüber, dass er auf diesen simplen Trick hereingefallen war.

Jack Frenzen war der Erste, der zu Pascal kam. »Thanks a lot«, sagte er und klopfte dem Verletzten unter den argwöhnischen Blicken der Dorfbewohner wie ein alter Freund auf die Schulter.

Der Amerikaner hatte Blut auf der Hand, und auch sein dottergelber Pullover war noch um einige Blutspuren reicher geworden. Elaine trat neben ihn und nahm seine Hand. Ihre Wangen waren vor Aufregung gerötet, in ihrem Blick lag eine gewisse Neugier. Als wäre sie gerade Zeugin eines Gladiatorenkampfes geworden. Etwas in Pascal sagte ihm, dass es ihr gefallen hatte.

Als Jack Frenzen sich schließlich zum Gehen wandte und Elaine mit sich nehmen wollte, blieb sie noch einen Moment stehen und musterte Pascal, als würde sie den Schmerz in seinem Gesicht studieren wollen.

Noch immer standen die Cafébesucher auf der Straße. Pascal erkannte auch Jacques, der mit einem seiner Gäste sprach. Leise, als würden sie ein Geheimnis teilen.

»Er wird seine Strafe bekommen«, sagte Pascal laut und verständlich, bevor er sich zum Gehen wandte. Es war kein Gehen, es war ein Hinken, ein Sich-die-Straße-Runterschleppen. Er wusste, welch trostlosen Anblick er den Dorfbewohnern bot, als er sich immer wieder an den Häusermauern abstützen musste. Doch in Wahrheit beschäftigte ihn viel mehr der Mann, der ihn nicht nur verletzt, sondern auch vor allen Barbesuchern gedemütigt hatte.

»Drahtig, klein, ein Mann asiatischer Herkunft. Unauffällig in seinem Auftreten, athletischer Schritt, schmerzerprobt, offensichtlich kämpferisch ausgebildet.« Er flüsterte sich die Merkmale selbst zu. Er wusste, dass er sich auf sein Gedächtnis verlassen konnte. Das Wichtigste war die leichtfüßige Art, mit der der Mann sich fortbewegte. So etwas hatte Pascal noch nie vorher gesehen. Er schien den Boden kaum zu berühren, als würde er über die jahrhundertealten Pflastersteine fliegen.

Und noch ein Detail mischte sich in die Beobachtung: Der Asiat hatte einen sehr gepflegten Eindruck gemacht. Sein Haar war kurz und sorgfältig gestutzt. Er trug einen Anzug, ein schneeweißes Hemd und eine dunkle Krawatte, aber – und das würde Pascal keine Ruhe lassen, das wusste er in diesem Moment – er hatte schmutzige Finger. Er hatte schwarze Hände, als hätte er im Boden gegraben, und er roch nach Waldboden.

# 7

Den schmerzenden Fuß hatte Pascal sorgfältig verbunden. Um ihn ruhigzustellen, hatte er sich den Besucherstuhl so zurechtgerückt, dass er ihn darauf ablegen konnte. Die Hände vor sich verschränkt, das neue Notizbuch noch eingepackt auf dem Schreibtisch.

Es war bereits nach zweiundzwanzig Uhr. Die Place de la Fontaine war leer. Auch im Amtsgebäude befand sich niemand mehr. Die Putzfrau hatte schon vor Stunden ihren Job beendet. In der Stille, die Pascal aus der Stadt nicht kannte, lauschte er einen Moment seinem eigenen Atem.

Er war gerade erst wenige Stunden im Amt, und schon war er in eine Schlägerei verwickelt worden, in der er sich nicht gerade als Chef de police präsentiert hatte, der alles im Griff hat. Nein, schlimmer noch, er hatte sich vorführen lassen, sich lächerlich gemacht. Und das vor der versammelten Menge der Dorfbewohner. Seinen Einstieg hatte er sich wahrlich anders vorgestellt.

Er dachte an Alexandre in Paris. Was er wohl gerade machte, sein alter Partner? Mit ihm konnte er immer über Misserfolge sprechen. Er hatte immer einen Rat, und er kannte Pascals Stärken. Sicher, körperlich war er seinem kräftig gebauten Partner nicht gewachsen, aber immerhin verfügte Pascal über einen sehr klaren, geradezu analytischen Verstand, über ein ruhiges Wesen, das im Polizeidienst unbedingt nötig war.

Er dachte Dinge gern bis zu Ende. Das jedenfalls hatte Alexandre zu ihm gesagt: »Du denkst die Dinge immer zu Ende, während wir längst mit dem nächsten Fall beschäftigt sind. Das zeichnet dich aus.«

Alexandre lebte allein. Er war Junggeselle. Aus Überzeugung. »Paris ist zu schön, um sich nur für eine Frau zu entscheiden«, pflegte er zu sagen.

Vielleicht hatte er übertrieben, denn seine Beziehungen hielten immer eine ganze Zeit. Frauen fühlten sich bei ihm geborgen. Sein kräftiges Äußeres, sein markantes Kinn, seine flotten Sprüche. Alexandre war ein leidenschaftlicher Sportler. Er spielte Fußball und Tennis, er war ein guter Schwimmer und sogar ein Ringer. Sein Selbstvertrauen, vor allem in seine körperlichen Fähigkeiten, war groß.

Plötzlich fühlte Pascal sich in seinem Arbeitszimmer einsam. War die Flucht in die Provence, denn auch so konnte man es auslegen, tatsächlich die richtige Entscheidung gewesen? Bevor er weiter darüber nachgrübelte, wählte er die Nummer seines Freundes. Er wusste, dass er ihn auch um diese Zeit anrufen konnte.

»Wie geht es dem Südfranzosen?«, fragte Alexandre.

Im Hintergrund hörte Pascal Musik und Stimmengewirr. »Tja, mein Start hätte besser laufen können.«

»Gibt es eigentlich irgendetwas, das bei dir gleich läuft?« Alexandre lachte, wie er es immer tat, wenn er ihn aufmuntern wollte.

Pascal erzählte ihm von seiner Vereidigung, seinem neuen Wohnort bei Lourmarin, von seinem Amtszimmer in Lucasson, und sogar Elaine erwähnte er. Einfach nur, um zu sehen, wie Alexandre darauf reagierte. Immerhin war er es, der Pascal stets ermunterte, wieder auszugehen, um eine neue Frau kennenzulernen. Aber er erwähnte Elaine auch, um den Palace du Luberon ins Spiel zu bringen. Das neue Golf-Resort bei Lucasson.

Die Schlägerei und die Präsentation schilderte er Alexandre so ausführlich wie möglich. Er wusste, dass es gerade diese Ausschreitungen waren, die Alexandre begeisterten.

Trotz der Party in Paris, auf der sein alter Partner sich gerade zu befinden schien, hörte er zu.

Nachdem Pascal Elaine so genau wie möglich beschrieben hatte, vor allem die genauen Proportionen interessierten seinen Freund, sagte Alexandre: »Irgendetwas geht da vor.«

Wie sehr hatte Pascal das vermisst! »Ich glaube, du hast recht.«

»Warum war der Bürgermeister eigentlich nicht im Café, um die Präsentation des Amerikaners anzuschauen, wenn es doch ein Thema ist, das die Gemüter in deinem Lucass... irgendwas so erhitzt?«

Dafür liebte er Alexandre. Pascal musste ihm nur einen Anstoß geben, und dann war er es, der den Gedanken zu Ende brachte.

»Genau das muss ich herausfinden«, sagte Pascal.

Alexandre berichtete ihm von seiner neuen Freundin. Als sie sich voneinander verabschiedeten, wusste Pascal alles über ihr Aussehen und über ihre weiche Haut.

Noch einen Moment lächelte er in sich hinein und genoss die Lebensfreude, die sein ehemaliger Kollege versprühte und die noch im Raum hing. Doch sie wich der Frage, die Pascal unbedingt für sich klären musste: Was wusste Jean-Paul Betrix über den Palace du Luberon, und was wusste er nicht? War er nicht eine Person, die ständige Präsenz zeigen musste? Allein schon, um die nächste Wahl zu gewinnen?

Im Geiste ging Pascal die Personen durch, die er in der Bar beobachtet hatte. Jean-Paul Betrix wäre ihm aufgefallen. Die Halbglatze, die Nickelbrille, die gestelzte Erscheinung, all das wäre ihm nicht entgangen.

Eigentlich hätte er sich mit dem Mann beschäftigen müssen, der den Amerikaner niedergeschlagen hatte, das wusste Pascal, doch die anderen Fragen, die ihn bewegten, erschienen ihm wichtiger. Was war mit dem Wald? War die Natur rund um Lucasson vor allem deshalb so schön, weil der Ort von Naturschützern bewohnt wurde und dadurch so ursprünglich geblieben war?

Ein stechender Schmerz durchzuckte Pascals Fuß, als er ihn von dem Stuhl nahm und nach seinem neuen Schlüsselbund griff. Er würde damit morgen zum Arzt gehen müssen, das stand fest.

Einen Moment lang blieb er in seinem dunklen Büro stehen und spürte das kalte Metall des Schlüsselbundes in seiner Hand. Sein Entschluss stand fest. Jean-Paul Betrix hatte ihm heute Nachmittag den Schlüssel zu allen Räumen in der Mairie, dem Verwaltungsgebäude, übergeben. Um über den Palace du Luberon etwas herauszufinden, musste er in das Büro des Bürgermeisters. Auch wenn ihm dies im Moment noch zu aufdringlich erschien, so wusste er, dass es ihm keine Ruhe lassen würde. Es würde Bauanträge geben, Genehmigungen oder auch ein Ablehnungsschreiben. Noch war das Tal bei Lucasson unberührt.

Der Luberon lag da in all seiner Schönheit wie seit Hunderten, vielleicht seit Tausenden von Jahren. Die Bilderbuch-Orte mit den Häusern, fest an die Felsen geklammert und unberührt, wie Kinder auf den Schultern ihrer Väter.

Der Gedanke, ein riesiges Golf-Resort könnte das Tal für immer verändern, missfiel hier vielen Menschen. Das war Pascal bereits nach wenigen Stunden an diesem Ort bewusst gewesen. Aus Reiseführern und Büchern über seine neue Heimat wusste er, wie schwer die Provenzalen sich mit Veränderungen taten. Eine Haltung, die seiner nicht fernlag. Pascal liebte das Beständige, das Verlässliche gab ihm Sicherheit.

Mit humpelnden, schleppenden Schritten ging Pascal vorsichtig in Richtung Bürotür. Den Schlüssel hielt er fest in seiner Hand. Die Laternen des Marktplatzes, die ihr gelbes Licht durch die großen Fenster schickten, genügten ihm, um den Weg in das Büro des Bürgermeisters zu finden.

Seine unregelmäßigen Schritte, das nachgezogene Bein, es klang, als würde sich ein verletztes Tier über den Gang schleppen.

Für einen Moment blieb Pascal an der Bürotür des Bürgermeisters stehen und schaute hinaus, still und unbeweglich. Mittlerweile war es schon nach dreiundzwanzig Uhr. Ein lauer Wind wehte durch den Ort, in unregelmäßigen Abständen flatterte der Stoff der beiden Flaggen vor der Mairie, so wie es in französischen Orten üblich ist: die Fahne mit dem Stadtwappen, daneben die französische Flagge. Die fortschrittlichen Gemeinden haben auch die Europa-Flagge gehisst. In Lucasson hatte man darauf verzichtet.

Der erste Schlüssel passte nicht. Die Tür blieb fest verschlossen. Auch der zweite ließ sich nicht drehen. Für einen Moment dachte Pascal, er hätte nicht alle Schlüssel bekommen, der Bürgermeister würde ihm den Zugang zu seinem Büro verwehren. Doch er täuschte sich. Der dritte und letzte Schlüssel ließ sich mühelos im Schloss umdrehen. Die Tür ächzte in den Angeln.

In dem fahlen Licht wirkte das Büro finsterer als noch vor einigen Stunden. Der Stuhl, auf dem Pascal heute vereidigt worden war, sah genauso unbequem aus, wie es sich anfühlte, wenn man darin saß. Der schwere Schreibtisch wirkte klobig, viel zu groß. Man hätte meinen können, hier säße der französische Präsident. Doch Jean-Paul Betrix war nur der Bürgermeister von Lucasson.

Der Schmerz im Fuß war für Pascal kaum noch spürbar. Adrenalin ist das beste Schmerzmittel, hatte Alexandre immer gesagt. Pascal hatte eine Menge Adrenalin im Blut, denn er wusste, dass er um diese Uhrzeit im Büro seines Vorgesetzten nichts zu suchen hatte.

Der moderne Stuhl des Bürgermeisters wippte träge hin und her, als Pascal darauf Platz nahm. Wieder nahm er den Geruch von Trüffeln wahr. Ein Gourmet, dachte er, vielleicht verstehen wir uns doch.

Die große mittlere Schublade unter dem Tisch war offen. Dort lagen ordentlich sortierte Briefe, eine Menge Stifte und der Montblanc-Füller, der mit viel mehr Gold besetzt war, als es Pascal bei der Unterzeichnung aufgefallen war.

Schnell und mit geübten Fingern durchblätterte er die Briefe. Viele Einladungskarten waren darunter. Zum Frühjahrsempfang der »Villa Castique«, zum Weinempfang bei den Belomonds und zu unzähligen Geburtstagen. Zum siebzigsten. Zum achtzigsten. Zum neunzigsten. Unter den Karten war auch eine Todesanzeige eines ehemaligen Soldaten aus Apt. Pascal konnte nichts Auffälliges finden.

Dann öffnete er die Schublade rechts unter der Arbeitsplatte. Der Trüffelgeruch verstärkte sich. In einer Plastikbox fand Pascal die Quelle des Dufts. Behutsam nahm er die Box aus der Schublade und öffnete sie. Der Geruch wurde noch intensiver.

Die *musquée*, die Wintertrüffel, schienen frisch zu sein, jeder einzelne war noch einmal in ein feuchtes Stück Küchenpapier eingewickelt. Sie hatten unterschiedliche Größen, und es waren viele.

Pascal nahm einzeln das Küchenpapier von den Trüffeln und hielt sie sich unter die Nase. Er wog sie in der Hand. Er zählte zwölf Stück. Vor ihm lagen Trüffel im Wert von bestimmt eintausend Euro. Die Erde war sorgfältig von der rauen Oberfläche geputzt worden. In der Schublade fand Pascal eine kleine Bürste, die intensiv nach Trüffeln roch, sowie eine digitale Waage.

Es war vollkommen still im Raum, lediglich ein leises Summen kam aus der Ecke im hinteren Teil des Büros. Pascal legte die Trüffel vorsichtig zurück in die Box und bewegte sich langsam auf die Ecke zu. Für einen Moment befürchtete er eine Videokamera, die für den Bürgermeister aufnahm, wie sein neuer Gendarm sich an seinen Schubladen zu schaffen machte, doch schnell erkannte er einen kleinen Kühlschrank. Das kleine rote Licht an der Vorderseite war ihm bisher nicht aufgefallen.

Als er die Kühlschranktür öffnete, entfuhr Pascal ein Pfiff, wie es jedem Gourmet bei diesem Anblick passiert wäre. Der kleine Kühlschrank war randvoll mit Trüffeln. In so großen Mengen, mit einem so intensiven Geruch, dass Pascal sich wie in einem der Spezialitätenläden fühlte, die die Trüffel allein wegen ihres Geruchs offen unter der Ladentheke liegen hatten, wenn die Inhaber ihr Geschäft verstanden. Ein Liebhaber der französischen Küche konnte da nicht widerstehen. Eine alte Spezialitätenhändler-Weisheit. Pascal war schon oft Opfer dieser perfiden Strategie geworden.

Sämtliche Trüffel waren einzeln und sorgfältig in kleine Plastikboxen sortiert. Der Inhalt des Kühlschranks war so wertvoll wie der eines Safes. Beim Verkauf dieser Köstlichkeiten würde der Bürgermeister wieder Tausende von Euros verdienen. Selbst würde er diese Mengen niemals essen können. Es sei denn, er verzichtete auf Beilagen. Nein, dies konnte nur Handelsware sein. Kleine schwarze Delikatessen, die den Besitzer reich machen würden. In diesem Ausmaß sogar sehr reich.

Andächtig schloss Pascal die Kühlschranktür, und der Raum verdunkelte sich. Vorsichtig humpelte er zurück zum Schreibtisch. Im Begriff, die Plastikbox wieder in der Schreibtischschublade verschwinden zu lassen, entdeckte er die Zettel mit den Listen. Sie lagen sorgfältig in der Schublade gestapelt. Namen über Namen.

Um sie in der Dunkelheit lesen zu können, versuchte Pascal, die moderne Schreibtischlampe einzuschalten, die nur aus einem Leuchtstab zu bestehen schien. Es dauerte einen Moment, bis er den unsichtbaren Schalter fand, der mit einem kleinen elektrischen Impuls funktionierte. Er spürte ein Kribbeln an seiner Fingerkuppe.

Sanft erhellte sich der Raum. Man konnte von außen sehen,

dass sich zu dieser späten Stunde noch jemand im Büro des Bürgermeisters befand. Ein Gedanke, der Pascal missfiel. Dann beugte er sich über die Listen.

Namen, Telefon- und Handynummern, E-Mail-Adressen. Drei Seiten Kunden. Sie alle kauften Trüffel beim Bürgermeister von Lucasson. Unter der Hand, bei einem Mittagessen, dezent in seinem Büro oder auf dem Marktplatz, vielleicht über Zwischenhändler. Schon immer hatte Pascal die Mechanismen des Trüffelhandels bewundert, nie wusste man genau, woher die Ware stammte. Nie wusste man, ob man welche bekam, und nie wusste man, von wem sie kamen. Wo Trüffel gefunden wurden, da legte sich ein Schleier des Schweigens über den Ort. Ein Flüstern, ein heimliches Austauschen von kleinen Plastiktüten, die aus verdreckten Manteltaschen gezogen wurden. Das war vor hundert Jahren so, und es war heute noch so.

Besonders der zweite Bogen mit Namen ließ Pascal aufmerken. Darauf befanden sich chinesische Schriftzeichen und hinter jedem dieser Zeichen Lautbuchstaben. Offensichtlich verkaufte der Bürgermeister nicht wie früher nur unter der Hand, sondern schickte die Trüffel auch nach Fernost. In das Land, das auf dem besten Wege war, sich zur Feinschmeckernation zu entwickeln.

Vor Kurzem hatte Pascal mit einem Pariser Koch gesprochen, bei dem Ermittlungen wegen eines Steuerdelikts eingeleitet worden waren. Man hatte nichts gefunden, doch als Pascal einige Tage später wieder zum Essen zu ihm ging und mit ihm ins Gespräch kam, erzählte der Koch ihm, dass die beste Küche derzeit die chinesische sei und dass die Franzosen sich warm anziehen müssten, wenn sie ihre Vormachtstellung der guten Küche nicht verlieren wollten.

Für einen eingefleischten Franzosen, der die gehobene wie die einfache französische Bauernküche schätzte, war es undenkbar, statt Austern demnächst Chopsuey zu bestellen.

Die Liste der chinesischen Kunden, die Pascal in der Hand hielt, war lang. Aber warum sollten die Bauern und Bewohner einer Region, die die Pilze im Überfluss hatte, nicht mit ihnen handeln? Auch wenn das Bürgermeisterbüro aus Imagegründen vielleicht nicht gerade der ideale Umschlagplatz war.

Fast hätte Pascal vergessen, wonach er eigentlich suchte. Er wollte wissen, warum der Bürgermeister nicht zu dem Empfang des Amerikaners eingeladen war. Warum war unter all den belanglosen Einladungen nicht die zur Präsentation des Palace du Luberon? Wenn das Thema das Dorf doch so sehr beschäftigte?

Schnell durchsuchte Pascal die anderen Schubladen. Keine war verschlossen. Papiere, voll mit Zahlen, Ordner mit Briefen, Einladungen und Gratulationen. Nichts Interessantes. Erst als er die letzte Schublade schloss, fiel sein Blick auf einen Stahlkoffer neben dem Schreibtisch. Pascal nahm den Koffer hoch und legte ihn vor sich auf den Tisch. Er war schwer und mit einem Zahlenschloss versehen.

Das Schloss ließ sich problemlos öffnen. Auf eine Zahlenkombination hatte Jean-Paul Betrix verzichtet.

Für einen Moment hielt Pascal den Atem an, als er eine gelbe Mappe mit Bauanträgen, Planungszeichnungen und einer Pergamentrolle vorfand. Hunderte von Seiten mit behördlichen Schreiben zwischen Lucasson und Pennsylvania – teilweise auf Englisch, teilweise auf Französisch – waren sauber abgeheftet und mit Stempeln von Anwälten und Notaren versehen. Alles sah danach aus, dass dem Bauvorhaben längst zugestimmt worden war.

Pascal fand viele Unterschriften vom Bürgermeister. »Genehmigt«, stand in großen Lettern auf einem der zahlreichen Blätter.

Der Palace du Luberon wird also gebaut? Und niemand weiß es, bis auf die wenigen, die ihre Unterschriften und Stempel unter die Dokumente gesetzt haben?, dachte Pascal. Ungläubig schüttelte er den Kopf. Ganz unten im Koffer fand er in einer Plastikfolie Bankauszüge. Zunächst hielt er die Zahlen, die er dort sah, für den IBAN-Code, aber es waren tatsächlich Beträge. Geldsummen, die zwischen Pennsylvania und Lucasson überwiesen wurden.

Niemand würde derartige Summen transferieren, wenn nicht schon konkrete Pläne umgesetzt worden wären, dachte Pascal.

Eine Gesamtsumme war für ihn nicht auszurechnen. Zu viele unterschiedliche Papiere mit unendlichen Zahlenkolonnen. Es ging hier um sehr viel Geld. Die Summen waren in Dollar ausgezeichnet.

Er war schließlich auf dem letzten Blatt angekommen, es trug das Datum der Weihnachtswoche. Ein weiterer, kaum hörbarer Pfiff entwich Pascals Nase. Eine furchtbare Angewohnheit, dachte er, als er sich selbst zuhörte, die Unterlagen vor sich ausbreitete und sie sich auf dem Schreibtisch des Bürgermeisters wieder und wieder anschaute. Keine Frage, dies war der Stempel eines Notars aus Apt mit dem Namen Simon Albért.

Er hatte den Beweis vor sich liegen. Das Golf-Resort war bereits genehmigt worden, und bis auf die Dorfbewohner, also die Wähler, wussten alle längst darüber Bescheid. Kein Wunder also, dass Jean-Paul Betrix sich nur ungern in der Öffentlichkeit zeigte, wenn es um das neue Golf-Resort ging. Ein Mann mit vielen Geheimnissen, die alle eines gemeinsam hatten: Geld.

Staunend ließ Pascal seine Finger durch die Akten fahren, las wieder und wieder die Beträge. Wer würde am Ende das Geld auf seinem Konto haben? Der Bürgermeister selbst? Oder der Ort Lucasson? Dann wäre sein neues Zuhause ohne Frage eines der reichsten Dörfer des Luberon.

Langsam ließ er die Unterlagen in dem Koffer verschwinden. Notizen machte er sich keine. Er verließ sich auf sein fotografisches Gedächtnis. Er verschloss den Koffer und stellte ihn exakt an den Platz, an dem er ihn gefunden hatte. Schließlich rückte er auch alles andere, was er im Büro von Jean-Paul Betrix berührt hatte, zurück an dieselbe Stelle. Am Ende versicherte er sich, dass auch auf dem Schreibtisch alles an seinem Platz stand.

Noch einmal ließ er seinen Blick durch das Büro wandern. Die kleine Lampe am Kühlschrank, das ununterbrochene Summen, er hatte alle Schubladen geschlossen. Wieder der leichte elektrische Impuls an seiner Fingerkuppe, als er den unsichtbaren Schalter am Fuß der Designerlampe berührte. Er vernahm ein kaum wahrnehmbares Summen, als die Lampe erlosch. Das war ihm vorher nicht aufgefallen.

Schließlich wandte er sich zum Gehen, verschloss die Bürotür des Bürgermeisters und ging mit schleppendem Schritt aus der Mairie, hinaus auf die Place de la Fontaine.

Bevor er sich auf den Parkplatz zu seinem Renault Mégane begab, blieb Pascal einen Moment stehen und atmete tief die kühle Abendluft ein. Er spürte, wie sich die Luft in seiner Lunge ausbreitete. Es war mittlerweile kalt geworden. Pascal hatte das Gefühl, der Trüffelgeruch war inzwischen in seine Kleidung eingedrungen.

Es gibt Schlimmeres, dachte er, als er am Parkplatz angekommen war und sich schließlich in sein Auto setzte.

## 8

Chloé Perieux stand mit der Kaffeekanne am Tisch von Pascal, als würde sie Modell für einen Maler stehen. Unbeweglich, den Blick auf die große Scheibe in der Diele geheftet, wo vorgestern noch das opulente Abendessen stattgefunden hatte. Noch immer hing ein wenig des Thymiangeruchs im Raum.

Chloé Perieux schenkte ihm einen Kaffee ein. Der Korb mit den frischen Croissants stand bereits auf dem Tisch.

»Nehmen Sie von unserer Mirabellenmarmelade«, forderte sie ihren Gast auf. »Sie ist köstlich. Es ist unser letztes Glas. Erst im Herbst können wir neue herstellen.«

»Merci, Madame. Merci, Sie sind so gut zu mir.«

»Oh mon ami«, sagte sie lächelnd. »Für unseren Chef de police tue ich das gern.« Besorgt deutete sie auf den Fuß ihres Gastes, den er in einen Eimer mit kaltem Wasser gestellt hatte. »Was ist passiert?«

Pascal begutachtete seinen geschwollenen Fuß. Die Nacht war unruhig gewesen. Er hatte keine Schmerzmittel dabei. Ohne auf Chloé Perieux' Frage einzugehen, erkundigte er sich nach einem Arzt, während er seinen Fuß aus dem Eimer nahm. Der zusätzliche Schmerz durch das eiskalte Wasser wurde von Minute zu Minute stärker.

»Gehen Sie zu Dr. Fabrice. Er ist unser Hausarzt. Ein alter, sehr erfahrener Arzt.« Mit zusammengekniffenen Augen blickte sie auf Pascals Wunde. »Ich schreibe Ihnen die Adresse auf. Er hat seine Praxis direkt an der Place de la Fontaine. Sagen Sie, dass wir Sie schicken, dann müssen Sie nicht lange warten.«

»Merci, Madame, merci. Ich werde gleich nach dem Frühstück hingehen.«

Pascal nahm einen Schluck von seinem Kaffee und biss in ein Croissant. Gerade wollte er seine Beobachtungen der letzten Nacht und des Abends in seinem neuen Notizbuch aufschreiben, da hörte er leise einen Hund bellen. Er sah durch das große Fenster mit Blick auf den Weinberg und den Wald dahinter, wie der Hund über den Hang hinter dem Haus kam. Er war voller schwarzer Erde und kaum noch einer Farbe zuzuordnen. Das hellbraune, weiß gefleckte Fell konnte man nur erahnen.

Diese Art von Hunden, vor allem in diesem schmutzigen Zustand, war Pascal vollkommen unbekannt. In Paris waren die Hunde gepflegt. Einige hatten Schleifchen im Fell, andere rosa Pfoten, weil sie nur von der Madame im Korb durch die Stadt getragen wurden.

David Perieux öffnete die Tür zu der großen Diele und gab seinem Hund einen Klaps. Schon lief er aufgeregt schnüffelnd an den Frühstückstisch, angelockt von dem köstlichen Geruch von frischen Croissants. Der Hund roch nach feuchter Erde, ein bisschen muffig, und hinterließ mit seinen kräftigen großen Pfoten eine Erdschicht auf dem Fußboden der Diele. Von Pascals Hand war nichts zu befürchten, urteilte der Hund, und schleckte ihm über die Finger, auf denen sich Reste der Mirabellenmarmelade befanden, die Hund und Mensch gleichermaßen schmeckten.

»Bon chien«, sagte Pascal und tätschelte ihm das weiche, feuchte Fell hinter den Ohren. Es war die einzige schmutzfreie Stelle an dem Tier.

»Bonjour«, sagte David Perieux und streckte seinem Gast die schwere Hand entgegen. Sie war schwarz und passte insofern sehr gut zu der Farbe seines Hundes. Pascal spürte die Hornhaut des Mannes in seiner Städterhand.

»Ich war ein bisschen in den Bergen, in den Weinreben und ...« David Perieux brach ab. »Was ist mit Ihrem Fuß passiert?«

»Oh, das ist nichts weiter, das war gestern in der Bar.«

»Sie haben die Dorfbewohner kennengelernt?«

Pascal entdeckte die Spur eines Lächelns auf dem Gesicht des Hausherrn. »Sie waren nicht da?«, fragte er.

David Perieux räusperte sich. »Sagen wir es so, ich kenne dieses Projekt, ich wollte mir nicht wieder den Abend verderben.« Ein leicht zynisches Lächeln umspielte seine Mundwinkel. Wieder strahlte er diese Souveränität aus, das Selbstbewusstsein, das Pascal schon am ersten Abend bewundert hatte. Trotz seines Bauches und seiner abgetragenen und an diesem Morgen recht schmutzigen Kleidung sah David Perieux mit seinem leicht grau melierten Haar attraktiv aus. Man konnte ihm ansehen, dass er es zu einem gewissen Reichtum gebracht hatte, ihn umwehte die Aura eines alten Herrenhaus-Besitzers, der gerade vom morgendlichen Ausritt kam. An seinen erdigen Fingern trug er einen Siegelring mit einem grünen dezenten Wappen.

Von diesem Mann konnte Pascal wertvolle Informationen bekommen, wenn er sie brauchte, das wurde ihm klar. Die Familie Perieux war seit Generationen hier zu Hause, sie kannte alle Geschichten der Menschen aus dieser Region, und Pascal schätzte, dass sie in dem Dorf eine gewisse Machtposition innehatte. Ob sie auch Ansehen genoss, konnte er zu dem frühen Zeitpunkt noch nicht sagen.

Einen Moment überlegte er, ob er David Perieux die ganze Geschichte erzählen sollte, doch er entschied sich dagegen, wahrscheinlich wusste er längst Bescheid. Dass er, der neue Dorfgendarm, nicht in der Lage gewesen war, eine einfache Dorfschlägerei zu beenden, hing Pascal nach. Unnötig, noch einmal ins Detail zu gehen. Stattdessen nickte er nur freundlich und steckte sich den letzten Bissen Croissant in den Mund.

»Einen schönen Tag wünsche ich Ihnen, Monsieur«, sagte David Perieux. Trüffelgeruch umwehte ihn, als er sich zum Gehen wandte, dann aber noch einen Moment im Raum stehen blieb und aus dem großen Fenster schaute. Kein Zweifel, er musste an diesem Morgen reiche Beute gemacht haben.

Pascal dachte an Paris, wo er immer wieder versucht hatte, in vollkommen überteuerten Spezialitätengeschäften Trüffel als Schnäppchen zu bekommen. Konnte man bei anderen Waren den Preis einfach nach Angebot und Nachfrage abschätzen, war dies bei Trüffeln unmöglich, weil niemand wusste, wie viele der wertvollen Pilze gerade auf dem Markt waren. In Paris hatten die Spezialitätenhändler die Hände über dem Kopf zusammengeschlagen, wenn man sie nach dem Angebot gefragt hatte, und Sätze wie »Quel désastre. In diesem Jahr ist es besonders schlimm« gesagt.

Pascal beherrschte inzwischen selbst dieses Spielchen. Er wusste, dass es half, die Trüffel in der Hand hin und her zu wiegen und die Erde aus den Ritzen zu kratzen. Das brachte immer ein paar Gramm.

»Das wollen Sie ja wohl nicht alles mitwiegen?«, hatte er stets mit gespielt erstaunter Miene gefragt. Wenn er fertig mit dem Trüffel gewesen war, hatte er immer ein paar Gramm weniger gewogen. Dann hatte er gehandelt, und am Ende hatte niemand mehr das Gefühl gehabt, ein Geschäft gemacht zu haben. Jedenfalls hatten beide Seiten so getan.

Pascal hatte es geliebt, mit einem Trüffel in der Manteltasche durch Paris zu gehen. Den erdigen Geruch an den Händen zu haben, etwas zu besitzen, das kaum zu bekommen war. Und es hatte ihn immer vom Landleben träumen lassen. Von einem Ort, an dem er einst leben wollte. In den frühen Morgenstunden mit einem Hund an seiner Seite durch den Tau in den feuchten Morgenwald zu gehen und selbst zu suchen, das hatte er sich so viele Jahre vorgenommen, wenn er mit den Fingern den Trüffel in seiner Tasche wieder und wieder von allen Seiten betastet hatte.

Wenn Pascal die Ereignisse der letzten Nacht zusammenfasste, war er sich sicher, dass man die Trüffel hier gar nicht erst suchen musste. Man brauchte sich nur zu bücken und ein bisschen im Waldboden zu kratzen.

»Und der Wald ist ergiebig?«, fragte Pascal mit gespielter Gleichgültigkeit.

Noch immer stand David Perieux im Raum und sah aus dem Fenster, als würden ihm die Weinberge eine Geschichte erzählen, dann schüttelte er sich und kehrte in die reale Welt zurück.

»Oui, Monsieur. Truffes du Luberon. Heute ist Trüffelmarkt in Carpentras. Eine Handvoll Sucher gegen zweihundert Broker.« Er sagte das wie ein Boxer, wie jemand, der schon viele Kämpfe gewonnen hatte.

»Viel Erfolg«, wünschte Pascal.

»Sie sind eingeladen. Heute um neunzehn Uhr. Getrüffelter Fasan.« David Perieux wartete keine Antwort ab. Nach einem leichten Klopfer auf sein Bein sagte er zu seinem Hund: »Bordeaux, allez!«

Der Mann hat einen Humor, der sich einem auf den ersten Blick nicht erschließt, dachte Pascal. Ein Hundebesitzer, der sein Tier Bordeaux nennt – darauf musste man erst einmal kommen.

# 9

Dr. Fabrice erinnerte Pascal eher an einen Metzger als an einen Arzt. Er hatte für südfranzösische Verhältnisse eine viel zu weiße Haut. Kleine rote und braune Punkte befanden sich in seinem Gesicht und auf seinem Hals. Die fleischigen Hände waren feucht, die Nase des Mannes eine Art Tischtennisball in Rot.

»Wo brennt es?« Die Stimme des Arztes war erschreckend hoch und passte nicht zu dem Äußeren des Mannes.

»Wo es brennt?« Die Frage klang tatsächlich so, als würde er die Freiwillige Feuerwehr verständigen wollen.

Für einen Moment war Pascal versucht, sich einfach nur als der neue Dorfgendarm von Lucasson vorzustellen, doch der Schmerz war zu groß. Wortlos zog er seinen nackten Fuß aus dem Sommerschuh, der für diese Jahreszeit in keiner Weise geeignet war. Aber es war der einzige weiche Schuh, den er hatte finden können und der ihm nicht allzu sehr auf die Wunde drückte. Inzwischen war der Fuß kalt.

»Ui, ui, hui, hui, ui, ui« und dann noch einmal »ui« sagte Dr. Fabrice und klang dabei wie eine Spielzeugeisenbahn, die durch eine Kurve sauste. »Quelle blessure.«

Es waren die Worte, die man von einem Arzt nicht hören wollte, doch Pascal wartete gelassen, bis der Arzt sich wieder beruhigt hatte.

»Tut es weh?«, fragte Dr. Fabrice.

»Was denken Sie? Sie sind der Arzt«, entgegnete Pascal.

»Ich weiß nicht. Ich komme nicht von hier, kenne die Verwundungen nicht, die man sich bei euch zuzieht.«

»Warum nicht? Sie sind mir empfohlen worden.«

»Quel honneur, von wem?«

»Familie Perieux.«

»Oh, Sie meinen meinen Vater. Der ist im Urlaub. Ich bin die Vertretung aus Montpellier.«

Als wisse Dr. Fabrice selbst, dass er nicht gerade wie ein Doktor auf seine Patienten wirkte, hängte er zur Sicherheit noch dran, dass er studiert hatte.

»Aber wo ich auch schon mal Fabrice heiße …« Er piepste wie eine verwundete Maus. »Haben Sie Sorge? Immer haben alle Sorge, wenn ich sie behandeln soll. Immer Sorge.«

Der junge Dr. Fabrice ging im Sprechzimmer seines Vaters auf und ab. Schließlich blieb er vor dem Sessel hinter dem Schreibtisch stehen, ließ sich in den Stuhl fallen und stützte sein Kinn auf die Hände.

»Immer Sorge«, fiepte es noch einmal aus ihm heraus.

»Nein, keine Sorge«, sagte Pascal, der seinen Besuch in der Praxis bereits bereute. »Vielleicht haben Sie eine Salbe für mich?«

»Familie Perieux«, sagte Dr. Fabrice, ohne auf die Frage zu reagieren. »Sie brauchen nichts zu bezahlen.«

»Oh doch, Monsieur. Ich werde bezahlen. Wenn Sie mir vielleicht eine Salbe verschreiben würden?«, versuchte Pascal es noch einmal.

»Haben Sie Trüffel mitgebracht?« Das erste Mal seit seinem Selbstzweifel schien Dr. Fabrice sich wieder für seinen Patienten zu interessieren. »Wenn einer von den Perieux kommt, dann frage immer nach Trüffeln. Ein Ratschlag meines Vaters.« Dr. Fabrices Augen hatten sich zu kleinen Schlitzen verengt. Sie waren blau und wässrig.

Er wird doch nicht zu weinen anfangen, nur weil ich ihm keine Trüffel mitgebracht habe?, dachte Pascal.

»Die haben da doch den Wald«, flüsterte Dr. Fabrice. »La forêt.«

Pascal begann, sich für den Arzt und dessen Ausführungen zu interessieren. »Den Wald? Was für einen Wald? Den am Haus?«

Dr. Fabrice nickte und schüttelte sich hinter seinem Schreibtisch, als hätte er schlecht geträumt und sei gerade erwacht. »Zeigen Sie mir den Fuß, Monsieur.«

Pascal drehte den geschwollenen Klumpen am Ende seines Beines ein wenig ins Licht.

Der Arzt beugte sich vor. Für die schlaffe Statur des Mannes war die Bewegung seiner weißen Hand erstaunlich schnell. »Tut das weh?«

Pascal stöhnte auf. »Was soll das? Was denken Sie?«

»Ich habe nicht auf die Wunde gedrückt, sondern daneben«, erklärte Dr. Fabrice. »Ich muss wissen, ob es nur eine Prellung oder vielleicht ein Bruch ist. Dann müsste ich Sie ins Krankenhaus nach Apt schicken. Wenn es kompliziert ist, vielleicht lieber nach Montpellier, da kenne ich die Ärzte, da habe ich hospitiert.«

Pascal verzichtete darauf, ihn wissen zu lassen, dass er das schon erwähnt hatte, und sagte stattdessen: »Der Fuß ist dick, was erwarten Sie?«

»Schon gut, Monsieur, schon gut. Ich kann Sie beruhigen.«

Pascal bemerkte einen kleinen Schweißfilm auf der Stirn des Arztes. Ein leicht säuerlicher Geruch ging von ihm aus, als er sich zu ihm beugte und zunächst mit überflüssig starkem Druck die Salbe auftrug und schließlich den Verband anlegte.

»Geschafft. Kein Bruch«, sagte Dr. Fabrice, als hätte er ein Flugzeug notgelandet. Pascal konnte gerade noch seinen Fuß in Sicherheit bringen, bevor der Arzt ihm einen aufmunternden Klaps darauf verpassen konnte.

Der Verband wirkte wie ein Gips. Unmöglich, damit wieder in den Schuh zu kommen. Das sah selbst Dr. Fabrice junior aus Montpellier. Aus der Schublade holte er eine blaue Plastiktüte. »Falls es regnet«, fiepte er.

Pascal war sich nicht sicher, ob das ein Scherz sein sollte. Ob dieser Mann überhaupt in der Lage war, einen Scherz wie diesen zu machen?

Dr. Fabrices Augen blieben wie angewurzelt auf dem verbundenen Fuß kleben, als würde er sich einer Tagträumerei hingeben. »Bitte schön«, hauchte er.

Pascal bedankte sich und wünschte ihm alles Gute für die Zukunft. In der Tür drehte er sich noch einmal um. Die Bemerkung über den Wald ließ ihn nicht mehr los. »Hier im Ort dreht sich alles um Trüffel, richtig?«

Ohne sich Pascal zuzuwenden, setzte sich Dr. Fabrice an seinen Schreibtisch. »Ja, ja, ja, alles um Trüffel, ja, ja, ja«, murmelte er. Dann nahm er einen Packen Zettel in die Hand. »Ich habe zu tun.« Ungelenk wog er die Papiere, vielleicht waren es Rezepte, in den Händen.

Bevor Pascal die Praxis verließ, warf er noch einen Blick in das Wartezimmer. Es war leer.

Als Pascal die Mairie betrat, hatte er ein flaues Gefühl im Magen. Hatte er letzte Nacht tatsächlich daran gedacht, alle Spuren zu verwischen? Er wollte so unbeteiligt wie möglich bei Jean-Paul Betrix hereinschauen und ihm einen schönen Tag wünschen.

Doch das Büro war verschlossen. Niemand außer ihm selbst schien in der Mairie zu sein. Das jedenfalls nahm Pascal an, kurz bevor er die Tür zu seiner Amtsstube öffnete.

Dahingeworfen wie ein Gemälde von Picasso, saß Elaine vor seinem Schreibtisch. Ein Duft von Sommer hatte den Mief der Amtsstube bereits vertrieben. Elaines dunkle Sonnenbrille mit dem Armani-Logo lag vor ihr auf dem Schreibtisch, ihren viel zu großen Sommerhut hatte sie noch auf dem Kopf. Um den Hals trug sie ein schwarz-weißes Tuch. Die Schultern waren frei, nur zwei schwarze Träger lagen auf der braunen Haut. Ihren Mantel hatte sie bereits an die Garderobe gehängt.

Elaine war eine Frau, die den Sommer nicht erwarten konnte, vielleicht nur, um mehr von sich zu zeigen. Das, was Pascal sah, reichte schon, ihre Brüste zeichneten sich deutlich unter dem Kleid ab.

Pascal war sich sicher, dass sie beobachtete, wie sehr sie ihre kalkulierte Wirkung erzielte.

»Bonjour, Pascal.«

»Schön, Sie zu sehen, Elaine. Ich meine, schön, dich zu sehen«, sagte er und ging durch das Büro zu seinem Platz hinter dem Schreibtisch.

Elaine beobachtete seinen humpelnden Gang. »Hast du den Übeltäter schon gefasst?« In ihrem Blick lag eine Mischung aus Mitleid und Spott.

»Ich denke, du wirst es mir sagen, Elaine.« Pascal saß jetzt auf dem Stuhl. »Wir leben hier in einer Dorfgemeinschaft. Hier kennt jeder jeden.« Ein wohliger Schauer durchströmte ihn. Lucasson, Lourmarin, Lacoste waren das Gegenteil von Paris, und genau danach hatte er sich immer gesehnt.

»Ja, ich kenne ihn.«

»Und?«

»Bin ich gekommen, um zu petzen?« Elaine machte einen Schmollmund.

Pascal hatte sich geschworen, nie wieder darauf hereinzufallen. »Warum sonst?« Dieser Satz war ihm herausgerutscht. Natürlich freute er sich, dass sie bei ihm saß.

Elaine zog ein silbernes Zigarettenetui aus einer so kleinen Handtasche, dass Pascal sich wunderte, wie das Etui darin Platz gefunden hatte. Er suchte die Taschen seiner Uniform nach einem Feuerzeug ab, in dem Wissen, keines zu finden.

Elaine beobachtete seine Hilflosigkeit und steckte das Etui zurück in ihre Tasche. »Ich kenne mich nicht mit Gendarmen aus«, sagte sie wie zu sich selbst. »Ich hatte nie mit Menschen in Uniform Kontakt.« Wieder sprach sie in einem unergründlichen Tonfall. Für Pascal war es nicht auszumachen, ob ihre Stimme nach Zynismus oder Zufriedenheit klang.

»Ich meine«, fuhr sie fort, »kann man zu Leuten wie dir kommen, wenn noch gar nichts passiert ist?«

»Du darfst immer zu mir kommen«, sagte Pascal und bereute es im nächsten Moment, da es ihm zu persönlich klang. »Du bist besorgt?«, fügte er hinzu.

»Ich mache mir Sorgen um Jack.« Elaine schaute auf die Schreibtischplatte, als würde sie wieder mit sich selbst sprechen.

»Jack Frenzen?«

Elaine stöhnte auf. »Nein, Jack the Ripper.« Sie lachte kaum sichtbar. »Mein Gott, Pascal.« Sie verstand es, ihn zu provozieren, doch Pascal konnte es nicht ändern. Er brauchte die Genauigkeit bei Nachfragen, vor allem wenn er im Dienst war.

»Bist du Columbo und stellst dich immer dumm?«, fügte Elaine hinzu.

»Schon gut.« Pascal musste über den Witz lachen. Dann lehnte er sich ergeben in seinen Schreibtischstuhl zurück. Er wollte sie reden lassen. Er wollte die Rollen der einzelnen Bewohner von Lucasson verstehen.

»Wie du gesehen hast, will Jack diesem Ort, nein, dem ganzen Luberon, zu neuem Glanz verhelfen.«

»Mit Glanz meint er ein Golf-Resort. Inmitten von Lavendelfeldern?«

»Oui, ein moderner Glanz. Und lass diesen zynischen Unterton. Du klingst wie mein Vater.«

Pascal erinnerte sich an ihre erste Begegnung vor zwei Tagen, als er Elaine und dem Önologen vorgestellt wurde.

»Jeder hier, mein Vater, die ganze Familie Perieux und diese Zusammenrottung der Bauern gestern in der Bar wollen die Anlage verhindern. Sie wollen überhaupt alles verhindern, was neu ist. Sie sind konservativer als konservativ. Sie sind national. Jean-Paul Betrix unterstützt sie. Er ist die personifizierte Verlässlichkeit des Stillstandes. Wenn wir hier nicht bald aufwachen und aufhören zu meinen, wir könnten unseren Reichtum mit ein paar Luxusweingütern für Gäste aus Russland, Amerika und Japan halten, dann wird es zu spät sein. Kennst du den Wettbewerb zwischen der Côte d'Azur und dem Languedoc?«

Pascal schüttelte den Kopf. Er wollte sie nicht unterbrechen. Elaine war in Fahrt und wandelte sich, während sie sprach, von der geheimnisvollen Femme fatale zu einer Geschäftsfrau.

»An der Côte d'Azur haben sie schnell begriffen, dass mit edlen Hotels, Ferienhäusern und ja, auch Golf-Resorts, eine Menge Geld zu verdienen ist. Und sie haben ihre Visionen umgesetzt. Jetzt ist der gesamte Jetset dort versammelt. Und den Menschen geht es gut. Und was ist mit dem Languedoc? Das gleiche Meer, die Strände viel breiter und schöner, und an den Küsten? Siebziger-Jahre-Bauten in endlosen Reihen. Alles sieht gleich aus. Gesichtslos, charakterlos. Nirgendwo in Frankreich ist die Arbeitslosigkeit so hoch wie im Languedoc.«

Elaine sprach über den Landstrich wie über einen Menschen mit einem miesen Charakter, einen Liebhaber, der es irgendwie nicht brachte. In ihrer Stimme lag unendliche Arroganz.

»Aus dem Boden gestampfte Tourismuszentren einer vergangenen Zeit. Das Problem, Pascal, ist«, sie sah ihm zum ersten Mal in die Augen, »dass sie im Languedoc den richtigen Moment verpasst haben. Das werden wir auch. Auf Dauer werden wir nicht von unseren Lavendelfeldern, den Ziegen, Schafen und unserem billigen Rosé leben können. Warum begreift das denn niemand? Wollen wir, dass die Gäste alle im Périgord landen?« Elaine hatte gegen Ende ihres Monologs die Stimme erhoben.

Pascal kannte sich mit der wirtschaftlichen Situation seiner

Heimat noch nicht gut aus. Wirtschaft hatte ihn nie besonders interessiert. Ob es mehr Touristen im Périgord oder in der Provence gab, war ihm herzlich egal, und wenn seine Tochter aus Lyon ihn hoffentlich in naher Zukunft besuchen kam und nach dem Kulturprogramm in der Provence darauf bestand, mit ihm ans Meer zu fahren, würde er mit ihr wahrscheinlich eher nach Roussillon in das Languedoc als an die Côte d'Azur fahren. Weniger los, mehr Natur.

»Mein Vater und die Perieux, diese Mafialeute, sie alle wollen das Golf-Resort nicht. Sie haben ihren Wald«, sagte Elaine. Aus ihrer Tasche dröhnte ein amerikanischer Rocksong.

»Jack. How are you?« Sie hielt ihr Handy wie einen Fremdkörper in der Hand, nicht direkt an ihr Ohr.

»Fine, I was just talking to Monsieur Chevrier«, sagte sie nach einer Weile. Dann hörte sie zu. »No, not yet. See you later, darling.«

Elaine lächelte entschuldigend. »Das war Jack.«

»Ach was.«

»Wie war die Frage?«

»Was ist mit diesem Wald?«

Elaine atmete tief durch. »Pass auf, Pascal. Dein Auftritt gestern war, wie soll ich sagen, nicht nur für dich ein bisschen unangenehm. Auch für uns Dorfbewohner von Lucasson. Du musst deinen Ruf wiederherstellen. Ich schreibe dir jetzt den Namen des Mannes auf, der dich verletzt hat.«

»Du petzt also doch?«, sagte Pascal, dann schob er ihr sein Notizbuch und einen Stift über den Schreibtisch.

»Sprich mit ihm. Nimm ihn fest oder was auch immer du als Gendarm dann so tun musst. Aber frage ihn nach dem Wald. Niemand hier, und ganz bestimmt nicht die Perieux, werden dir sagen, was es mit diesem Wald auf sich hat. Ich sage nur, ich hasse diesen Wald. Er macht all unsere Pläne kaputt, wirft uns zurück in die Steinzeit und verhindert unser Fortkommen.«

Elaine stand auf, nickte Pascal kurz zu und schob ihm das Notizbuch zurück über den Tisch. »Pass auf dich auf, das hier könnte eine Nummer zu groß für dich werden.«

»Ich bin Gendarm, ich greife ein, wenn etwas passiert.«

»Das ist ja das Problem: Ihr Polizisten kommt immer, wenn

alles schon passiert ist. So viel zu dem Satz, ich kann immer kommen, auch wenn noch nichts passiert ist.«

»Was soll ich deiner Meinung nach tun? Soll ich ein paar Leute festnehmen, weil sie gegen einen Golfplatz sind?«

»Nein, du sollst aber aufpassen.«

»Auf mich?«

»Auf Jack.« Elaine lächelte nicht, als sie ging.

Pascal blieb noch einen Moment auf seinem Stuhl sitzen. Dann schlug er das Notizbuch auf. Mit geschwungenen und weiblichen Lettern stand da: »Restaurant Mirableu, Montpellier.« Kein Name, nur ein Restaurant.

Das sieht ihr ähnlich, sie spielt gern, dachte Pascal.

## 11

Die Diele der Perieux war an diesem Abend in wohliges Kerzenlicht getaucht. Zwei große silberfarbene Leuchter mit jeweils zwölf Kerzen standen an den Ecken des langen Tisches. Tomaten mit Mozzarella war das einzig konventionelle Gericht auf dem Tisch.

»Das sind Blutwurst-Apfeltaschen«, sagte Chloé Perieux, als sie den staunenden Pascal den Tisch mustern sah. »Selbst gemachte Wurst im Briochemantel und frittierte Zucchiniblüten.«

Am liebsten hätte Pascal sofort zugegriffen. Wurst selbst herzustellen, dazu hatten ihm in seiner Pariser Wohnung die Möglichkeiten gefehlt. Einen Briochemantel hatte er schon mehrmals probiert. Dieser hier faszinierte ihn aufgrund seiner perfekten Form.

In der Mitte des Tisches, erhoben auf einem Podest wie der Pokal beim Zieleinlauf der Tour de France, thronte der getrüffelte Fasan. Um die schwarzen Trüffel in die Haut des Tieres zu bekommen, waren kleine Schlitze hineingeritzt worden. Der Fasan war schwarz, nur seine Struktur war ganz geblieben.

Pascal schätzte diese Art der Zubereitung. Er mochte es nicht, wenn er die unterschiedlichen Fleisch-, Fisch- oder Gemüsestücke nicht mehr erkennen konnte. Ein Fischfilet würde er sich nie bestellen. Er bevorzugte den ganzen Fisch, und wenn noch der grüne Strunk am Kopf der Möhren saß, dann war es für Pascal das perfekte Gemüse.

Die Weinkaraffen waren mit hauseigenem Rotwein gefüllt, weitere hauseigene Flaschen standen noch verschlossen auf dem Tisch und schienen nur darauf zu warten, entkorkt zu werden.

»Bonsoir«, begrüßte Madame Perieux auch die anderen Gäste, die hungrig ihre Gabeln und Messer zurechtrückten.

»Ich möchte mich schon jetzt für die Einladung bedanken«, sagte Pascal, denn er wusste, dass eine Essenseinladung in Südfrankreich als Vorstufe zur Freundschaft galt. Er schätzte diese Geste und war sogar stolz darauf. Um zu zeigen, dass er als Privatmann und nicht als Dorfgendarm hier war, hatte er sich bereits umgezogen. In seinem besten weißen Hemd und einer Stoffhose saß er frisch rasiert zwischen den anderen Gästen. Es waren neun, zählte Pascal. Eine Angewohnheit, bei jedem Zusammenkommen immer die Anzahl der Personen zu zählen.

Freudig stellte er fest, dass auch Elaine unter den Gästen war, dezent geschminkt und in einem schwarzen knappen Pullover, dessen Ärmel knapp ihre Ellenbogen bedeckten. Pariser Chic. Sie blinzelte ihm zu und drückte das Kreuz durch, sodass ihre schlanke Figur noch besser zur Geltung kam. Das wäre für Pascal nicht nötig gewesen, er war auch so schon hingerissen von ihrer Erscheinung.

Elaines Vater, der Önologe Patrick Dumont, beobachtete Pascal, der seinen Blick nicht von seiner Tochter abwenden konnte. Als sie das Champagnerglas an den perfekten Mund setzte und ihm sanft zulächelte, überlief Pascal eine Gänsehaut, die sich vom Hinterkopf seinen Rücken hinunterbewegte und seine Hände für einen Moment feucht werden ließ.

Der Hausherr David Perieux hatte sich für diesen Abend herausgeputzt. Er trug eine Krawatte und ein Sakko. Sein Hemd war mit goldenen Manschettenknöpfen ausgestattet. Auch Maurice Perieux saß wieder an seinem Platz. Er schien zu schlafen. Seit sich die Gäste um den Tisch versammelt hatten, hatte er sich noch nicht bewegt.

»Monsieur, bitte bedienen Sie sich«, forderte Chloé Perieux Pascal auf.

»Merci, Madame.« Er probierte erst die Brioche. Um die neutrale Wirkung des Brotes zu erhalten, war die Wurst im Inneren gepfeffert worden. »Sie ist perfekt«, murmelte Pascal, nachdem er den ersten Bissen genossen hatte.

Elaine nahm eine Brioche in die Hand und drehte das Tafelgebäck kritisch zu allen Seiten, dann schaute sie Pascal an. Er nickte ihr zu. Dabei versuchte er, sich die Gerichte auf dem Tisch einzuprägen. Oft war er im Geiste bereits die Speisekarte für sein Restaurant durchgegangen. Von diesen Gerichten würden es einige in seine Küche schaffen, das stand fest. Noch war das Restaurant ein Zukunftstraum, aber er würde daran festhalten.

Die Menschen an diesem Tisch wussten gutes Essen zu schätzen, sie waren kulinarisch verwöhnt. Pascal würde sich ins Zeug legen müssen.

Er dachte an Catherine, die zugegeben hatte, dass Pascal ein wirklich guter Koch war. Er war es zwangsläufig geworden, denn die teuren Essen in den Pariser Restaurants hatte er nur umgehen können, indem er ihnen Paroli bot. Die Abende, an denen Pascal sich am Herd selbst übertroffen hatte, waren erst später gekommen, als Catherine längst mit dem Architekten zusammen gewesen war.

Elaine ließ Pascal während des Essens nicht aus den Augen. Fragend erwiderte er ihren Blick. Flirtet sie mit mir?, dachte er. Er begab sich zurück auf die sichere Seite, auf sein Heimatterrain, und sprach über das Essen. Ein zweites Brot mit einer Kräuterpaste forderte seine Geschmacksnerven heraus.

»Was für ein Gewürz ist das?«, wollte er von Chloé Perieux wissen und hielt sich das Brot unter die Nase.

»Das ist ein Geheimnis«, sagte Madame Perieux lächelnd.

Alle Augen richteten sich auf den fremden Pariser, selbst der alte Maurice Perieux sah auf.

Pascal war für einen Moment beruhigt, dass der Mann noch lebte, zu lange hatte er vollkommen bewegungslos an seinem Platz gesessen.

David Perieux klopfte seinem Vater auf die Schulter. »Nicht wahr, Vater? Dein Geheimnis.«

Maurice Perieux starrte vor sich hin, bevor er sich wieder dem Brot widmete. Es war wie am ersten Abend. Niemand konnte ergründen, was er noch mitbekam und was nicht. Diesmal war Pascal sich sicher, dass er etwas registrierte.

Der alte Mann schaute auf sein Brot und begann dann, als würde eine Art Bann von ihm fallen, zu lächeln. Erst kaum spürbar. Der Mundwinkel zuckte nur leicht, die Lippen kräuselten sich. Schließlich öffnete er den Mund und gab ein Geräusch von sich. Es war ein kehliges Krächzen. Ebenso unvermittelt, wie dieser Gefühlsausbruch gekommen war, verging er wieder. Als würde ein Windhauch zu einem Mistral anwachsen und dabei an Kälte zunehmen. Durch laute »Aahs« und »Oohs« der Gäste wurde er aus seinen Gedanken gerissen.

Der Fasan wurde von seinem Podest gehoben und angeschnitten. Man brauchte kein Profi zu sein, um zu erkennen, dass er auf den Punkt gegart war. Die Haut zerfiel unter dem Messer in mundgerechte Stücke, und die Trüffel darunter hatten ein so intensives und starkes Aroma, dass sie den muffigen Waldgeschmack mit großer Würde trugen.

Pascal schloss für einen Moment ehrfurchtsvoll die Augen. »Es ist ...«

»Himmlisch«, ergänzte Elaine und schloss ebenfalls die Augen, so sinnlich, so anmutig, dass Pascal einen Moment vergaß, sich die Gabel, am Rande des Anstandes gefüllt, in den Mund zu schieben.

Plötzlich öffnete Elaine die Augen und funkelte ihn an. Begierde lag in ihrem Blick. Doch der Moment verflog so schnell, wie er gekommen war. »Himmlisch, das muss ich zugeben«, hauchte sie schließlich.

»Nur ein Trottel bezahlt fünfhundert Euro pro Kilo für einen Périgord-Trüffel, wenn er diesen hier für die Hälfte haben kann.« David Perieux hatte an diesem Abend erstmalig die Stimme erhoben.

»Die Trüffel sind hier aus der Gegend?«, fragte Pascal anerkennend.

Niemand reagierte auf seine Frage.

»Es ist eine Wissenschaft für sich«, sagte Madame Perieux schließlich, der das Schweigen am Tisch unangenehm war.

»Frage niemals, wo der Trüffel herkommt«, flüsterte Elaine so laut, dass jeder sie hören konnte. »Die Leute hier machen ein riesiges Tamtam um diese Pilze.«

David warf der Tochter seines Önologen einen bitterbösen Blick zu. Alle wussten, dass er aus dem Wald kam, niemand aber wollte darüber sprechen.

»Ich hoffe, es schmeckt dir«, sagte Patrick Dumont kopfschüttelnd, während er geschickt noch eine Extraportion Trüffel über den Fasan hobelte. Pascal rechnete aus, was diese Extraportion wohl kosten mochte. Unter einhundert Euro war sie in Paris nicht zu bekommen. Hier auf diesem Tisch gab es Trüffel im Wert von gut tausend Euro.

Wie ein Artist führte David Perieux die Gabel zum Mund. Er war ein Mann, der nicht nur sein Handwerk als Winzer und Trüffelsammler verstand, sondern auch wusste, wie man kulinarische Lust steigern konnte. Der Mann verdient Respekt, dachte Pascal.

»Ein Salut auf meine Frau Chloé«, sagte David und erhob sein Glas. »Très bien, bon. Ich hoffe, wir werden noch mehr Essen dieser Art von dir bekommen. Ich werde alles dafür geben.«

Ein bejahendes Murmeln ging um den Tisch.

»Lieber David, der Wein aus dem letzten Jahr wird einer der besten werden. Ich habe vorhin eine Probe genommen«, sagte Patrick Dumont.

Der alte Maurice hob erneut seinen Kopf »Lauter. Meine Ohren«, sagte er.

»Pardon, Monsieur Perieux. Der Wein im nächsten Jahr wird legendär. Ein Bouquet aus Johannisbeere, Schokolade, Zimt und Pfirsich. Ich habe Ihnen eine Probe mitgebracht. Sie steht in der Küche.«

»Bon«, sagte der alte Mann und stand auf. Mit langsamen Schritten verließ er die Diele.

»Mit dreiundneunzig Jahren verändert man sich nicht mehr«, sagte Chloé Perieux kopfschüttelnd.

»Lass ihn«, sagte David.

»Ich wünsche ihm, dass er diesen Wein noch erlebt«, sagte Patrick Dumont. »Er wird Auszeichnungen bekommen, aber ich mache mir Sorgen um ihn. Er hat abgebaut.«

Nur jemand, der die Familie seit Jahrzehnten kennt, hat das Recht, so über Maurice Perieux' Gesundheitszustand zu urteilen, dachte Pascal. Die übrigen Gäste blickten betreten auf ihre inzwischen leeren Teller.

»Zwei Weltkriege, zwei Währungen, fünfundfünfzig Weinmedaillen mit Ehrungen von Parker persönlich entgegengenommen, ein begnadeter Trüffler, ein Sucher, ein Broker, ein Mann wie er wird das erleben, was er noch erleben will.« David Perieux schien sich selbst Mut zusprechen zu wollen. Der Sohn des alten Herrn wusste, dass dessen Zeit ablief, war aber nicht rührselig oder naiv. Er wirkte wie ein Mann, der die Gesetze des Lebens akzeptierte. Und Sterben war nun mal ein Teil davon, wenn auch ein eher unangenehmer. Ein Mann, der so eng mit der Natur verbunden war, kannte den Kreislauf – besonders den alles entscheidenden, den vom Leben und vom Sterben.

Schweigen senkte sich über die Gesellschaft.

»Ich muss morgen früh raus«, sagte Pascal schließlich nach einer Pause, die dem Thema Tod würdig war.

Ein strafender Blick von Chloé traf ihn wie ein Messerstich. Sie stand abrupt auf – und plötzlich war es, als sei die Gesellschaft kollektiv aus einem bösen Traum erwacht. »Dessert«, sagte sie.

Pascal lehnte sich kapitulierend zurück.

Madame Perieux fuhr die Nachspeise auf. »Millefeuille, tradition Baumanière. Blätterteigplatten im Wechsel mit einer Vanillecreme und Karamelleisfüllung.« Stolz blickte sie in die Runde.

David Perieux trug als Ergänzung eine Käseplatte auf. »Ein Land, das zweihundertsechsundvierzig verschiedene Käsesorten zu bieten hat, ist unregierbar, sagte bereits Charles de Gaulle.« Er lachte mit einer Tiefsinnigkeit, die Pascal plötzlich etwas verstehen ließ. Dieses Stück Erde, dieses Château, dieser Weinberg, thronte wie eine Festung inmitten eines Landes, das in den letzten Jahren seiner Geschichte nicht gerade mit Glanz übersät worden war. Dieser Platz hier war ein autarker Ort inmitten eines Chaos. Ein Ort des Rückzugs und des Genusses. Das musste bereits seit Hunderten von Jahren so gewesen sein.

Pascal nahm sich vor, den Stammbaum dieser Familie genauer zu studieren. Bislang hatte er noch keine Gelegenheit dazu gehabt. Hinter der Diele, vor dem Eingang zur Küche, die eher wie eine Großküche wirkte, hing ein vergilbtes Bild, das die lineare Geschichte der Familie abbildete. Es würde eine abendfüllende Veranstaltung werden, sich diese Geschichte erzählen zu lassen.

Der Kaffee wurde serviert, der Dessertwein entkorkt. Patrick Dumont schenkte allen den Rotwein nach, die auf den süßen Wein am späten Abend verzichten wollten. Pascal gehörte dazu.

»Der Rotwein ist von dem Weinberg auf der Rückseite des Hauses«, erklärte Patrick Dumont. »Südlage. Er hat auf der letzten Appellation Costières de Nîmes einen Preis gewonnen. Er besteht aus Grenache noir und Carignan. An der Rhône sind diese Trauben weit verbreitet, und hier im Hause der Perieux sind sie ohnehin das Maß aller Dinge. Mit dieser Medaille haben die Perieux die letzte wichtige Auszeichnung des Landes errungen. Der Wein wird im Preis deutlich ansteigen.«

Nach seinem kurzen Exkurs schob er seinen Stuhl ein Stück näher an Pascal und seine Gastgeberin heran. Er schaute auf sein Handy und bemerkte einen Fettfleck auf dem Display, den er mit dem unbenutzten Teil seiner Serviette behutsam abwischte.

Pascal betrachtete Patrick Dumont interessiert. Der Önologe trug seine Haare zurückgekämmt. An den Schläfen waren einige wenige graue Haare zu sehen. Für einen circa sechzig Jahre alten Mann, der täglich Wein trank, hatte er sich sehr gut gehalten. Er war drahtig, unter seinem roten Lacoste-Pullover war nicht der geringste Bauchansatz zu sehen. Um den Hals trug er einen hellblauen Seidenschal. Beide Enden waren exakt gleich lang.

Das ist sicher kein Zufall, dachte Pascal, während er am Wein roch.

Die meisten Gäste hatten sich nach einer Lobrede über den getrüffelten Fasan zurückgezogen. Nur drei Bauern am Ende des Tisches versuchten, die Aufmerksamkeit von Elaine zu erhaschen, indem sie ihr Komplimente auf *provençal* machten. Pascal hörte mit einem Ohr hin und nahm sich fest vor, diesen Dialekt zu erlernen.

»Der fruchtbare Boden hier ist einzigartig. Wie einzigartig, kann ein Laie kaum ermessen.« Patrick Dumont hob sein Glas gegen das fahle Licht der Kerzen. Dann steckte er seine Nase hinein und atmete tief ein, bevor er weitersprach.

»In der fünfhundert Jahre andauernden Tradition haben die Perieux immer auf Qualität geachtet. Sie haben nie Weine für Supermarktketten wie Carrefour hergestellt. Sie haben Kunst vollbracht. Dieses Land ist ein heiliges Land für Gourmets.«

Pascal verstand und nickte.

»Europäische Gleichmacherei«, fuhr Patrick Dumont fort, »wird um dieses Stück Erde einen Umweg nehmen müssen. Nur wir, die Ur-Provenzalen aus dem Luberon, können den wahren Wert erkennen.«

Ohne dass das Golf-Resort erwähnt worden wäre, stand der Palace du Luberon nun doch im Raum. Für einen Moment herrschte Stille am Tisch. David Perieux und sein Önologe Patrick Dumont hatten die Köpfe zusammengesteckt, als würden sie etwas aushecken.

Elaine verdrehte die Augen und kontrollierte danach ihren

schwarzen Nagellack, der Pascal bisher noch gar nicht aufgefallen war.

»Neunhundert Jahre Weintradition können nicht durch ein paar Millionen Dollar vergessen gemacht werden«, fuhr Patrick Dumont fort. »Wir denken hier in anderen Zeitrahmen. Wir leben mit der Natur, mit den Jahreszeiten.«

»Ist das Vorhaben«, Pascal hielt es für angebracht, das Wort Golf-Resort nicht zu verwenden, »denn schon genehmigt?«

Patrick Dumont schwieg einen Moment. »Ich weiß es nicht«, sagte er dann. »Jean-Paul Betrix wird entscheiden, wie es für ihn am besten ist. Er denkt an die Wähler, er hat ein Gespür für Stimmungen. Die Wahlen gewinnt er immer nur, indem er den Menschen in Lucasson die Wünsche erfüllt. Die Renovierung des Marktplatzes war das bislang teuerste Wahlversprechen. Daran hatten wir hier alle unseren Teil mitzutragen und die Perieux ganz besonders, wie immer, wenn es darum geht, etwas zu erhalten. Eine Tradition zu retten.«

»Was für Gefallen tut Jean-Paul Betrix den Bewohnern denn?«

»Ach, das Übliche. Hier mal eine Lizenz zum Trüffelsammeln, dort mal ein Baugrundstück, da mal eine Sondergenehmigung für eine Zufahrtsstraße. Politik ist einfach«, sagte Patrick Dumont. Er nahm den letzten Schluck aus seinem Glas und stellte es hörbar zurück auf den Tisch. »Ich empfehle mich.« Er erhob sich und ging auf Elaine zu, um sich von ihr zu verabschieden.

Sie schüttelte erst den Kopf und legte ihn dann demonstrativ zur Seite. Als ihr Vater den Raum verlassen hatte, nahm sie ihr halb volles Weinglas und wechselte die Tischseite. Mit langsamen Schritten kam sie auf Pascal zu, rückte einen leeren Stuhl dicht an ihn heran und prostete ihm schweigend zu.

Während sie trank, ruhten ihre Augen fest auf Pascal, dem, wie schon in der Mairie, ein wohliger Schauer über den Rücken lief. Mit dem Unterschied, dass sie in diesen Abendstunden so nah bei ihm saß, dass er ihren Parfümgeruch einatmen konnte.

Auch David Perieux war aufgestanden und sprach noch einen Moment mit den Bauern, bevor er die Tür öffnete, sodass ein kalter Nachtwind in die Diele wehte, und ebenfalls die Runde verließ.

»Ist es nicht unerträglich?« Elaine richtete die Worte nicht direkt an Pascal, sondern ließ sie in Richtung Weinglas verhallen.

Pascal betrachtete sie einen Moment von der Seite, ihr dichtes schwarzes Haar, das halb in ihr Gesicht fiel, die langen Finger, die es hinter das Ohr strichen, und schließlich ihre Lippen, als sie sich wieder an ihn wandte.

»Seit meiner frühesten Kindheit höre ich mir das alles an. Es geht ständig nur um die Weinreben, Tannine, die richtigen Korken, ob aus Kunststoff, Kork oder am Ende doch ein Gewinde für einen Schraubverschluss.«

»Gibt es nicht schlimmere Themen?«, warf Pascal ein und dachte an die Geschichten, die ihn abends nach einem Polizeieinsatz beschäftigt hatten, die er aber aus Rücksicht auf seine Frau Catherine und Lillie nie am Abendbrottisch mit ihnen geteilt hatte.

Elaine sah ihn geringschätzig an. »Vielleicht war ich das jüngste Mädchen aus ganz Frankreich, das an einer Weinprobe teilnahm.«

Pascal musste lachen, auch Elaine lächelte, als sie einen weiteren Schluck nahm. »Ja, ja, der Geschmack von Brombeere, Vanille, Thymian und Schokolade. Ich habe zu meinem zehnten Geburtstag eine große Holzkiste geschenkt bekommen. Darin waren einhundert kleine Glasfläschchen. Sie sahen aus wie Parfümproben, auf jeder war ein kleiner Plastikverschluss. Auf den Fläschchen stand eine Nummer. Ich wusste nicht, was das war, und ich verstand schon gar nicht, warum ich nicht das neue Fahrrad bekommen hatte, das ich mir eigentlich gewünscht hatte. Ich nahm also unter dem gespannten Blick meines Vaters eines der Fläschchen heraus und öffnete es. ›Rieche daran‹, forderte er mich auf. Also tat ich das, und ich roch Brombeere. ›Was riechst du?‹, fragte er mich. Er konnte vor Aufregung kaum ruhig sitzen. ›Ich weiß nicht‹, sagte ich. ›Riecht nach Marmelade.‹ Er klatschte in die Hände. ›Dieser Kasten ist ein Spiel für kleine Sommeliers.‹ Ich muss ihn fragend angeschaut haben. An der Unterseite des Holzkastens befand sich ein kleiner Schlitz, aus dem zog er ein Heft. Alle Nummern auf den Fläschchen fanden sich dort wieder. Zu jedem Fläschchen gab es eine Beschreibung und natürlich auch die Auflösung des Aromas.

Stell dir vor, Pascal, ich sollte bereits mit zehn Jahren meinen Geruch trainieren, damit ich später die ›Nase‹ der Weine besser beschreiben konnte. Andere Kinder fuhren Fahrrad.« Sie atmete verächtlich aus und warf den Bauern am Ende des Tisches einen geringschätzigen Blick zu.

»Dreimal darfst du raten, worüber sie sprechen«, sagte sie. »Entweder, wie sie mich ins Bett kriegen, oder über ihre Reben. Etwas anderes findet in ihren Köpfen nicht statt.«

Elaine sah Pascal an, dann ergriff sie seine Hand. »Komm schon, weg hier«, sagte sie, dabei blitzen ihre Augen ihn an. Verlangen lag darin, daran zweifelte Pascal keine Sekunde mehr.

Wie selbstverständlich folgte er ihr, musste allerdings für einen Moment seinen vom vielen Wein schwankenden Schritt und den Schmerz in seinem Fuß ausgleichen.

Elaine kicherte, sodass die Bauern es mitbekommen mussten. Dann nahm sie eine weitere geschlossene Flasche in die freie Hand und zog Pascal die Treppen zu seiner Wohnung hinauf.

Noch während die Tür hinter ihnen ins Schloss fiel, berührten sich ihre Münder. Pascal versuchte, Elaine mit den Armen zu umschlingen, doch sie drehte sich wie eine Tänzerin in einem Ballett aus seiner Umarmung. Mit sicherem Schritt ging sie in die Küche und entkorkte die Weinflasche.

Pascal, der in der Küchentür stehen geblieben war und sich beim besten Willen nicht vorstellen konnte, auch nur noch einen einzigen Schluck Wein zu trinken, beobachtete Elaine, wie sie sich den Korken unter die Nase hielt.

»Waldboden«, sagte sie grinsend, dann schenkte sie zwei Gläser ein und kam mit langsamen Schritten auf ihn zu.

Ihr Schal war heruntergerutscht, Pascal konnte ihren nackten Hals erkennen. Sein Blick wanderte nach oben, ihre dunklen Augen funkelten ihn an, wie vor wenigen Minuten unten am Tisch.

»Du kannst viel vertragen«, sagte er und sah ihr fest in die Augen.

»Ich habe eine provenzalische Leber«, sagte sie.

Pascal nippte nur kurz an dem Wein, nahm Elaine an die Hand und führte sie zu seinem Sofa. Noch im Gehen stellte sie ihr Glas auf einer kleinen Anrichte ab, dann packte sie ihn und umschlang seinen Hals. Sie drückte fest zu, sodass Pascal sich nach vorn beugen musste. Ineinander verschlungen fielen sie aufs Sofa.

Elaine war sofort über ihm, küsste ihn, zog sich ihren schwarzen Pulli selbst aus und blieb für einen Moment still und unbeweglich wie ein erotisches Gemälde auf ihm sitzen. Der Moment hätte in Pascals Augen ewig andauern können. Andächtig hätte er sie einfach nur betrachten können, bis die Sonne irgendwann über dem Wald unter ihnen wieder aufgehen würde.

Langsam umfasste er ihre Taille, ließ seine Finger ihren Rücken hochlaufen und öffnete den BH. Er spürte ihre nackten, festen Brüste auf seiner Haut, als Elaine ihm das Hemd über den Kopf zog. Dann küsste er sie auf den Mund, zunächst sanft und zärtlich, bis ihre Bewegungen verlangender wurden. Die restliche Kleidung fiel lautlos auf den Boden.

Pascal umschlang Elaines nackten Körper, konnte von diesem Gefühl der plötzlichen Nähe zu einer Frau gar nicht genug bekommen, konnte kaum glauben, dass wirklich sie es war, die er vor sich sah. Jeden Zentimeter ihrer Haut versuchte er zu küssen.

Elaine drückte sich voller Verlangen gegen ihn. Pascal atmete tief ihren Duft ein, vergrub sein Gesicht in ihrem Haar. Es roch nach Noten von Kräutern, ihrem Parfüm, das er niemals vergessen würde.

Das Letzte, das Pascal hörte, irgendwo von ganz weit hinten, waren die geflüsterten Worte von Elaine: »Lass mich heute Nacht nicht los.«

**12**

Sicher wäre auf den gewundenen Straßen rund um die Berge von Lucasson ein bisschen mehr Vorsicht angebracht gewesen. Vor allem mit einem einfachen Stadtauto wie dem alten Renault Mégane. Pascal dachte kurz über seine dünnen Sommerreifen nach, als er dicht vor einem Abhang bremsen musste und sie auf dem Sandweg für einen Moment blockierten. Doch darauf konnte er jetzt keine Rücksicht nehmen.

Ein Dienstfahrzeug stand ihm als neuem Dorfgendarmen nicht zu. Er hätte vielleicht eines beantragen können, hatte sich aber dagegen entschieden. Er mochte seinen alten Renault – er bedeutete für ihn ein Stück Heimat, die er aus Paris in sein neues Zuhause mitgenommen hatte.

Mit hundertzwanzig Stundenkilometern raste Pascal den Hang hinunter. Er war in Eile, die Sonne zeigte nur ein zartes Rot am Horizont. Jean-Paul Betrix hatte ihn heute Morgen um sechs Uhr dreißig geweckt. Es gab nur eine Handvoll Menschen, die seine Handynummer hatten. Seine Tochter Lillie, seine Ex-Frau Catherine und natürlich sein Vorgesetzter, der Bürgermeister von Lucasson.

»Pascal. Merde. Kommen Sie sofort«, hatte er gesagt.

»Monsieur Betrix. Was gibt es?«, hatte Pascal gefragt. Sein Kopf war schwer wie eine Bowlingkugel gewesen, sein Mund trocken, die Zunge pelzig.

»Ich kann am Telefon nicht darüber sprechen. In einer Viertelstunde im Büro.«

Dann hatte Pascal sich erhoben, die Bettseite, auf der Elaine gestern noch gelegen hatte, war leer gewesen. Ihr Duft hing immer noch in der Luft. Er roch an ihrem Kissen, atmete sie ein. Wo war sie?

Eilig war er durch seine Wohnung gelaufen, bis er eine Nachricht auf dem Küchentisch gefunden hatte. In hingekritzelten Worten stand dort: »Ich bin los.« Mehr nicht. Keine Bekundung in irgendeine Richtung. Keine Anspielung auf den gestrigen Abend. Nur eine Notiz, eine Art Abkommen, eine Vereinbarung, ein Vertrag nach einer leidenschaftlichen Nacht, von der Pascal sich lange nicht erholen würde. So weit kannte er sich selbst – und dass sie los war, war nicht zu übersehen.

Diese Nacht würde sich als Erlebnis, neben all den Fakten, die er aus seinen Fällen sammelte, neben all den Grausamkeiten, mit denen er sein Gehirn täglich füttern musste, wie ein leuchtender Stern einbrennen.

Im Amtszimmer des Bürgermeisters brannte bereits Licht, sonst lag der Marktplatz im morgendlichen Tau friedlich da.

»Er ist tot«, stammelte Jean-Paul Betrix.

Pascal hätte dieses unkontrollierte Stammeln einem Mann wie dem Bürgermeister gar nicht zugetraut. Er schien außer sich zu sein.

»Wer ist tot?«

»Er, Jack, der Amerikaner.«

Pascal brauchte einen Moment, um die Nachricht zu verarbeiten. »Wie ist er gestorben? Was wissen Sie?«

»Merde. Ich weiß es nicht. Bin ich der Gendarm, oder was? Elaine hatte in den frühen Morgenstunden versucht, ihn anzurufen, doch er ging nicht ans Telefon und auch nicht an seine was weiß ich wie vielen Handys. Hier ist ihre Nummer. Monsieur Chevrier, das ist merde.«

Die Erwähnung Elaines ließ Pascal erschaudern. »Elaine?«, brummte er zögernd.

»Ja, seine Frau!«, schrie der Bürgermeister.

»Seine Frau?«, schrie Pascal ebenfalls. »Ich dachte, er ist ihr Freund.«

Jean-Paul Betrix biss sich auf die Unterlippe. »Sie sind getraut worden. Niemand weiß das, nur ich, weil ich den Standesbeamten besorgt habe.«

Pascal rang nach Worten, nach Luft.

Dann schrie der Bürgermeister erneut: »Welche Rolle spielt das? Wir haben einen Toten! Einen Toten in den besten Jahren!« Er drückte sich wie ein Politiker aus. Natürlich wollte er sagen, was alle dachten. Es gibt einen Mordfall im beschaulichen Lucasson!

»Beruhigen Sie sich, Monsieur Betrix. Wir müssen erst einmal wissen, was passiert ist.« Pascal ging ohne zu fragen zum

Schreibtisch des Bürgermeisters, nahm das Telefon und wählte Elaines Nummer.

»Oui.«

Er hörte sie schluchzen, bevor er überhaupt seinen Namen genannt hatte. »Elaine, wo bist du?«

»Bei Jack. Er ist tot.« Weiter kam sie nicht. Pascal hörte einen hysterischen Schrei, dann wurde die Verbindung unterbrochen.

»Ich fahre sofort hin«, sagte er.

»Ich komme mit!«, rief Jean-Paul Betrix.

»Bedaure, Monsieur. Das ist ein Polizeieinsatz.«

Verdutzt blieb der Bürgermeister im Amtszimmer stehen.

Pascal drehte sich nicht um, als er die Mairie verließ und zurück zu seinem Renault humpelte. Trotz der Hektik und des Adrenalins schmerzte sein Fuß. Im Auto informierte er sofort die Spurensicherung und gab die Adresse des Amerikaners durch.

Den Commissaire aus Apt von der Police nationale, den er ohnehin in den nächsten Tagen kennenlernen sollte, erreichte er nicht.

Nur dessen Assistentin Audrey, die notierte, was Pascal durchgab. Audrey hatte eine sanfte Stimme, fiel ihm auf.

Seine Gedanken rasten, als er seinen Renault wieder in Richtung der Berge steuerte. »Elaine ist verheiratet«, sagte er zu sich selbst. So laut, dass er sich vor seinen eigenen Worten erschreckte. »War verheiratet«, korrigierte er sich. Er hatte es nicht gewusst. Hätte es etwas geändert? Hätte er dieser Frau widerstehen können? Er, der vom Leben in den letzten Jahren des Alleinseins Gebeutelte? War nicht sie die Frau, von der er geträumt hatte? All die einsamen Nächte? Hatte er nicht jemanden wie sie gesucht, als Alexandre mit ihm durch die Pariser Bars gezogen war und ihm Frauen vorgestellt hatte? Er hätte niemals eine Frau mit einem solchen Aussehen ansprechen können. Und jetzt? Diese Nacht, die ihn wieder an das Leben glauben ließ, endete in einem Desaster.

Elaine war am Telefon in einem besorgniserregenden Zustand gewesen. Warum war sie sofort zu ihrem Mann gegangen? War sie aufgestanden, reumütig und erschrocken über sich selbst? Warum war sie überhaupt gegangen? Das schlechte Gewissen hatte sie vielleicht aus dem Bett gerissen. War er da schon tot gewesen? Er, der Amerikaner, der Bauherr, der Ehemann.

Pascal versuchte, sich auf einen schwer zu ertragenden Anblick vorzubereiten. So wie er es immer in Paris getan hatte. Gelungen war es ihm nie. Er war für brutale Morde nicht geschaffen, und doch hatte er immer wieder mit ihnen zu tun gehabt. Er hatte gehofft, dass diese Zeiten nun, da er Dorfgendarm war, vorbei sein würden. Doch schon war er wieder der Erste am Tatort.

Elaine stand bereits am Eingang der Villa, als Pascal eintraf. Sie hatte sich umgezogen, trug frische Kleidung, eine Winterjacke mit Fellkragen. Pascal wunderte sich über sich selbst, dass ihm das überhaupt auffiel.

Elaine warf sich in seine Arme und weinte und schrie hemmungslos. Eine Vertrautheit war nicht spürbar, nur ein Staunen, dass er, Pascal, plötzlich eine Person war, die trösten durfte, Trost zu spenden versuchte, der nichts half, nicht in dieser Situation.

Er sagte nichts, drückte Elaine nur an sich. »Wo?«, fragte er schließlich.

Sie deutete ins Haus.

»Bleib bitte hier, gleich kommt Unterstützung aus Apt.«

Pascal war überrascht, als er in die Küche kam und Jack am Tisch sitzen sah. Er saß in einer leicht zurückgekippten Position, die Beine lang unter dem Tisch ausgestreckt, der Kopf lag auf der Brust, als wäre er eingeschlafen.

Langsam näherte er sich dem Opfer. »Kein Blut, keine äußeren Verletzungen«, flüsterte er sich selbst zu.

Die Augen des Toten waren geschlossen, der Mund geöffnet. Das Gesicht um die Mundpartie verzerrt. Routinemäßig griff Pascal an Jacks Handgelenk. Dass der Mann tot war, war zu sehen. Er war kalt, da war kein Pulsschlag mehr.

Die Leichenstarre hatte bislang nur an den Augen und den Gelenken eingesetzt. Pascal schätzte, dass er seit zwei, maximal vier Stunden tot war, vielleicht auch länger, der Raum war kalt. Nur bei Zimmertemperatur setzte die Leichenstarre schnell ein. Der Obduktionsbericht würde für Klarheit sorgen.

Die Kaumuskeln knackten, als Pascal versuchte, Jacks Kiefer zu bewegen. Es war das einzige Geräusch, das in der Küche zu hören war und die Stille durchbrach.

Was muss Elaine gedacht haben, als sie ihren Mann so aufgefunden hatte?, fragte er sich.

Er wusste, was ihn hier gleich erwartete. Männer würden in weißen Anzügen in das Haus stürmen, die Presse würde anrücken, vielleicht auch Angehörige. Er würde keine ruhige Minute mehr haben, doch noch war er mit Jack allein. Diese Zeit musste er nutzen.

Er setzte sich auf den zweiten Küchenstuhl, der dem Leichnam am Tisch gegenüberstand, und betrachtete die Szenerie. Es war ein schneeweißer Marmortisch, bestens abgestimmt auf die überdimensionierte weiße Küche. Hier regierte nur Weiß und ein wenig Silber. Der Gasherd mit acht Platten und zwei Öfen sah aus wie aus einer Wohnzeitschrift. Pascal stand wieder auf und roch daran, kein Gas.

Die Küche schätzte er auf mindestens dreißig Quadratmeter. Alles wirkte unbenutzt, ein Stillleben.

Langsam strich Pascal mit der Hand über die Anrichte, keine Krümel. Hier wurde nicht gegessen. Der Satz »Hier wurde nicht gelebt« kam ihm in den Sinn.

»Was ist hier passiert?«, fragte er schließlich kaum hörbar. Dann setzte er sich wieder der Leiche gegenüber an den Tisch und betrachtete sie. Der leicht nach unten gesenkte Kopf, die vollen Haare. Die Wangen weiß, die Haut an den Händen noch straff. Wahrscheinlich war er nicht einmal fünfunddreißig Jahre alt geworden.

Pascal stützte sein Kinn auf seine Faust und blickte sein Gegenüber an. »Du warst also verheiratet. Mit Elaine.« Er seufzte. Es war, als säßen zwei Freunde an einem Tisch. Pascal besaß die Gabe, selbst mit einem Toten eine Intimität herzustellen. Er konnte sich in die Person ihm gegenüber hineinversetzen, versuchte es zumindest. Auch eine der Gaben, um die Alexandre ihn immer beneidet hatte: diese besondere Empathie entwickeln zu können.

»Hast du dich in ihr getäuscht, Jack? Oder wusstest du, wer sie ist?« Er strich mit den Fingern über den Tisch, während er nachdachte. »Ja, Jack, sie ist unwiderstehlich. Ich habe mit deiner Frau geschlafen, Jack. Sie war unglaublich. Aber ich denke, das weißt du.« Er spürte ein Zittern, während er sprach, wusste, wie unerhört seine Worte waren, wusste, dass er hier eine andere Aufgabe zu erledigen hatte, als sein Gewissen zu erleichtern. Doch er kam nicht dagegen an. Seine Worte erfüllten den Raum, hingen zwischen ihm und der Leiche, hallten nach.

Dann starrte Pascal einen Moment auf den Tisch, auf dem seine Hand noch immer lag, unbeweglich. »Wer hat dir das angetan?« Er hatte Angst vor dieser Frage, fürchtete sich vor seinen eigenen Worten. Gänsehaut lief über seinen Körper.

Als würde er sich einen Moment aus der finsteren Umklammerung herausreißen, stand er ruckartig auf und ging um den Tisch herum zu dem toten Jack. Er betrachtete ihn von allen Seiten, nahm sich Zeit, prägte sich jedes Detail ein.

Jack trug einen grünen Pulli mit V-Ausschnitt. Auf den ersten Blick war nichts Außergewöhnliches zu entdecken. Pascal strich über den Pullover, spürte die Fasern des Stoffes auf seiner Haut und hob Jacks Arm leicht an. Keine Leichenstarre.

Auf Jacks rechtem Unterarm entdeckte Pascal einen roten Fleck. Obst? Farbe? Tannine vom Wein? Er roch daran – nichts.

»Wahrscheinlich ein Rotweinfleck, aber kein Glas«, sagte er und schaute in die Kupferspüle mit den zwei Becken unter dem Küchenfenster mit Blick auf den Luberon, in denen man ein ganzes Kochservice auf einmal hätte eintauchen können. Sie waren leer. Auch die Spülmaschine. Nichts.

»Jack, mit wem hast du getrunken?«

Pascal stand in der Küche und betrachtete Jack ein weiteres Mal, so als würde er eine Antwort erwarten.

»Mit wem warst du hier?«, flüsterte Pascal, aus Angst, seine Frage würde wieder zu lange im Raum stehen. »Mit wem hast du getrunken? Wann ist dir das passiert?« Er wusste um die Sinnlosigkeit dieser Worte ins Nichts, aber er konnte nicht anders. Schon in Paris hatte er sich stets eingebildet, mehr über den Zustand der Toten zu erfahren, wenn er auf diese Weise mit ihnen sprach. Es waren diese kleinen Informationen, die Aufschluss über den Tathergang geben konnten. Geschätzte Zahlen zur Todeszeit, das Voranschreiten der Leichenstarre, wann die Würmer kamen, wann der Geruch einsetzte, wann der Mensch kaum noch erkennbar war. Doch an Jack waren keine Anzeichen des Verfalls zu erkennen. Fast sah es aus, als würde er noch leben. Sein Körper war noch zu schlaff.

»Das Bein«, flüsterte Pascal. Es war unter dem Tisch nach rechts abgespreizt. Kein Mensch hätte so an einem Küchentisch Platz genommen, und da Jacks gesamte Körperhaltung nicht der eines Toten entsprach, passte das Bein nicht ins Bild.

Pascal beugte sich herunter, setzte sein Knie auf den klinisch sauberen Fußboden der Küche und griff nach dem Bein. »Es ist starr. Warum?« Er sprach zu sich selbst, als würde der Gedanke sich so tiefer einbrennen.

»Entschuldige«, sagte er, dann versuchte er, das Bein noch einmal zu bewegen. Es schien schwerer als die anderen Gliedmaßen, als hätte hier schon die Leichenstarre eingesetzt.

»Ungewöhnlich, das verstehe ich nicht«, brummte Pascal. Die Klingel schreckte ihn hoch. Er hatte gar nicht bemerkt, dass er die Tür geschlossen hatte.

Dann traten sie ins Haus. Mit ihren weißen Plastikanzügen, den blauen Müllsäcken über den Schuhen und den Koffern mit ihren Laborinstrumenten.

Pascal stand an der Tür. »Keine Spuren von äußerer Gewalt, das Opfer ist unversehrt«, informierte er die Kollegen von der Spurensicherung. »Nur das Bein ist steif. Ich weiß nicht, warum. Und kontrolliert seinen Pullover, ich habe darauf einen Rotweinfleck entdeckt. Kein Geschirr, keine Weingläser. Ich glaube nicht, dass er sich zum Sterben an den Tisch gesetzt hat.«

Der Mann, dem Pascal in wenigen Sekunden all diese Informationen gab, nickte und machte sich Notizen.

Dann verließ Pascal das Haus des Toten. Er konnte jetzt nichts weiter tun.

Elaine saß auf der Mauer vor dem Haus. Ruhig ging Pascal zu ihr, setzte sich neben sie und legte einen Arm um sie. Da war noch immer kein Gefühl der Vertrautheit zwischen ihnen, als hätte er sie nie zuvor berührt. Sie hatte nichts mit der Frau gemein, die die Nacht mit ihm verbracht hatte.

Elaine blieb unbeweglich, sie wurde nur in regelmäßigen Abständen von einem Schluchzen, einem Wimmern geschüttelt. Ihr Gesicht hatte sie auf ihre angewinkelten Knie gelegt.

Vielleicht fiel es Pascal deshalb leichter, das zu sagen, was ein Gendarm sagen musste.

»Ich weiß, es fällt dir schwer, aber du musst mir ein paar Fragen beantworten.«

Sie zeigte keine Reaktion.

»Wenn du es kannst«, schränkte Pascal seine Forderung ein. »Warst du heute Nacht oder heute Morgen bei ihm?« Welch eine Ironie, dachte er. Eine der Fragen, die er normalerweise aus rasender Eifersucht stellen würde, vor deren Antwort er sich würde fürchten müssen. Der Grat zwischen persönlicher Liebestragödie und polizeilicher Neugier war ein Bindfaden, so dünn wie eine gespannte Sollbruchstelle.

Elaine hob kaum sichtbar den Kopf. Nur ein Stück.

»Elaine, bitte«, sagte Pascal so ruhig wie möglich.

Sie bewegte ihren Kopf nicht, sie bewegte sich gar nicht mehr. Dann holte sie hörbar Luft, Worte aber kamen ihr nicht über die Lippen.

Pascal drückte sie an sich, umklammerte sie leicht, so als wolle er sagen, natürlich weiß ich, dass du in meinem Bett warst, dass diese Nacht mir unvergesslich bleiben wird, dass ich Narben davontragen würde, wenn diese Hoffnung auf eine neue Liebe in einem dramatischen Mordfall ein Ende finden würde, bevor sie überhaupt begonnen hat.

Elaine wehrte sich nicht, sie drückte ihren Kopf an seine Brust.

Pascal wartete auf ein Weinen, ein Schluchzen, doch mit einem Mal war ihre Stimme klar und deutlich. »Sie haben ihn ermordet. Ich wusste es.« Diese beiden Sätze waren an diesem Morgen die einzigen, die ihr über die Lippen kamen.

Langsam erhob Pascal sich von der Steinmauer und blickte über den Luberon, in den man von Jack Frenzens Haus weit schauen konnte. Auch das Château der Familie Perieux war von hier aus zu sehen, sogar seine kleine Dachwohnung. Zwischen seinem Balkon und dem Tatort lagen vereinzelte Häuser, Gärten, mit ihren Swimmingpools, die zu dieser Jahreszeit noch leer waren, Weinreben, Felder und das Waldstück. Die Sonne schickte ihre ersten Strahlen über die Landschaft, ein Duft hing in der Luft, den es nur hier gab. Erdig und nach Feuer, das in den Kaminen um diese Zeit, in den frühen Morgenstunden, angezündet wurde.

Die Provence riecht zu jeder Jahreszeit anders, dessen wurde Pascal sich in diesem Moment bewusst, und für einen kleinen Moment des Innehaltens blickte er so weit er konnte über das Tal.

Noch einmal drehte Pascal sich zu dem Haus um, zu der Steinmauer und zu Elaine, die noch immer am selben Platz saß. Er würde sie mitnehmen, runter nach Lucasson. Aber war er, der Gendarm, der Mann, der die Nacht mit ihr verbracht hatte, als ihr Ehemann starb, der Richtige für diesen Moment?

Erleichtert blickte Pascal dem Mercedes Kombi entgegen, der sich den Berg hinauf dem Anwesen näherte. Patrick Dumont, Elaines Vater, war verständigt worden. Jeder im Dorf würde bereits wissen, was passiert war.

Pascal wartete noch einen Moment, bis der Önologe ankam, die Autotür aufriss und auf Elaine zulief. Dann stieg er in sein Auto, startete den Motor und rollte aus der Einfahrt.

Ein Wintermorgen in der Provence. Alles so wie immer. Wie war es möglich, dass sich alles weiterdrehte? Pascal hatte sich gegen diese Frage noch nie wehren können, wenn er einen Tatort wie diesen besuchte. Er wunderte sich immer wieder aufs Neue, mit welcher geradezu stoischen Gelassenheit die Welt so eine Tat hinnahm. Mit welcher Gleichgültigkeit. Er hing diesen Gedanken nach, als er seinen Renault den Berg ins Tal hinunterfuhr.

Bevor Pascal zurück in seine Amtsstube in der Mairie ging, wollte er noch versuchen, einen Kaffee und ein Croissant bei Jacques zu bekommen. Er dachte an seinen Pariser Kollegen und Freund Alexandre, daran, wie der sich nach einem Mord verhalten hatte. Kein Getränk, kein Croissant, kein Baguette. Er hatte rund um die Uhr gearbeitet, war darin aufgegangen, hatte beim Reden gedacht.

Pascal war anders. Er brauchte einen Moment für sich, musste die Dinge langsam angehen.

Er würde viel telefonieren, Menschen verhören müssen, von denen er bislang geglaubt hatte, sie lebten in einem südfranzösischen Paradies. Naiv, wie sich jetzt herausstellte. Nein, das

Paradies gab es nicht. Nicht hier, nicht sonst irgendwo und auch nicht in ihm selbst.

War es Mord? Er musste die Frage zulassen, und wenn sie mit Ja beantwortet werden würde, dann würde er Unterstützung leisten. Vorausgesetzt, er wurde offiziell darum gebeten, denn er war seit seiner Versetzung aufs Land nur noch bei der Police municipale, die nur für einen Mordfall zuständig war, wenn sie darum gebeten wurde, mitzuermitteln. Das wurde ihm im Büro des Bürgermeisters bei der Vereidigung klargemacht.

Monsieur Dubprée aus Apt war von der Police nationale, er würde jetzt die Fäden ziehen. Möglich, dass Pascal Dubprée ins Vertrauen ziehen musste, gestehen musste, dass er die Nacht mit Elaine verbracht hatte. Dass er, der Neuankömmling, der fremde Flic aus Paris, mit einer verheirateten Frau aus dem Ort geschlafen hatte. Mit einer angesehenen Frau.

War er nicht viel zu befangen, um zu ermitteln? Das würde man ihm vorwerfen, und diesen Vorwurf musste er akzeptieren. Doch war nicht er derjenige, der inzwischen mehr wusste als viele andere? War Elaine anderen außer Jack so nahe wie ihm gewesen? War sie? War er nur einer von vielen? Wahrscheinlich.

Pascal verachtete sich selbst für diesen Gedanken, ehe ein weiterer sich wie ein Geschwür in ihm einbrannte. Er war ein Alibi für diese Nacht.

Er schüttelte den Kopf, als wollte er böses Ungeziefer verscheuchen. Er parkte seinen Mégane vor dem »Chez Jacques«.

Jacques stand bereits an seiner glänzenden, aber ächzenden Kaffeemaschine hinter seiner Bar, als Pascal sich an die Theke setzte. Er war allein. Am Kopf hatte er noch eine Blessur von dem Handgemenge. Wortlos drückte er auf den Knopf seiner Maschine, ohne zu fragen, ob Pascal einen Kaffee wollte.

Pascal wollte. Er nickte Jacques zu. Wortlos. Auch Jacques trank einen Kaffee. Es war wieder still geworden, das Gerät schwieg. Die Männer hingen ihren Gedanken nach.

Sie haben ihn ermordet. Wieder und wieder ging Pascal Elaines Aussage durch den Kopf. Sie war sich sicher gewesen. Unabhängig von dieser Nacht. Sie war vorher schon bei ihm gewesen und hatte ihn sogar gewarnt. Doch da hatte Pascal noch nicht gewusst, dass sie verheiratet war, dass sie möglicherweise

Alleinerbin von Jacks Anwesen werden würde. Dass sie diesen Palace du Luberon bauen würde.

Würde sie? Könnte sie als ein Mitglied dieser Dorfgemeinschaft dieses Projekt weiter vorantreiben? Es wäre ein einsamer und vielleicht auch gefährlicher Kampf.

Pascal zog sein Notizbuch aus der Tasche, trank einen Schluck von seinem Kaffee und notierte sich Fragen, auf die er Antworten finden musste.

Er würde sich nicht allein auf Elaine konzentrieren, er würde überall seine Nase hineinstecken müssen, wenn er darum gebeten wurde. Eine Person, die ein derartiges Vermögen erbte, wurde immer verdächtigt. Er aber war ihr Alibi. Er war jetzt ein Teil dieses Falls.

Doch zunächst musste Pascal einen kühlen Kopf bewahren, in alle Richtungen ermitteln, wenn man ihn, den Dorfgendarmen, um Unterstützung bat. Er würde auch den Bürgermeister nicht auslassen können. Warum war das Golf-Resort für ihn so wichtig, wo er doch strikt gegen Veränderungen war? Warum hatte er diesen Bau genehmigt und es offensichtlich niemandem gesagt? Was würde aus dem Bauvorhaben werden, wenn Elaine den Palast nicht bauen würde?

Zwar diente diese Frage nicht direkt zur Mordaufklärung, doch sie beschäftigte Pascal persönlich. Viele Menschen in Lucasson, in Lourmarin, aber auch in Bonnieux dürften daran interessiert sein. Ein solcher Bau würde das Leben im ganzen Luberon verändern – und damit auch seines. Schließlich lebte auch er jetzt hier.

Das Leben in der Provence hatte er sich anders vorgestellt. Ruhig, gelassen. Jetzt war er kaum eine Woche hier und musste den ersten Mordfall aufklären. Falls es überhaupt ein Mord war, bislang gab es nur eine Anschuldigung. Aber wie war Jack gestorben? Ein Herzinfarkt? Ein Schlaganfall? Ein Aneurysma? Oder doch Mord? Es war wahrscheinlich, sehr wahrscheinlich.

Pascal sah ihn wieder vor sich, wie er den Kopf auf seine Brust gelegt hatte, das Bein steif, den Mund offen, die Arme an den Seiten herunterhängend, der Tisch vor ihm leer. Er war sich sicher, dass Jack in der Sekunde seines Todes nicht allein gewesen war.

Jacques kehrte von der kleinen Glasvitrine neben der Bar zurück und stellte ein Croissant auf die Theke. Daneben einen Korb mit einem Stück abgepackter Butter und einem kleinen Gläschen Erdbeermarmelade. Auch das hatte Pascal nicht bestellt, aber er war froh über das verspätete Frühstück.

Er wartete, bis Jacques den Kaffee neben das Croissant gestellt hatte, dann sagte er tonlos: »Er ist tot.«

Pascal erwartete keine emotionale Reaktion, das hätte nicht zu Jacques gepasst. Immerhin gehörte er zu den größten Gegnern des Projektes, das war ihm seit dem Abend der Präsentation klar. Sicher würde er niemanden vermissen, der seinen geliebten Ort in ein Ferienparadies verwandeln wollte. Aber die Gleichgültigkeit, mit der er die Nachricht von Jacks Tod aufnahm, ließ Pascal frösteln. So kostete es ihn keine Mühe, zu einem Mittel zu greifen, das eigentlich mehr zu Alexandres denn zu seinem Repertoire passte.

»Er ist mutmaßlich ermordet worden.« Es schickte sich nicht, das Wort Mord in den Mund zu nehmen, bevor dieser nicht durch die Obduktion bestätigt worden war, doch Pascal wollte eine Reaktion provozieren.

Jacques griff in seine ausgebeulte Hosentasche und zauberte eine Zigarette hervor. Mit ruhiger Hand zündete er sie sich an. Den Rauch blies er knapp über den Kopf seines Gastes in den Raum.

»Ich war's nicht«, sagte er gelassen, dann drehte er sich um und ging zurück zu seiner Kaffeemaschine.

## 13

Als Pascal in der Mairie eintraf, herrschte bereits reges Treiben. Jean-Paul Betrix erwartete ihn schon. Pascal verstand wieder, warum die Polizeistation wie in so vielen kleinen Orten im Luberon direkt in der Mairie untergebracht war. Die Zusammenarbeit mit dem Bürgermeister wurde dadurch unkomplizierter, in einem Land, das vor Bürokratie ohnehin zu ersticken drohte.

»Wo haben Sie die ganze Zeit gesteckt? Was glauben Sie, was hier los ist? Ein Mord in Lucasson!«

»Das wissen wir noch nicht«, sagte Pascal so ruhig wie möglich. »Wir müssen den Obduktionsbericht abwarten.« Er schob seine Uhr Richtung Handgelenk.

»Sie können mich mal mit Ihrem Obduktionsbericht. Das ist doch offensichtlich. Jetzt muss gehandelt werden. Verdammte Scheiße.«

Im Türrahmen war vollkommen lautlos ein Mann erschienen, der mit einer umständlichen Geste seine Sonnenbrille in die Brusttasche seiner Uniform steckte. Pascal konnte nicht sagen, was er mit angehört hatte.

»Frédéric Dubprée«, sagte der Mann und schüttelte Pascal die Hand. »Commissaire de Police nationale.«

»Bitte setzen Sie sich«, sagte Pascal. Er hatte Erfahrung mit Führungspersonen. Man musste sie mit einer gewissen Überlegenheit behandeln.

Frédéric Dubprée war deutlich kleiner als Pascal, die Mindestgröße von eins neunundsiebzig, die man als Gendarm haben musste, hatte er wahrscheinlich nur mit Einlegesohlen erreicht. Der Commissaire hatte eine sportliche Figur und markante Gesichtszüge. Seine dunklen Augen lagen tief in den Augenhöhlen und scannten wach den Raum ab.

Als Frédéric Dubprée sich durch sein zurückgekämmtes Haar fuhr, bemerkte Pascal sogar Manschettenknöpfe an den Hemdsärmeln seiner Uniform. Er war ein Mann, der auf sein Äußeres großen Wert legte, dabei aber nicht überheblich wirkte.

»Möchten Sie einen Kaffee?«, fragte er den Commissaire aus Apt.

»Vielleicht noch ein Stück Kuchen dazu?«, brüllte Jean-Paul Betrix. Seine Augen hatten sich in funkelnde Schlitze verwandelt.

»Bitte, Herr Bürgermeister, lassen Sie uns einen Moment in Ruhe sprechen. Und bitte beruhigen Sie sich.« Behutsam versuchte Pascal, den massigen Bürgermeister aus dem Büro zu schieben. Zwecklos. Wie ein schwerer Sandsack ließ er sich auf einen Stuhl fallen, der unter seinem Gewicht schmerzhaft knarrte.

»Ich will Sie nicht lange stören, meine Herren, Sie haben hier genug zu tun«, sagte Frédéric Dubprée und schob Pascal eine Visitenkarte über den Schreibtisch. »Monsieur Chevrier, Sie haben sich Ihren Dienstbeginn sicher anders vorgestellt – und wir natürlich auch. Es ist Ihr Bereich, Sie haben Erfahrung in der Ermittlung von Mordfällen, ich freue mich auf Ihre Unterstützung.« Frédéric Dubprée gab sich gelassen, um zu vermitteln, dass er auf Grabenkämpfe jeglicher Art verzichten wollte. Seine tief liegenden Augen ruhten auf Pascal. »Ich will Ihnen nur unsere volle Unterstützung zusagen. Wir werden die Ermittlungen natürlich leiten, meine Assistentin Audrey wird sich bei Ihnen melden.« Er schob eine zweite Visitenkarte über den Tisch. »Sie ist rund um die Uhr erreichbar. Sie unterstützt Sie bei Ihren und uns bei unseren Ermittlungen. Einen Mord in Lucasson habe ich noch nie erlebt. Es tut mir leid, dass es Sie trifft.«

»Seit Jahrhunderten hatten wir hier keinen Mord«, blaffte Jean-Paul Betrix aus dem hinteren Teil des Raumes dazwischen. Seine Stimme war mehr ein Wiehern.

»Den letzten wahrscheinlich bei den Kreuzzügen.« Frédéric Dubprée lächelte. Pascal war er sympathisch. Er strahlte Ruhe und Gelassenheit aus.

»Machen Sie es gut, Monsieur Chevrier.« Mit keinem Wort wurde in Frage gestellt, dass es sich um einen Mord handelte. Den Obduktionsbericht musste man abwarten, aber die Ermittlungen, das Herumhören, wer, was, wann, wo und warum, begannen jetzt.

Frédéric Dubprée verabschiedete sich mit einem Kopfnicken und verließ das Büro der Gendarmerie.

Einen Moment war es still.

»Wissen Sie eigentlich, was ein Mord nur zwei Monate vor der Wahl bedeutet?« Jean-Paul Betrix hatte mit seiner Frage immerhin so lange gewartet, bis Frédéric Dubprée außer Hörweite war. Sein Ton war nun ruhiger, fast deprimiert. »Sie werden diesen Fall lösen, Monsieur le gendarm.«

Pascal setzte sich wieder hinter seinen Schreibtisch. »Ich werde mein Bestes geben, Monsieur le maire.«

»Mal sehen, was Ihr Bestes ist.«

Beide schwiegen einen Moment lang.

Schließlich sagte Pascal: »Eine Frage, Monsieur Betrix. War der Bauantrag für das neue Golf Resort von Jack Frenzen eigentlich schon genehmigt?«

»Non, keine Genehmigung.« Die Antwort kam wie aus der Pistole geschossen. »Ein Bauvorhaben in diesem Ausmaß hätte ich allein nicht bewilligen können. Ich kann nur raten oder abraten.«

»Und wozu haben Sie geraten, Monsieur Betrix?« Pascals Stimme klang ungewollt scharf.

»Ich habe nicht dazu geraten. Die Dorfbewohner und das Département waren dagegen. Was denken Sie? Ich habe hier eine Wahl zu gewinnen.«

»Aber sehen wir einmal kurz davon ab, Monsieur. Würde ein Bauvorhaben wie dieses nicht auch die Infrastruktur des Ortes verbessern? Würde Lucasson nicht zu einem reichen Ort werden? Wie etwa Gordes? Lacoste? Lourmarin? Würden nicht die Immobilienpreise in die Höhe schießen?«

Jean-Paul Betrix stöhnte, als er sich aus dem Stuhl erhob, der aufzuatmen schien. »Hören Sie mir gut zu, Sie Großstadtbulle, Sie Flic. Sie verstehen nichts von den Provenzalen. Sie wissen nicht, was diese Menschen hier in Wahrheit bewegt. Ihre Interessen sind nicht nur mit Geld verbunden. Viele haben ihre Häuser zu Millionenpreisen verkauft. Und jetzt? Jetzt sitzen sie auf der Straße oder leben in gesichtslosen Neubauwohnungen in den Städten mit ihrem ganzen Geld und wissen nicht, was sie tun sollen. Glauben Sie nicht, dass sich das herumspricht?

Denken Sie nicht nur an das Geld, wenn Sie diesen Fall lösen. Gehen Sie tiefer, machen Sie sich Gedanken, über das, was hier wichtig ist und was nicht. Nur so werden Sie den Fall lösen, und hören Sie auf, mich zu verhören. Sonst gehen Sie schweren Zeiten entgegen.«

Der plötzliche Gefühlsausbruch des Bürgermeisters ließ Pascal verstummen. Er konnte hier nichts mehr ausrichten. In der Tat war er ein Großstadtgendarm, ein Flic. In Paris mordete man für Geld und noch häufiger aus Eifersucht, ein Motiv, das Pascal mehr und mehr nachvollziehen konnte. Immerhin hatte ein Mord aus Liebe etwas Romantisches, während ein Mord des Geldes wegen ihm ungeheuer profan erschien.

Hier ging es vielleicht tatsächlich um etwas anderes. Das wiederum würde Elaine entlasten. Bis der Obduktionsbericht nicht vorlag, konnte man lediglich von der Möglichkeit eines Mordes ausgehen. Wenn sich der Verdacht als richtig herausstellen sollte, würde in dem kleinen Lucasson tatsächlich die Hölle los sein, da hatte der Bürgermeister recht. Sonst allerdings hatte er gelogen. Warum? Warum hatte er nicht zugegeben, dass der Palace du Luberon längst genehmigt war? Wenn es denn so war. Schlau konnte man aus den Unterlagen nicht werden, aber eines war klar: Über den schweren Schreibtisch des Bürgermeisters gingen seit Monaten Unterlagen, die bewiesen, dass das Vorhaben schon sehr weit fortgeschritten war. Weiter, als die Dorfbewohner es sich vorstellen konnten.

Pascal Chevrier blickte aus seinem Fenster auf die Place de la Fontaine, während er nachdachte. Die Füße hatte er auf das Fensterbrett gelegt, den verletzten Fuß über den anderen, die Uhr von der schweißnassen Stelle Richtung Handgelenk gezogen, dann die Arme hinter dem Kopf verschränkt. Das morgendliche Treiben hatte begonnen, sein persönliches Theater, an dem er sich kaum sattsehen konnte.

Der Mann mit der Katze lief zum Brunnen, unter den Platanen saß ein altes Ehepaar in dicken Jacken und trank Kaffee, den es sich offensichtlich mitgebracht hatte. Die Thermoskanne stand zwischen ihnen. Die Provenzalen konnten das Frühjahr kaum erwarten, sie hatten die Winterstarre satt, obwohl sie noch eine ganze Zeit der unbeliebten Kälte trotzen mussten.

Alles auf der Place de la Fontaine schien normal zu verlaufen. Pascal entdeckte Dr. Fabrice junior, der gerade die Tür zu der Praxis seines Vaters aufschloss. Pascal erhob sich rasch. In den nächsten Tagen würde er nur wenig Zeit haben, noch einmal seinen Fuß untersuchen zu lassen.

Er nahm seinen Hut, rückte die Jacke zurecht, verließ die Mairie und humpelte über den Platz auf die Praxis zu.

## 14

Dr. Fabrice hatte bereits seinen weißen Kittel übergestreift, als Pascal das Arztzimmer betrat. Er klopfte nicht, kündigte sich nicht an, sondern öffnete direkt die Tür.

»Guten Morgen, Dr. Fabrice.«

Der junge Arzt fuhr herum und sah ihn erschrocken an. In der Hand hielt er langes OP-Werkzeug. Er hielt es so ungeschickt, dass Pascal kurz Angst bekam. Nicht um sich, sondern um den Arzt, der sich damit verletzen könnte. Seine blauen Augen waren wieder wässrig.

»Oh, oui, Monsieur le gendarm.«

Pascal nutzte den Moment der Überraschung aus und musterte ihn.

»Was kann ich für Sie tun?« Dr. Fabrice versuchte, Verbindlichkeit herzustellen.

»Mein Fuß. Was dachten Sie?«

»Oh, äh, ja natürlich, der Fuß.«

Pascal konnte den Stein fallen hören, der Dr. Fabrice vom Herzen fiel.

»Bitte, setzen Sie sich«, forderte er Pascal auf.

Pascal setzte sich auf die Liege, krempelte die Hose auf und zog die Socke vom Fuß.

Dr. Fabrice löste konzentriert den Verband. Er sagte dabei kein Wort.

»Und?«, fragte Pascal nach einer Weile. »Heute schon die Morgennachrichten gehört?«

»Non«, entfuhr es dem Arzt für Pascals Begriffe zu schnell.

»Sie wissen also noch nicht, was passiert ist?«

»Non, non, non.« Dr. Fabrice betrachtete Pascals Fuß. »Hui, hui, hui«, sagte er, »Sie sind auf dem Weg der Besserung. Ich werde Ihnen wieder die Salbe draufschmieren.«

Pascal fand, dass das Wort »draufschmieren« aus dem Mund eines Arztes komisch klang.

Dr. Fabrice ging zu dem Schrank neben dem Fenster, ohne seinen Patienten noch einmal anzuschauen.

»Reden wir offen, Dr. Fabrice.« Pascal fixierte den Rücken des Arztes, der sich sichtbar anspannte. »Heute Morgen ist Jack Frenzen tot in seinem Haus aufgefunden worden. Wir kennen die Todesursache noch nicht, aber ich würde Sie bitten, mir ein paar Fragen zu beantworten.«

Dr. Fabrice stand unbeweglich vor dem Schrank, die Salbe hatte er bereits herausgeholt, sich aber noch nicht umgedreht. »Tragique«, entfuhr es ihm. Den Rest konnte Pascal nicht verstehen, da auch Dr. Fabrice einen Dialekt sprach, der an *provençal* erinnerte.

»Die Salbe«, sagte Pascal ruhig. »Wollten Sie mir nicht die Salbe auftragen? Draufschmieren?«

»Natürlich.« Dr. Fabrice hielt den Kopf gesenkt, als er zurück zu der Liege ging, auf der Pascal noch immer saß und seinen Fuß betrachtete. Die Schwellung schien zurückgegangen zu sein.

»Ich möchte, dass Sie mir alles über diesen Wald sagen, was Sie wissen«, sagte Pascal fordernd.

»Nichts, gar nichts.« Der Arzt stand jetzt vor ihm, die Salbentube in der Hand.

»Dr. Fabrice, ich kann Sie auch mit hinüber aufs Revier nehmen und Sie dort ganz offiziell verhören. Dann können Sie mich begleiten, wenn Sie meinen Fuß verarztet haben.« Pascal pokerte, er wusste, dass ihm jede Handhabe fehlte, wollte aber endlich wissen, was es mit diesem Wald auf sich hatte. Es war nur eine Intuition, Pascal wusste nur, dass dieser Wald eine Rolle spielte, dass sich vieles im Dorfleben um ihn drehte.

»Bitte, Monsieur, die Leute.« Dr. Fabrice tippelte von einem Fuß auf den anderen, als müsste er zur Toilette.

»Also bitte. Wem gehört der Wald?«

»Niemandem. Aber jeder glaubt, er gehöre den Perieux. Es soll einen Pachtvertrag geben, komplizierte Sache.« Dr. Fabrice biss sich auf die Lippe.

»Und?«

»Ich hatte es Ihnen doch schon gesagt.«

»Nein, ich denke nicht, dass Sie mir das gesagt haben, Monsieur.«

»Gut, aber bitte ziehen Sie mich da nicht hinein. Von mir

haben Sie das nicht. Versprechen Sie mir das?«, sagte Dr. Fabrice gehetzt. Seine Stimme überschlug sich fast.

»Versprochen«, erwiderte Pascal.

»Nicolas Bugot. Er ist der neue Star«, begann Dr. Fabrice seine Erklärungen und fingerte nervös an der Salbentube herum. »Sein Restaurant ›Mirableu‹ in Montpellier hat gerade den zweiten Stern bekommen. Monsieur Bugot hat sich vor ein paar Jahren bei den Perieux einen Teil des Waldes gesichert, es soll auch einen Pachtvertrag geben, das lief über den Bürgermeister. Kleine Gefälligkeiten. Nicolas Bugot tut seitdem alles für die Familie Perieux. Im Gegenzug hat er den Wein der Familie öffentlich zu einer der Entdeckungen des Jahres ernannt. Jetzt kaufen die Leute wie verrückt diesen Rotwein. Der Önologe, dieser Patrick Dumont, schwimmt inzwischen auch im Geld, und David Perieux natürlich sowieso.«

»Und, warum hat er den Wald gepachtet?« Pascal kannte die Antwort.

»Monsieur. Trüffel. Die besten des Landes. Er braucht sie für seine Küche. Ich glaube, er ist der Einzige, der überhaupt noch Trüffel aus dem Waldstück bekommt. Er hat mit dem Pachtvertrag, oder was auch immer da abgelaufen ist, die Exklusivrechte erworben und zahlt dafür Tausende Euro. Was er nicht braucht, verkauft er zu horrenden Summen nach Übersee oder Asien. Monsieur le gendarm, dieser Wald ist ein Millionengeschäft.«

»Und genau dort sollte der Palace du Luberon entstehen«, sagte Pascal.

»Oui, Monsieur.«

»Und das wusste natürlich jeder im Ort.«

»Oui, Monsieur. Nur Sie nicht.«

»Merci. Was wusste Jack Frenzen über den Wald?«

»Keine Ahnung«, sagte Dr. Fabrice. »Ich bin nicht von hier. Was ich weiß, habe ich von meinem Vater, und man hört so einiges von den Patienten.«

Pascal hatte zwar noch keinen Patienten in der Praxis gesehen, dennoch glaubte er dem Arzt.

»Wartezimmer sind wie Lokalnachrichten im Fernsehen. Mein Vater ist in drei Wochen wieder hier. Aber wir haben nie darüber gesprochen. Niemals. Versprechen Sie mir das, Monsieur le gendarm.« Er drehte die Salbentube auf.

»Was wissen Sie über Jean-Paul Betrix?« Pascal wollte keine Chance ungenutzt lassen. Er hatte es geschafft, den Arzt einzuschüchtern, er wollte den Moment nutzen.

»Ich weiß es nicht, ich weiß nur, dass er mit Trüffeln handelt. Es gibt nämlich einen Haken an der Sache mit dem Wald. Zwar haben die Perieux und Nicolas Bugot ihn gepachtet, aber die Gemeinde hat weiter Nutzungsrecht. Nur wagt es niemand, ihn zu nutzen. Trüffelsucherehre. Niemand sucht da, wo andere seit Jahren, im Falle der Perieux sogar seit Jahrhunderten, suchen. Der Grat zwischen Recht, Ehre und Geld ist im Trüffelgeschäft schmal. Sehr schmal.« Das Ende piepte der Arzt noch eine Oktave höher. »Was Verträge, Nutzungs- und Exklusivrechte angeht, ist das im Trüffelgeschäft alles Makulatur.«

Pascal überlegte. »Es sei denn, der Wald geht in einen Privatbesitz über.« Er verfluchte sich dafür, dass er die Unterlagen des Verkaufs aus Betrix' Büro nicht kopiert hatte. Es wäre ein wichtiges Beweisstück gewesen, auch für seinen Commissaire Frédéric Dubprée der Police nationale aus Apt. Mit dem Verkauf ist der Pachtvertrag aufgehoben. Jack Frenzen war der alleinige Besitzer. Nur er hätte dann das Recht an den Trüffeln. Es wäre der einzige Weg, an die Trüffel zu kommen. Das durfte den Perieux nicht gefallen haben – und Nicolas Bugot schon gar nicht.

»Der Pachtvertrag wird in diesem Jahr auslaufen«, sagte Dr. Fabrice, der vor Anspannung so auf die Salbentube gedrückt hatte, dass ihm die weiße cremige Substanz über die Finger lief.

»Verbinden Sie jetzt meinen Fuß?« Pascal lächelte das zu einem Häuflein Elend zusammengesunkene Etwas vor seiner Liege aufmunternd an.

## 15

Die Fahrt nach Montpellier dauerte gut zwei Stunden. Pascal Chevrier wählte die kürzeste Strecke. Entlang der Rhône, nach Arles, vorbei an Nîmes und direkt nach Montpellier. Noch nie war er dort gewesen. Nur seine Tochter Lillie hatte ihm immer von der jungen Stadt erzählt und davon geschwärmt.

»Warum nicht am Mittelmeer studieren?«, hatte sie einmal zu ihrem Vater gesagt. Da ging sie noch zur Schule. Die Welt stand ihr offen. Jeden Tag hatte sie etwas anderes studieren wollen. Jura, dann Geschichte und sogar Biologie.

»Wenn ich Biologie studiere, kann ich mich der Meeresbiologie widmen«, hatte sie vorgeschlagen und ihren Vater angestrahlt.

Pascal hing seinen Gedanken nach, und wie so oft ging es in seinem Kopf um Lillie. Nie würde er vergessen, wie er sie zum ersten Mal in die Schule gebracht hatte. Es war der Moment gewesen, in dem ihm bewusst geworden war, dass sie nicht mehr sein kleines Mädchen war, dass künftig auch andere sie prägen würden. Er hatte sich gefragt, ob er ihr das Wesentliche vermittelt hatte – Werte, Selbstständigkeit, Selbstbewusstsein –, obwohl er oft draußen in Paris gewesen war, wenn all die spannenden Dinge zu Hause geschehen waren.

Er erinnerte sich an Lillies erste Schritte pünktlich zu ihrem ersten Geburtstag. Damals hatte sich Pascal am anderen Ende der Stadt befunden und eine Straße abgesperrt, auf der sich ein Raubüberfall zugetragen hatte. Als er abends nach Hause gekommen war, hatte seine Frau Catherine über das ganze Gesicht gestrahlt und gesagt: »So, Papa, jetzt zeigen wir dir mal, was wir heute gelernt haben.«

Aber Lillie wollte nicht mehr. Sie schrie, als ihr Vater in der Uniform vor ihr stand. Wie so oft.

»Das ist normal in diesem Alter«, hatte seine Frau ihn getröstet. Aber ihr Trost war nicht richtig bei ihm angekommen. Er wollte Lillie dicht bei sich haben, wenn er die Wohnungstür aufschloss. Doch sie war meistens abweisend und müde. Es waren dann die Wochenenden, wenn er mal keinen Dienst hatte, an denen er sich ganz seiner Tochter widmen konnte.

Pascal schmunzelte, als er daran dachte, wie er ihr das Fahrradfahren beigebracht hatte. Entlang der kleinen Kioske an der Seine. Er war so stolz auf seine Tochter gewesen, als sie jauchzend den Bürgersteig entlanggefahren war. Da war er es gewesen, der abends seiner Frau etwas erzählen konnte.

An einer Mautstelle angekommen, zog Pascal ein Ticket, um auf die kostenpflichtige A 9 zu fahren. Wie es Lillie in Lyon wohl ging, fragte er sich. An der Seite ihres künftigen Mannes, dem Starkoch.

Kurz entschlossen wählte er die Nummer seiner Tochter.

»Hallo, hier ist Lillie, bitte hinterlassen Sie eine Telefonnummer, damit ich Sie zurückrufen kann«, sagte sie mit ihrer bezaubernden Singstimme auf der Mailbox.

»Hallo, mon amour, hier ist Papa. Ich denke gerade an dich. Ich fahre nach Montpellier. Weißt du noch, da wolltest du mal studieren? Ich werde heute Abend im ›Mirableu‹ essen gehen. Das musst du deinem Zukünftigen erzählen, es ist das einzige Sternerestaurant in Montpellier. Es dürfte ihn interessieren. Und dir, mein Herz, bringe ich ein Andenken mit. Ich umarme dich.«

Pascal wurde es für ein paar Minuten schwer ums Herz, er vermisste Lillie, ihr Lachen, ihre Unbeschwertheit. Er hätte sie jetzt gern gesprochen. Er überlegte, noch ein zweites Mal anzurufen, nur um ihr zu sagen, dass sie ihn zurückrufen solle. Doch er wusste, wie überflüssig das war, denn sobald Lillie ihre Mobilbox abgehört hatte, rief sie ohnehin zurück.

Als Nächstes rief er bei Audrey an. »Hier ist Pascal Chevrier.«

»Audrey Morel. Bonjour.«

Wieder fiel ihm die warme Stimme auf, er konnte Audrey lächeln sehen, wenn er ihr zuhörte.

»Frédéric Dubprée hat mich auf den neuesten Stand gebracht.«

»Was ist der neueste Stand?«

Audrey atmete hörbar aus. »Es gibt keinen. Der Obduktionsbericht ist noch nicht da.« Sie machte eine Kunstpause. »Sicher war es ein Mord, ist zumindest meine Meinung.« Bei ihren letzten Worten lag Gespanntheit in ihrer Stimme. Sie schien aufgeregt zu sein. Ein Mord war immerhin mal etwas anderes, etwas Neueres als die Delikte, mit denen sie sich sonst herumschlagen musste.

Pascal erzählte ihr, was er über den Wald und die Pachtverträge herausgefunden hatte, und bat sie, es zu überprüfen. Außerdem wollte er mehr über Jack Frenzens Vergangenheit erfahren. Seinen Verdacht, der Bürgermeister könnte eine größere Rolle in dem Fall spielen, erwähnte Pascal nicht. Eine solche Behauptung ohne Beweise aufzustellen war gefährlich. Immerhin war der Mann sein Vorgesetzter. Er musste vorsichtig vorgehen.

»Wussten Sie, dass Jack Frenzen sein Vermögen, das er in das Golf-Resort investierte, nicht selbst verdient hat?«, fragte Audrey. Durch ihre Samtstimme klang es, als würde sie Pascal Komplimente machen. »Er kommt aus einer steinreichen Familie aus Pennsylvania. Mehr wissen wir noch nicht. Ich bin dran.«

»Danke, Audrey.«

»Und noch etwas. Jack Frenzen war eine gute Partie.«

Pascal schwieg.

»Ich meine ja nur so.« Audrey versuchte, ihre Worte belanglos klingen zu lassen. Es gelang ihr nicht. »Jetzt wird es meine Aufgabe sein, herauszufinden, wer seine Feinde sind.« Sie atmete hörbar aus.

»Ich denke, das wäre ein guter Anfang. Es wird eine lange Liste werden, so viel steht fest.« Pascal ging gedanklich bereits die ersten Namen durch, die ihm einfielen, und das waren außer Elaine eigentlich alle, die er kannte.

»Ja, ich weiß«, sagte Audrey, »selten hat ein Mann es geschafft, sich in so kurzer Zeit so viele Feinde zu machen.«

Pascal bedankte sich ein weiteres Mal und beendete das Gespräch.

Eine Gruppe Motorradfahrer überholte ihn mit überhöhter Geschwindigkeit, eigentlich ein Fall für ihn, den Gendarmen, aber er hatte anderes im Kopf. Er freute sich auf das Restaurant, wo er sich in die Speisekarte vertiefen und bei der Auswahl des Weines beraten lassen würde.

Die Provence hatte Pascal inzwischen verlassen, er fuhr durch das Languedoc. Früher waren hier Massenweine produziert worden. Einer hatte wie der andere geschmeckt, nämlich gar nicht, aber in den letzten fünfzehn Jahren waren erstaunlich runde Weine aus diesem Gebiet gekommen. Ständig wurden sie prämiert. Einige tauchten sogar in der Parker-Liste auf.

Pascal lächelte in sich hinein, als er die in Reih und Glied stehenden Weinberge an der Autobahn betrachtete und daran dachte, wie viel es für ihn hier noch zu entdecken gab.

Er überließ sich noch für einige Zeit seinen Träumereien, bis die Gedanken an seinen Fall sich wieder in den Vordergrund schoben. Er hoffte, dass ihn sein Besuch weiterbrachte. Auch ohne einen Mordbeweis würde er einen Mann treffen, der eindeutig zu den Verdächtigen zählte. Immerhin hatte er ein Motiv. Wenn er wirklich so ehrgeizig war, wie von Dr. Fabrice beschrieben, dann war es ihm sicher nicht recht, wenn sein Wald fortan in die Hände eines Amerikaners fiele.

Pascal drehte zwei Runden um die Altstadt von Montpellier, ehe er einsah, dass es dort keine Parkplätze gab. Er entschied, in das Parkhaus an der Place de la Comédie zu fahren. Ein sehr schickes, aber enges Parkhaus.

Direkt neben dem Ausgang des Parkhauses fand Pascal einen freien Platz. Es war inzwischen früher Abend geworden, in Kürze öffneten die Restaurants. Pascal machte sich auf die Suche nach dem »Mirableu«.

Auf der Place de la Comédie schien die Sonne offensichtlich den ganzen Tag. Im Sommer speicherten die Steine die Wärme, heute jedoch war die Luft bereits abgekühlt.

Ein verliebtes Paar stand eng umschlungen an dem prächtigen Brunnen, um den sich Restaurants, Bars und Cafés drängten. Die Stühle waren in Richtung des Platzes ausgerichtet, Wärmestrahler versuchten, den Aufenthalt im Freien attraktiv zu machen. Zwecklos, die meisten Stühle waren unbesetzt. Die wenigen Gäste, die sich hinaustrauten, um zu rauchen, hatten sich in die ausliegenden Wolldecken gehüllt und ihre Stühle dicht an die Heizstrahler gestellt.

Pascal nahm sich vor, im Sommer hierherzukommen, wenn der Platz vor Studenten nur so wimmelte.

Er gab die Adresse des »Mirableu« in sein Smartphone ein. Das Restaurant lag in einer der vielen Seitenstraßen der Place de la Comédie, in einer der schicken Shopping-Fußgängerzonen. Vom Trottoir aus führte ein roter Teppich zu der goldenen Eingangstür. Auf einem glatt polierten Schild neben der Tür wiesen zwei Sterne des Guide Michelin auf einen Gourmettempel hin und forderten gleichzeitig zufällig vorbeikommende Touristen dazu auf, vor ihrem Besuch noch einmal zum Geldautomaten zu gehen.

Eine rote Markise schützte den Bediensteten an der Tür im Sommer vor der Sonne und im Winter vor dem Regen. Er trug weiße Handschuhe, als müsste er regelmäßig Koffer in das Restaurant tragen.

Als Pascal vor dem Gebäude stehen blieb und durch die Scheibe sah, wurde er von dem Mann begrüßt. »Sie haben reserviert?«

»Nein, leider nicht.«

Der Mann im roten Anzug zupfte an seiner Krawatte. »Es tut mir leid, Monsieur. Wir sind ausgebucht. Wenn Sie wünschen, können Sie einen Tisch in – lassen Sie mich nachschauen – drei Wochen reservieren.«

Auf einem Stehpult neben der Eingangstür lag ein dickes, überdimensioniertes Buch. Der Mann griff zu einem goldenen Füller und blätterte noch immer eifrig darin. »Ich bedaure, Monsieur. Wir haben erst nach Ostern wieder etwas frei.«

»Nach Ostern?«, fragte Pascal. »Das ist in über sechs Wochen.«

»Bedaure, Monsieur. Welchen Namen und welche Uhrzeit darf ich eintragen?«

»Oh, Monsieur, ich denke, ich muss Sie enttäuschen. Ich möchte keinen Tisch reservieren. Ich möchte gern zu Monsieur Bugot.«

»Nicolas Bugot?«, sagte der Mann und lächelte Pascal über sein großes Buch hinweg freundlich an. »Das ist undenkbar. Er kocht jetzt, nur ein Wahnsinniger würde ihn dabei stören. Dieser Mann erschafft Kunst.«

»Ich weiß, Monsieur. Es ist aber sehr dringend.«

»Bedaure. Darf ich fragen, was Sie von ihm wollen?«

»Natürlich. Ich komme extra aus Lucasson und müsste etwas mit ihm besprechen. Er kennt mich nicht, aber es ist dringend.«

»Aus Lucasson?«

»Ja, Monsieur, aus Lucasson.«

»Und Sie wollen etwas abgeben?«

»Gewissermaßen, ja.«

»Wenn Sie mir bitte folgen möchten.« Der Empfangskellner öffnete die Tür zum Restaurant. Sie durchquerten einen kleinen Flur mit einer Garderobe, die noch leer war.

Es war das erste Mal, dass Pascal ein Zwei-Sterne-Restaurant von innen sah. Weiße Tischdecken, polierte Gläser, mindestens vier neben jedem der Teller, von denen ebenfalls mehrere an jedem Platz standen. »La Mirableu«, stand in schwungvollen Lettern auf dem Tellerrand.

Das Licht war gedimmt. Geschäftig, aber kaum hörbar bewegten sich Kellner im Anzug und mit blank polierten schwarzen Schuhen um eine ältere Frau in einem teuer aussehenden Kostüm herum durch das Restaurant. In einem mit Holz getäfelten Nebenraum befand sich eine Bar mit tiefen Ledersesseln. Eine Cocktailkarte stand auf jedem der kleinen runden Tische.

»Warten Sie einen Moment«, sagte der Mann mit den weißen Handschuhen zu Pascal und verschwand durch eine doppelte Schwingtür neben der Bar. Für eine Sekunde hörte Pascal Schüsseln und Töpfe klappern. Zu gern hätte er als begeisterter Hobbykoch hier hineingeschaut, in diesen Tempel der Kunst.

Er schaute sich um und betrachtete die edlen Getränke hinter der Bar. Noch wusste er nicht viel über Schnäpse, und seine recht fundierten Weinkenntnisse baute er seit vielen Monaten weiter aus. Doch gemessen an dem Wissen über Essen und Trinken, das hier vorherrschte, war er ein Niemand.

Die Schwingtür öffnete sich, und der Kellner kam zurück. »Würden Sie mir bitte folgen.« Seine Miene war ernst und geschäftig.

Schnellen Schrittes folgte Pascal dem Mann durch eine kleine Tür neben der Küche, die ihm bisher nicht aufgefallen war. Dahinter befand sich ein Raum, der mit einer schweren Eisentür gesichert war. Ein Kühlraum.

Pascal ging vor, als der Kellner ihm die Tür aufhielt.

»Monsieur Bugot lässt sich entschuldigen. Er hat keine Zeit. Er bittet Sie, mit mir vorliebzunehmen.«

»Bedaure, Monsieur, das ist nicht möglich«, erwiderte Pascal.

»Ich würde die Ware nur kurz annehmen und sie dann Nicolas begutachten lassen. Es dauert nicht lange.«

Er sagt Nicolas, um mir zu zeigen, wie vertraut sie miteinander sind, dachte Pascal. Für einen Moment bereute er, keinen Trüffel dabeizuhaben. Der hätte ihm weitergeholfen.

Der Mann hielt Pascal auffordernd seine Hand hin. Immer noch trug er seine Handschuhe.

»Ich bedaure, Monsieur. Ich habe etwas mit Monsieur Bugot persönlich zu besprechen. Ich habe keine Ware.«

»Ach ja? Ich habe mich schon gewundert, denn Nicolas ist heute aus Lucasson zurückgekommen. Er hat genug Ware mitgebracht.«

»Wann ist er zurückgekommen?«, fragte Pascal so unbeteiligt wie möglich.

Doch der Mann mit den weißen Handschuhen wurde misstrauisch. »Was wollen Sie?« Sein Ton war schärfer geworden.

Pascal blieb nichts anderes übrig. Umständlich zog er seine Polizeimarke aus der Tasche seiner Jacke. Er tat sich schwer damit, denn er hatte keinen offiziellen Auftrag zu ermitteln. Mit seiner Polizeimarke verwandelte er den Besuch zu einer offiziellen Befragung.

»Wenn Sie Nicolas Bugot bitte ausrichten würden, dass ich ihn sprechen möchte, würde das vieles vereinfachen«, sagte er.

Der Mann starrte auf die Polizeimarke. »Er ist nicht da«, sagte er leise.

»Aber Sie haben doch gerade mit ihm gesprochen.«

»Ich habe nicht ganz die Wahrheit gesagt.«

»Sie haben überhaupt nicht die Wahrheit gesagt«, sagte Pascal bestimmt.

»Nicolas Bugot ist verschwunden«, gab der Mann kleinlaut zu.

»Seit wann?«, fragte Pascal.

»Schon lange. Aber bitte. Wenn das jemand erfährt, dann wäre das, wie soll ich sagen, eine Katastrophe.«

»Es interessiert mich nicht, wer hier kocht oder nicht kocht.«

Die niedrige Temperatur und die kühle Helligkeit der Neonröhren an der Decke ließen Pascal frösteln. Er knöpfte seine

Jacke zu und trat von einem Bein aufs andere. Der Mann vor ihm hatte die Arme um seine rote Uniform gelegt, er war blass, Atemwolken bildeten sich vor seinem Gesicht. Für einen Moment glaubte Pascal, den Mann von irgendwoher zu kennen.

»Wann haben Sie Nicolas Bugot das letzte Mal gesehen?«, fragte er.

»Vor etwa einer Woche, als er das Restaurant geschlossen hat.«

Pascal atmete aus, auch sein Atem war sichtbar. Die Kälte kroch an ihm hoch. »Ist Ihnen irgendetwas an ihm aufgefallen?«

Der Mann wurde immer unruhiger. »Meinen Sie, es ist ihm etwas zugestoßen?« In seiner Stimme lag Besorgnis. Sie war nicht gespielt.

»Das kann ich Ihnen nicht sagen. Ich dachte, ich würde ihn hier antreffen. Sie müssen mir alles über ihn erzählen. Das ist sehr wichtig für mich. Aber bitte, lassen Sie uns irgendwo hingehen, wo es wärmer ist. Ich friere.«

In diesem Moment nahm der Mann Haltung an, ging schnellen Schrittes zur Eisentür und zog den Hebel herunter. Die Tür öffnete sich. Mit einem Sprung war der Mann draußen und schlug die Tür hinter sich ins Schloss.

Pascal blieb wie erstarrt stehen. Er hörte, wie ein Schlüssel umgedreht und ein Hebel nach unten geschoben wurde. Endlich fiel ihm ein, woher er den Mann kannte. Er war einer der Gäste bei der Präsentation in der Bar gewesen.

Das Licht erlosch. Pascal vernahm ein schiebendes Geräusch. Hastig lief er zur Tür, stürzte beinahe in der Dunkelheit. Dann spürte er einen kalten Windzug, der von oben in seine Haare blies. Der Kühlraum wurde heruntergekühlt.

## 16

Pascal versuchte, sich in der Dunkelheit des fensterlosen Kühlraums zu orientieren. Ruhe bewahren, dachte er und atmete tief ein. Die Luft war schneidend kalt.

In seiner Stoffhose fingerte er nach seinem Smartphone, um Audrey oder Frédéric Dubprée anzurufen. Aus Apt konnten sie in etwa einer Stunde hier sein. So lange war es kein Problem, die Kälte zu ertragen.

Im Lichtschein des Displays sah Pascal sich im Raum um. Viele Kisten, die mit Spezialitäten gefüllt waren, standen in den Regalen. In geschnörkelten Buchstaben waren die Namen von edelsten Wurstherstellern und Kaviarlieferanten auf die Kartons und Holzboxen gedruckt.

Das Display verdunkelte sich wieder. Als Pascal es erneut aktivierte, weiteten sich seine Augen vor Entsetzen. Er hatte kein Netz!

Hektisch lief er durch den Kühlraum, reckte das Handy in allen Ecken über seinen Kopf. Egal, wo er stand, die Anzeige für den Empfang reagierte nicht. Die Wände des Kühlraums waren zu dick.

Regungslos blieb Pascal in der Mitte des Raums stehen. Er glaubte zu schwitzen, sein Atem ging schnell, unkontrolliert. Er sah auf die Uhr seines Handys. Achtzehn Uhr dreißig. Nur wenige Meter von ihm entfernt dürften die ersten Gäste an den aufwendig gedeckten Tischen sitzen. Bereit für einen Abend, an dem es nur ums Essen ging.

Was für eine Komik doch in der Situation lag. Die Spezialitäten waren alle um ihn herum versammelt. Er musste nur zugreifen.

Besorgt sah Pascal auf sein Handy. Es war seine einzige Lichtquelle. Zufrieden stellte er fest, dass der Akku reichen würde. Mit dem rechten Daumen wischte er durch seine Apps, bis er die Taschenlampe fand. Er schaltete sie an und inspizierte den Kühlraum.

In den Kisten, die auch vor dem Regal standen, lagen Fische.

Aus seelenlosen, kalten Augen blickten sie Pascal an. Es waren Doraden. Er legte sein Handy ins Regal, sodass der Lichtkegel an die Decke zeigte, und hob eine Kiste an.

In der nächsten Kiste lag ein Tintenfisch. Ein Tentakel mit Saugnäpfen hing schlaff an der Kiste herunter, als Pascal sie anhob. Kalt und glitschig streifte er seinen Arm. Pascal schreckte zurück und stieß dabei an eine kleine hölzerne Kiste, die direkt hinter ihm mitten auf dem Boden stand. Ein Wunder, dass er nicht schon vorher darüber gestolpert war.

Er holte das Handy aus dem Regal und leuchtete auf die Kiste. Sie war fest verschlossen, mit Metallkrampen rundherum. Auf den Deckel waren asiatische Schriftzeichen gedruckt. Pascal hätte Werkzeug benötigt, um sie zu öffnen.

Wieder leuchtete er auf die Regale an den Wanden. Nicht einmal einen Dosenöffner gab es hier. Der Raum war klinisch sauber. Pascal schätzte die Temperatur auf circa vier Grad, Tendenz sinkend. Es galt, einen klaren Gedanken zu fassen. Seine Jacke hatte er wie nebenbei bereits bis oben hin zugeknöpft, den Kragen hochgestellt. Sollte er um Hilfe rufen? Das wäre sinnlos gewesen. Die Wände und die schwere Stahltür waren zu dick. Kein Laut wäre draußen zu hören gewesen. Dies war ein perfektes Gefängnis.

In seiner Verzweiflung versuchte Pascal es dennoch. Er fand es komisch, um Hilfe zu rufen. Es war ihm fast peinlich, sonst war er derjenige, den man um Hilfe rief. Sein Ruf war leise und zaghaft. Er hatte mal gehört, dass »Hilfe« und »Ich liebe dich« die am schwersten auszusprechenden Worte waren.

Tief atmete er die kalte Luft ein, dann rief er lauter. Die Kälte begann, ihn im Hals und in der Lunge zu schmerzen. Pascal rief, immer wieder, immer lauter. Zwischendurch legte er sein Ohr an die kalte Tür und lauschte. Nichts war zu hören. Gar nichts.

Pascal hämmerte an die Tür und horchte erneut in die Stille hinein. Nichts. Kein Laut. Er hörte keine Stimme, keine Musik, nicht die üblichen Geräusche von Menschen, die in einer Küche arbeiteten. Er schlug so lange gegen die Tür, bis ihm die Arme und Hände wehtaten. Auch in den Gelenken spürte er Schmerzen.

So muss sich Rheuma anfühlen, dachte Pascal. Das taube,

lähmende Gefühl breitete sich in seine Knie aus und zog in seinen verletzten Fuß. Mit dem gesunden trat er gegen die Tür. Ein stechender Schmerz durchfuhr ihn. Er würde sich verletzen, wenn er es weiter probierte.

Pascal rieb die Hände aneinander. Jetzt begannen auch sie zu schmerzen. Er legte sie kurz in seinen Nacken. Sie waren eiskalt. Er spürte die Kälte noch im Nacken, als er die Hände in seine Jackentasche steckte. Auch seine Füße waren inzwischen kalt. Er trug leichte Schuhe, an festes Schuhwerk war die letzten Tage nicht zu denken gewesen, der Druck auf seinen verletzten Fuß wäre zu groß gewesen.

Um sich aufzuwärmen, trat Pascal vorsichtig wieder und wieder von einem Fuß auf den anderen. Dabei spürte er jedes Auftreten schmerzhaft. Ein dumpfes Gefühl, sein Bein betäubt, fast leblos, als wäre es für eine Operation vorbereitet worden.

Er öffnete ein wenig den Mund und zog die kalte Luft scharf ein, die Zähne begannen zu schmerzen. Und dann, aus einem unerfindlichen Grund, überkam ihn Müdigkeit. Er gähnte, während er mit jedem Mal langsamer von einem Fuß auf den anderen trat. Nur einen Moment hinsetzen, einen Moment ausruhen, dachte er.

Aus dem Wunsch wurde ein Bedürfnis, dann ein Verlangen. Und wie aus dem Nichts kam ein Wärmegefühl, überraschend stieg Hitze in ihm auf. Sie war so massiv, so außerordentlich, dass Pascal sogar seine Jacke öffnete. Er hatte mal gelesen, dass in extremen Wetterzonen erfrierende Menschen plötzlich ein Gefühl der Hitze überkam. Eine perfide Täuschung des Körpers, der Versuch eines Ausgleichs, der immer erfolglos blieb.

In einem Kriminalfall in den französischen Alpen hatte man vor vielen Jahren im Winter eine entkleidete Frau gefunden. Die Akten landeten auch auf seinem Schreibtisch, weil man von einem Sexualverbrechen ausgegangen war. Doch später hatte sich herausgestellt, dass die Frau sich bei eisigem Winterwetter im Waldgebiet verlaufen und unter sogenannter Kälteidiotie gelitten hatte. In diesem Zustand ist die Körpertemperatur unter zweiunddreißig Grad gefallen, der Zeitpunkt, in dem ein Erfrierender sich nicht mehr selbst helfen kann.

So weit durfte es nicht kommen, Pascal durfte in keinem Fall weiter Körperwärme abgeben, wenn er überleben wollte, das wusste er, das sagte er laut zu sich selbst, es klang wie ein Tadel.

Er zwang sich, seine Jacke zu schließen, doch die Kälte kehrte trotzdem zurück, jetzt mit neuem Anlauf, noch mächtiger als zuvor. Dazu die Müdigkeit, bleierne Müdigkeit.

Er setzte sich auf den Rand einer offenen Holzkiste mit den Doraden. Die Kälte durchdrang seinen Körper, als würde Eiswasser durch seine Venen gepumpt.

Seine Zähne begannen aufeinanderzuschlagen, seine Füße spürte er nicht mehr, auch die anderen Körperteile wurden empfindungslos. Er versuchte, während er die Augen schloss, seine Glieder zu spüren. Da war nicht mehr viel, bemerkte er.

Reglos saß Pascal auf der schmalen Kante der Kiste. Sein Handy lag irgendwo im Regal, er wusste nicht mehr genau wo. Es war zu dunkel. Auch das Zeitgefühl hatte er verloren. Stunden mussten vergangen sein.

Er hatte von Indern gehört, die sich an andere Orte meditieren konnten. Er wünschte, er hätte sich mehr damit beschäftigt. Dann lehnte er sich zurück, die Augen geschlossen. Traumbilder tauchten vor seinem inneren Auge auf. Die Temperatur sank weiter, sein Herzschlag hatte sich inzwischen stark verlangsamt.

»Ich werde sterben«, flüsterte er. »Hier. Kommt. Der Tod.« Unendlich langsam krochen ihm die Worte über seine gefrorenen Lippen. »Hier. Kommt. Der Tod.«

Pascal konnte nicht mehr unterscheiden, was Traum und Wirklichkeit war. Catherine erschien, an ihrer Hand hielt sie Lillie. Sie sagte etwas. Etwas wie »Kümmere du dich um sie«. Lillie lächelte ihren Vater an. Stolz, bewundernd und flehentlich zugleich. Dann fuhr sie Fahrrad. Entlang der Seine, an den Kiosken vorbei. Es war die stärkste Erinnerung, die er an sein Vater-Dasein hatte, immer dieses Bild. Lillies Haare waren zu einem Pferdeschwanz gebunden. Sie wippten im Takt der Pedalbewegung. Pascal lief ihr hinterher. Lillie wurde immer schneller. Er rief ihr hinterher. Seine Tochter drehte sich zu ihm um. »Lauf, Papa. Lauf!«

Er hörte die Worte immer wieder. »Lauf, lauf, allez, allez! Du musst dich bewegen, laufen.« Die Worte waren so stark, dass Pascal glaubte, Lillie stünde genau vor ihm.

»Allez, allez!«

Mühsam und unendlich langsam erhob er sich von der Kiste mit den Doraden. Etwas klebte an seinem Hosenboden. Die Temperatur musste inzwischen weit unter dem Gefrierpunkt liegen.

Hängt mir jetzt ein Fisch am Hintern?, fragte er sich und zog seine eiskalte Hand aus der Jackentasche, um es zu kontrollieren. Kalt und glitschig fühlte sich die Dorade an, als Pascal sie in die Kiste zurücklegte.

Dann hob er den Kasten hoch und beförderte ihn auf den anderen Stapel, bückte sich erneut und griff nach der nächsten Box, hob sie so hoch er konnte, bis weit über seinen Kopf. Der Arm des Pulpo streifte durch sein Gesicht, er spürte die Saugnäpfe auf seiner Wange, in seinem Haar, sie waren überall. Dann stellte er die Kiste auf die mit den Doraden, bückte sich erneut, seine Knochen gaben einen ächzenden Laut von sich, aber sie gehorchten. Das war jetzt das Wichtigste. Eine weitere Kiste war geschlossen. Er hob sie an, wieder weit über seinen Kopf, hoch auf den Stapel mit den anderen Fischen.

»Allez, allez!«, trieb ihn die Stimme seiner Tochter an.

Die nächste, wieder der Pulpo. Wieder die Saugnäpfe, die härter geworden waren, er drückte die Arme des Tieres unter die anderen Tentakel. Einige blieben an den Doraden kleben, die darunter gestapelt waren, andere schlenkerten wie selbstständig hinunter.

Die nächste Kiste und die nächste, wie ein Musiker, immer in demselben Takt, stapelte er die Fische von einer Ecke in die andere. Der Stapel, der eben noch links gestanden hatte, stand jetzt rechts von ihm. Es waren sechs Kisten insgesamt. Pascals Arme schmerzten. Diesmal waren es die Muskeln, die sich bemerkbar machten.

»Ich muss den Schmerz ignorieren«, sagte er laut zu sich selbst. Stoisch wie ein Hochleistungssportler machte er weiter. Seine Hände spürte er schon lange nicht mehr. Sein Atem ging schneller. Vielleicht bildete er es sich nur ein, aber die Kälte wich aus seinem Körper.

»Allez, allez!«, rief seine Tochter. Sie feuerte ihn an, war unermüdlich.

Pascal bückte sich erneut, streckte sich, hob die Kisten wieder hoch, doch seine Arme versagten, die Muskeln streikten, der Pulpo rutschte aus der Kiste, die Tentakel waren angefroren, dann fiel das Tier auf Pascals Gesicht. Das Gewicht des Tieres war größer als erwartet, die Arme schnitten ihm scharf ins Gesicht. Er sank auf die Knie, stemmte den Fisch zurück in die Kiste.

Ein Stück des Pulpo war in seinem Nacken hängen geblieben, kalt und glitschig klebte er dort, als hätte er seine Beute gefunden. Pascal roch das Meer, den Fisch. Aber er stapelte weiter. Kiste um Kiste. Von links nach rechts und umgekehrt. Lillies Worte wurden immer fordernder. Sie schrie ihn an, sie stand vor ihm. »Allez, allez!«

Pascal verlor jeden Bezug zur Realität, alles hatte sich zu einem Gedanken verdichtet. Nicht aufhören, weitermachen, nicht rasten, nicht sterben, leben. Für Lillie. Auch als die Tür sich öffnete und eine junge Frau in das Kühlhaus stürmte, stapelte er weiter. Wärme drang herein, so warm, als stünde man in der Wüste.

Die Frau stand neben einem Küchenjungen. »Was machen Sie hier?«, fragte sie.

Pascal schnaufte und stapelte weiter. Dabei rief er immer wieder: »Oui, oui, Lillie!« Er schüttelte den Küchenjungen ab, der ihn festhalten wollte. Unwillig, schnaubend, schreiend. Ein zweiter Mann aus der Küche kam zu Hilfe. Er war kräftig und umfasste Pascal von hinten. Die Frau beobachtete entsetzt die Szenerie.

Pascal strampelte, wehrte sich. Der kräftige Mann rief um Hilfe. Ein dritter kam hinzu und umklammerte Pascals Füße. Er schrie auf, als der Mann seinen verletzten Fuß festhielt. Schweiß rann ihm über die Stirn. Er bekam noch mit, wie er auf den Küchenboden gelegt wurde, wie die Kälte in seinen Rücken zurückkehrte, der Schmerz wieder aufkeimte.

»Ich bin Audrey«, sagte die junge Frau.

Pascal sah in das Neonlicht, er hörte es um sich herum blubbern. Es roch nach Calamari.

## 17

Das CHU Montpellier, Gui de Chauliac, war die Universitäts-
klinik der Stadt. Ein hektischer Ort. Viele junge Ärzte, Prak-
tikanten und Auszubildende begannen hier ihre Karriere. Sie
hungerten nach Wissen und Erfahrungen. Sorgfältig schrieben
sie die Krankheitsverläufe in ihre Hefte.

Viele der Studenten in Montpellier waren übereifrig. Sie
wollten Karriere machen, bekannte Ärzte vor ihnen hatten hier
in der Mittelmeerstadt damit begonnen. Es war ein vielverspre-
chender Ausbildungsplatz, ein Sprungbrett. Verlangt wurde von
den jungen Arztanwärtern eine ganze Menge. Vierundzwanzig
Stunden Bereitschaftsdienste, ständige Erreichbarkeit und volle
Konzentration. So stand es auch in den Hausregeln. Von Neugier stand da nichts. Sie war bei Ärzten selbstverständlich, eine
Grundeigenschaft, eine unbedingte Voraussetzung. Wenn ein
Patient mit einer zunächst nicht zu diagnostizierenden Krankheit
in einem der Betten des Gui de Chauliac landete, konnte er
damit rechnen, besonders viel Zuwendung zu bekommen.

Pascal Chevrier war so ein Patient.

Der behandelnde Arzt, Dr. Climont, ein waschechter Süd-
franzose, der in Montpellier geboren worden war und diese
schöne Stadt niemals verlassen würde, trat mit vier jungen
Studentinnen im Schlepptau an das Bett des Gendarmen. Er
war braun gebrannt und hatte ein freundliches Lächeln. Seine
dunklen Haare erinnerten in ihrer Wildheit an die Frisur eines
Rockmusik-Gitarristen. Er war nur wenig älter als die Studentinnen, die ihn schmachtend ansahen, während Dr. Climont den
blauen Zeh seines Patienten betrachtete. Pascal konnte sich gut
vorstellen, wie der junge Arzt abends mit ihnen durch die Bars
zog, derer es in der Studentenstadt unzählige gab. Dieser Mann
sah aus, als würde er sie alle kennen.

»Dass der Zeh noch blau ist, Monsieur Chevrier, macht mir
ernsthaft Sorgen«, sagte Dr. Climont.

Eine junge Studentin mit kurzen blonden Haaren und einem
Kittel, der an der Brust eng anlag, schaute wie gebannt auf

Pascals Bein. In ihren Augen stand: Ich werde in dieser Klinik meine erste Amputation miterleben. Man kann auch mal Glück im Leben haben.

»Besonders, weil die Verletzung nicht wie eine Erfrierung, sondern eher wie eine schwere Verletzung aussieht. Das verstehe ich nicht«, ergänzte Dr. Climont.

Pascal hätte gern von seinem Unfall erzählt, von dem Handgemenge in der Bar in Lucasson, doch er schaffte es nicht. Sein Mund war ausgetrocknet. »Wie lange habe ich geschlafen?«

Dr. Climont sah umständlich auf seine wasserdichte Taucheruhr in der Größe einer Bahnhofsuhr. »Es dürften gut achtzehn Stunden gewesen sein.«

»Wasser«, sagte Pascal schwach.

Eine Studentin reichte ihm eine Flasche Mineralwasser ohne Kohlensäure. »Trinken Sie langsam, Monsieur.«

Als Pascal die ersten Tropfen auf die Zunge gelangten, schreckte er zurück. Das Wasser war kalt, es schmerzte an den Zähnen. Die Kälte zog bis in die Zahnwurzeln.

Dr. Climont bemerkte, wie sein Patient zuckte. »Das Kältegefühl wird noch eine Weile andauern. Sie werden in den nächsten Tagen immer wieder frieren.« Er griff zu der Mappe, die eine Studentin für ihn bereitgehalten hatte. »Merci«, hauchte er der jungen, attraktiven Frau zu, die ihre Lippen mit ihrer Zunge befeuchtete.

»Sie haben überlebt, Pascal Chevrier.« Noch einen Moment las er den Befund.

»Wissen Sie, wie er das gemacht hat?« Die Frage richtete er an seine Modelgruppe hinter ihm.

»Er hat sich in Alufolie eingewickelt?«, sagte die mit den kurzen blonden Haaren.

Der Arzt lächelte. »Das wäre eine Möglichkeit gewesen, doch darauf ist er nicht gekommen.«

Alle lächelten kurz und blickten strafend auf den Patienten.

Pascal versuchte, etwas zu sagen, doch er empfand die Luft im Raum als zu kalt und schloss schnell wieder den Mund.

»Wussten Sie«, Dr. Climont wandte sich wieder an seinen Patienten, »dass das auch eine Überlebensstrategie gewesen wäre?«

Pascal schüttelte unmerklich den Kopf.

»Nein, meine Damen, der Gendarm hat einen anderen Weg gewählt. Raten Sie ruhig weiter.«

»Bewegung, Sport«, sagte eine kleinere Studentin aus der letzten Reihe. Sie sah den Arzt aus kugelrunden grünen Augen an.

»Sehr gut!«, rief Dr. Climont. »Dieser Mann hier hat vierzehn Stunden lang Kisten gestapelt. Von einer Ecke des Kühlraums in die andere. Ohne Pause. Es hat ihm das Leben gerettet. Deswegen ist Glück relativ. Die Frage ist nur, wie lange hätte er das noch durchgehalten?«

In den nächsten Minuten bekam Pascal mit, wie über seine Lebenserwartung gefachsimpelt wurde, die er gehabt hätte, wenn er noch weiter in dem Kühlraum eingeschlossen geblieben wäre. Nach wenigen Minuten war man sich einig, dass sie minimal gewesen war.

»Jetzt zu Ihrer Situation, Monsieur le gendarm. Wir haben uns so schnell wie möglich um das erfrorene Gewebe an Ihrem Fuß gekümmert. Wir haben festgestellt, dass Sie genau an der Stelle bereits eine Verletzung hatten, das hatte ich schon befürchtet. Auch die hätte man längst von einem Arzt behandeln lassen müssen. Offensichtlich haben Sie das versäumt.« Er schnaufte kurz auf.

Pascal dachte kurz an Dr. Fabrice junior, schwieg aber.

»Sie haben Erfrierungen zweiten Grades, könnte also gut gehen. Sie weisen starke Ödeme auf, und hier beginnt bereits die Blasenbildung.« Dr. Climont beschrieb kleine Kreise auf dem Fuß seines Patienten. »Wir rechnen nicht damit, dass wir amputieren müssen, aber es könnte bei Erfrierungen zweiten Grades zu Komplikationen kommen, die leicht bis schwerwiegend sind. Sie werden in den nächsten Wochen und eventuell auch Monaten mit Schmerzen und Gefühlsstörungen wie Pochen, Kribbeln, elektrischen Schlägen oder einer erhöhten Kälteempfindlichkeit rechnen müssen.«

Als Dr. Climont mit seinen Ausführungen am Ende war, fragte Pascal den Arzt, welcher Tag heute war.

»Mittwoch, Monsieur.«

Pascal spürte, wie sein Herz für eine Sekunde aussetzte. Ihm fehlte die Erinnerung an einen ganzen Tag. Er wusste nur, dass er am Montag in das Restaurant »Mirableu« gegangen war. Es war jetzt elf Uhr am Vormittag. Mittwoch. Er war seit etwa einer Stunde wach. Er war also am Dienstagabend oder am Nachmittag in das Krankenhaus gekommen. Je nachdem, wann der Kühlraum aufgeschlossen worden war. Er hatte laut Dr. Climont vierzehn Stunden Kisten gestapelt.

»Wer hat mich gefunden?«, fragte er.

»Ein Küchenjunge. Sie haben sich in einem psychischen Ausnahmezustand befunden, er hat auch der Polizistin geholfen, Sie aus dem Kühlhaus zu transportieren. Sie kam aus Apt angereist und hatte Sie bereits als vermisst gemeldet. Sie wollten weiter Kisten stapeln, das kommt vor, wenn man ums Überleben kämpft. Außerdem war Ihr Körper bereits dehydriert. Wir haben Sie an einen Tropf angeschlossen.« Dr. Climont schnippte leicht gegen den Behälter mit der klaren Flüssigkeit, als würde er die Luft aus einer Spritze klopfen. »Ihr Überlebensfläschchen.« Er lächelte seinen Patienten an. »Sie haben wirklich vollkommen richtig reagiert und eine ganze Menge Glück gehabt. Wie sind Sie da eigentlich reingekommen?«

Pascals Gehirn schien unbeschadet aus dem Kühlhaus gekommen zu sein. Er erinnerte sich. Und wie er sich erinnerte. Er musste diesen Mann finden, der ihn dort eingeschlossen hatte. War es Panik gewesen? Ein Mordversuch? Er musste etwas mit dem Mord an Jack Frenzen zu tun haben. Vielleicht war er eine Art Lakai, ein Vollstrecker für die unangenehmen Aufgaben in einer Sterneküche.

»Wann kann ich raus?«, fragte Pascal.

»Nun, Monsieur, wir sind kein Gefängnis. Sie können immer raus. Bis morgen möchte ich Sie aber gern noch bei uns behalten.« Dr. Climont schaute in die Runde und nickte seinen Studentinnen zu. Sie erwiderten sein Nicken und strahlten wie bei einem Modelcontest um die Wette.

»Wenn Sie noch Fragen haben, läuten Sie bitte jederzeit. Die Schwestern werden Sie sofort versorgen.«

»Eine Bitte habe ich noch«, sagte Pascal. »Könnten Sie es hier ein bisschen wärmer machen?«

## 18

Pascal wusste nicht genau, warum ihm kalt war. Lag es an den Nachwirkungen seiner Unterkühlung oder daran, dass er nach drei Tagen Aufenthalt im Krankenhaus von Montpellier das erste Mal wieder das Restaurant »Mirableu« betrat? Er hatte vom Krankenhaus aus den direkten Weg zum Restaurant genommen.

Alexandres Worte kamen ihm in den Sinn: »Ich mag deine Beharrlichkeit. Du denkst die Dinge nicht nur zu Ende, du bleibst ihnen so lange treu, bis du die Wahrheit kennst.«

Pascal spürte, wie sehr Alexandre ihm fehlte. Er nahm sich vor, ihn später aus dem Auto anzurufen. Und natürlich auch seine Tochter Lillie, mit der er nur kurz aus dem Krankenhaus gesprochen hatte, um ihr zu sagen, dass es ihm gut ging. Sie hatte sich furchtbare Sorgen gemacht, als sie ihren Vater nicht erreicht hatte. Sie wollte sich gerade auf den Weg nach Montpellier machen, als Pascal ihr mit schwacher Stimme erklärte, dass sie nicht zu kommen brauchte.

Dass er vierzehn Stunden damit verbracht hatte, Fischkisten von einer Ecke eines Kühlraums in die andere zu stapeln, davon hatte er ihr nichts berichtet. Und einer jungen Frau, die sich für Meeresbiologie begeisterte, wollte er auch nichts von den Armen des toten Tintenfisches erzählen, die ihm wieder und wieder ins Gesicht geschlagen hatten, bis sie Spuren hinterlassen hatten. Von dem Geruch, den Pascal noch immer an sich wahrzunehmen glaubte, ebenfalls nicht.

Jetzt, da er endlich wieder die Sonne spürte, sollte es ihm eigentlich besser gehen, doch das tat es nicht. Die Kälte und der Fischgeruch lagen wie eine Dunstglocke über ihm.

Das Gehen schmerzte ihn. Jeder Schritt, den er mit seinem verletzten Fuß tat, durchzuckte sein Bein. Pascal konnte nicht weitergehen, er entschied sich für ein Taxi.

Als er vor dem »Mirableu« hielt und dem Fahrer fünfzehn Euro gab, war er nicht überrascht, den Empfangskellner nicht am Eingang vorzufinden. An seinem Platz stand ein Asiat, der unter der Markise vor der Eingangstür des Sterne-Restaurants auf irgendetwas zu warten schien. Ständig bewegte er seinen Kopf von einer auf die andere Seite und schaute die Straße hinunter. Neben ihm das dicke Buch.

Der Asiat deutete eine Verbeugung an, als Pascal auf ihn zuging. Erst jetzt fiel ihm auf, wie klein der Mann war. Maximal einen Meter sechzig. Er hatte kurze pechschwarze Haare, eine drahtige Figur, und auch er trug weiße Handschuhe. Pascal konnte sich zu schlecht an die Gesichtszüge des Mannes aus der Nacht der Präsentation von Jack Frenzen erinnern, als dass er eine Ähnlichkeit zu diesem Mann hätte feststellen können.

Selbst als Pascal dicht vor ihn trat, ihn genau musterte, verzog der Asiat keine Miene. Er erinnerte Pascal an einen Wachmann vor dem Buckingham Palace. Diesmal zögerte er keinen Augenblick, sondern zog seinen Dienstausweis aus der Tasche und hielt ihn dem Asiaten auf Brusthöhe unter die Nase.

»Chef de police Chevrier aus dem Département Vaucluse, Arrondissement Apt. Ich würde Ihnen gern ein paar Fragen stellen.«

Der Asiat blieb vollkommen ruhig, in seinem Gesicht war nicht die kleinste Regung zu entdecken. »Die Wissenden reden nicht viel, die Redenden wissen nicht viel«, sagte er schließlich und blickte Pascal fest in die Augen. »Ich kenne Sie nicht. Nie gesehen.«

»Wo ist der Mann, der hier am Montag im Restaurant gewesen ist.«

Der Asiat seufzte. »Tu Gutes: Dein Nachbar erfährt es nie. Tu Böses: Man weiß es auf hundert Meilen.« Die Satzmelodie klang wie die eines Roboters, wie ein billiger Automat auf dem Jahrmarkt, der chinesische Weisheiten aus Glückskeksen ausspuckte.

»Sie werden Ihre Kollegen kennen, oder?«, fragte Pascal bemüht freundlich. »Sie müssen also wissen, wer es war.«

»Wenn der Mensch wissend geworden ist, steht unversehens sein Ende bevor.« Während der kleine Mann das sagte, funkelte er Pascal an, die Augen klein und eng.

»Sie haben keine Ahnung, wer am Montag in dem Restaurant gewesen sein könnte?«, hakte Pascal nach.

Der Mann schwieg und senkte seinen Blick zu Boden, dann sagte er: »Nicht wissen, aber Wissen vortäuschen, ist eine Untugend. Wissen, aber sich dem Unwissenden gegenüber ebenbürtig verhalten, ist Weisheit.«

»Ich würde gern mit Monsieur Bugot sprechen. Ich denke, das ist möglich, wenn er dort drinnen ist«, sagte Pascal schroff. Er ließ sich von den Worten des Asiaten nicht beeindrucken. Zu viele Verrückte hatte er in Paris befragt, auch davon hatte er gehofft wegzukommen.

»Achte auf deine Gedanken, sie sind der Anfang deiner Taten«, sagte der Asiat, dann reckte er seine Arme nach oben, als würde er sich dehnen. »Monsieur Bugot braucht jetzt Ruhe und Konzentration. Handel ist auch Isolation.«

Der Tonfall, die Worte, die gesamte Situation, die Pascal zunehmend bizarr fand, überforderten ihn. Er machte eine drohende Bewegung, die er bereits bereute, während er sie ausführte.

Für eine Sekunde kniff der Asiat die Augen zusammen, dann trat er einen Schritt nach vorn. Er reichte Pascal nur bis an die Brust – und trotzdem strahlte er eine gewisse Autorität aus.

»Gehen Sie einfach zurück in Ihr kleines Dorf und kümmern Sie sich um entlaufene Hunde«, sagte der Mann und trat wieder einen Schritt nach hinten, teilnahmslos lächelnd, als hätte er nichts mit Pascal zu tun. Dann drehte er sich um und stellte sich unter die Markise, um sich vor dem beginnenden Nieselregen zu schützen.

Pascal folgte ihm. »Machen Sie keinen Ärger«, beschwor er den Asiaten. »Ich werde augenblicklich hier hineingehen und mit Nicolas Bugot sprechen.«

Der Asiat blieb still neben seinem Buch stehen. »Bitte, Monsieur«, sagte er, als Pascal sich an ihm vorbeischob, um das Restaurant zu betreten, »bitte keine Schmerzen.«

»Ich werde Ihnen nichts tun, lassen Sie mich einfach nur durch.«

»Oh, Monsieur le gendarm, ich meine nicht mich. Ich meine den Dorfpolizisten. Er soll keine Schmerzen haben. Es gibt viel Schmerz in der Welt. Wenn Güte von uns ausgeht, werden wir auch Güte erfahren.«

»Soll das eine Drohung sein?«

132

»Nein, später können Sie sprechen mit Koch. Haben Sie Geduld. Bist du geduldig im Augenblick des Zorns, so wirst du dir hundert Tage Kummer ersparen.« Diesmal sprach er beschwörend. »Sie müssen akzeptieren die Gesetze von ›Mirableu‹.«

»Sie müssen die Gesetze des Gesetzes akzeptieren!« Pascal hatte das asiatische Weisheitsspiel satt, er wollte sich nicht länger diktieren lassen, was er tun durfte und was er erst später tun sollte. Forsch ging er zur Tür.

Mit einer schnellen Bewegung und einem Laut, den Pascal nur aus einem Karate-Kid-Film kannte, griff der Mann ihm an den Unterarm und warf ihn zurück auf die Straße.

Pascal kam bei dem Schulterwurf so ungünstig mit seinem Fuß auf, dass er einen Schmerzenslaut ausstieß.

Der Asiat verbeugte sich wie nach einer Trainingseinheit und sagte: »Ist eine Sache geschehen, dann rede nicht darüber; es ist schwer, verschüttetes Wasser wieder zu sammeln.« Dann verschwand er grußlos im Restaurant. Die Tür verschloss er hinter sich.

Pascal dämmerte, dass er hier allein nicht weiterkommen würde. Er griff nach seinem Mobiltelefon und wählte die Nummer von Frédéric Dubprée. Vielleicht hätte ich mich zunächst nach dem neuesten Ermittlungsstand beim Morddezernat erkundigen sollen, dachte er noch.

»Monsieur Chevrier«, meldete sich Commissaire Dubprée. In seinem Tonfall lag Schärfe, die nicht zu dem Mann mit der ruhigen Ausstrahlung passte.

»Ich brauche Unterstützung. Ich stehe vor dem Restaurant ›Mirableu‹. Ich komme hier nicht hinein.«

»Was tun Sie da?«, fragte er fast gleichgültig.

Pascal berichtete kurz von seiner Odyssee.

»Verstehe. Haben Sie eine Durchsuchungserlaubnis?«

»Nein.«

Schweigen auf der anderen Seite.

Pascal wusste, was jetzt kam, und wollte das Gespräch beenden, als Frédéric Dubprée ihm zuvorkam.

»Haben Sie schon von Maurice Perieux gehört?«

»Was ist mit ihm?«, fragte Pascal erschrocken.

»Nun, Monsieur, er ist gestern Nacht gestorben. Wir haben einen zweiten Todesfall. In Lucasson ist die Hölle los.«

Unweigerlich musste Pascal an den Bürgermeister Jean-Paul Betrix denken, der wahrscheinlich bei der Nachricht nicht einmal versucht hatte, Haltung zu bewahren.

»Ich schlage vor, Sie kommen sehr bald zurück. Vorausgesetzt, Ihr Gesundheitszustand lässt es zu«, schlug Monsieur Dubprée vor.

»Ist er ermordet worden?«, fragte Pascal.

»Nein, Monsieur Chevrier, er ist zu Hause in seinem Bett eines natürlichen Todes gestorben. Er ist einfach nicht mehr aufgewacht.« Frédéric Dubprée machte eine kurze Pause. Er war ein Profi und gab Pascal die Möglichkeit, das Gesagte zu verstehen. Er gönnte ihm wenige Sekunden. »Eigentlich darf man das mit dreiundneunzig Jahren, finde ich«, fügte er hinzu.

»Sicher.«

»Sie sollten hier sein.«

Pascal bedankte sich für das Gespräch. Dann steckte er das Mobiltelefon zurück in seine Tasche und nahm auf einer Parkbank fünfzig Meter die Straße hinauf schräg gegenüber des Restaurants Platz. Seinen Fuß legte er auf die Sitzfläche, mit dem linken Arm stützte er sich an der Rückenlehne ab. Der Nieselregen war stärker geworden, es störte ihn nicht, nur die Kälte, die sich aus seinem Inneren ausdehnte, ließ ihn frösteln. Auch die Müdigkeit kehrte zurück.

Pascal schob seine Uhr am Handgelenk ein Stück tiefer. Er wollte warten, bis der pochende Schmerz nachließ und die Kälte aus seinem Körper wich. Für einen Moment schloss er die Augen, ließ sich von seinen Gedanken treiben.

Als er die Augen wieder öffnete, sah er gerade noch, wie zwei Asiaten mit schnellem Schritt das Restaurant verließen. Einer von ihnen war der kleine Mann, der ihm vor wenigen Minuten eine schmerzhafte Lektion erteilt hatte. Er stieg mit einem zweiten Mann in einen Kleinwagen und fuhr die Straße entlang. Die Restauranttür stand offen.

Pascal erhob sich. Humpelnd und mit langsamen Schritten ging er über die Straße und betrat das »Mirableu«. Plötzlich fühlte er sich wie in Paris. Wie oft hatte Alexandre ihn gewarnt, nicht allein zu ermitteln. Und schon gar nicht allein einen Verdächtigen in seinem Territorium aufzusuchen. Pascal war unbewaffnet und in Zivil, wie viele Dorfgendarmen.

Erst nach einigen Sekunden entdeckte er den Mann in der hinteren Ecke des Restaurants. Er hatte ihm den Rücken zugekehrt und schien seine Theke zu betrachten. Es war zu dunkel, um Genaueres zu erkennen.

»Monsieur?«, sagte Pascal leise, um den Mann nicht zu erschrecken. Doch es war zu spät. Er wirbelte aufgeschreckt herum.

Der Mann hatte rote Wangen. Für jemanden, der ständig mit Essen zu tun hatte, war er dünn. Mit seinen langen, schlaksigen Armen, die hilflos neben seinem Körper gehangen hatten, als gäbe es keinen Platz für sie, griff er sich an sein Herz – eine Geste, die andeuten sollte, welche Auswirkungen so ein Schreck haben konnte.

Auf seiner großen, langen Nase, die wie die von Maurice Perieux mit ihrer Aufgabe gewachsen war, das Weinbouquet schon von Weitem beurteilen zu können, saß eine randlose Brille. Er trug bereits seine weiße Kochkleidung. Über der Tasche war sein Name eingestickt, den Pascal aus der Entfernung und in dem schummrigen Licht nicht lesen konnte. Er schätzte den Mann auf vierzig Jahre.

»Wir haben geschlossen«, sagte der Mann scharf.

»Ich weiß«, sagte Pascal und sah sich in dem Restaurant um. Er fand es nicht mehr so einladend wie bei seinem ersten Besuch. Es strahlte Kühle aus, die sich auf Pascal übertrug. Er fror.

»Mein Name ist Pascal Chevrier. Ich bin Gendarm in Lucasson. Ich würde gern mit Nicolas Bugot sprechen, oder sind Sie es selbst?« Pascal sah den Mann fragend an und versuchte, den Namenszug zu entziffern. Es waren zu viele Buchstaben für den Namen Bugot, das erkannte er.

Der Mann schaute Pascal interessiert an und nahm seine Brille ab. »Sie sind der Neue.«

»Oui, Monsieur, der neue Gendarm, Pascal Chevrier.«

»Ich bin François Lefèvre. Souschef im ›Mirableu‹«, erwiderte der Mann.

»Sie sind also der Stellvertreter von Monsieur Bugot?«

»Stellvertreter? Pah.« Lefèvre lachte verächtlich und setzte seine Brille wieder auf.

»Ich bin das inzwischen seit fünf Jahren. Irgendwie bin ich auf der Karriereleiter hängen geblieben.« Langsam bewegte er sich auf Pascal zu, weg von der Theke. Doch es war zu spät. Pascal hatte die Trüffel längst gesehen. Nur gerochen hatte er sie nicht.

»Eine neue Lieferung?«, fragte er ungeniert.

»Pah«, wiederholte Lefèvre. »Lieferung? Dass ich nicht lache. Das ist Scheiße!«

»Monsieur?«

»Ware aus China. Vergessen können Sie das. Vergessen. Ungenießbar. Sehen Sie …« Er schritt wieder auf die Theke zu, griff nach einem schwarzen Trüffel und warf ihn aus voller Kraft auf den Boden des Restaurants. Bei seiner dünnen Statur sah es aus, als würde er durch seine schwungvolle Bewegung direkt hinterherfliegen. Wenige Zentimeter vor Pascal blieb der Trüffel liegen.

»Bitte nehmen Sie ihn auf. Fassen Sie ihn an, drücken Sie, riechen Sie«, forderte Lefèvre ihn auf.

Pascal bückte sich und nahm die Trüffelknolle in die Hand. Er schätzte sie auf gut fünfzig Gramm.

»Glauben Sie, dass man einen Trüffel aus Frankreich so auf den Boden werfen kann, und er bleibt unbeschädigt?« Im Blick des Souschefs lag spöttische Wut. Seine Augen funkelten hinter seiner Brille. »Tennis spielen können Sie mit der Scheiße. Es ist Scheiße! China! Die Asiaten überschwemmen den Markt mit ihrem Müll. Und jetzt müssen wir da auch bald kaufen, wenn das hier so weitergeht. Die Asiaten sind vorbereitet.«

»Sie haben die Lieferung gerade bekommen?«

»Was wollen Sie von uns?«, fragte Lefèvre plötzlich und setzte die Brille wieder ab. »Was machen Sie hier? Monsieur Bugot befindet sich auf Geschäftsreise.«

»Auf Geschäftsreise«, wiederholte Pascal. »Darf ich fragen, wohin?«

»China, Fernost.«

»Wie lange schon?«

In den Augen des Mannes lag plötzlich Panik. Er sammelte irgendetwas vom Boden auf. Für Pascal war es nicht sichtbar.

»Wie lange schon?«, fragte er ein zweites Mal.

»Lange, Monsieur, sehr lange.«

»Sie führen das Restaurant?«

»Warum wollen Sie das alles wissen? Ich werde Ihnen keine Fragen mehr beantworten.« François Lefèvre verschränkte die langen Arme vor der Brust.

»Monsieur Lefèvre, ich kann Sie mit in die Mairie nehmen. Ich habe genug in der Hand, um Sie und Monsieur Bugot in Untersuchungshaft zu nehmen.«

»Sie sind der Mann, der hier bei uns eingeschlossen war. Jetzt verstehe ich. Besser sehen Sie aus«, sagte Lefèvre betroffen. In seinem Blick lag Mitleid.

»Sie haben mich schon einmal gesehen?«, fragte Pascal überrascht.

»Sicher, wir haben Sie gefunden, als diese dunkelhaarige Schönheit, diese Audrey Tautou aus Apt, hier reingestürmt kam«, sagte Lefèvre lachend. »Das war Dienstag, als wir das Restaurant wiedereröffnet haben. Wissen Sie das nicht mehr? Würde mich nicht wundern, Sie haben ja Fische gestapelt. Wie ein Irrer, wie ein Fischer aus Marseille haben Sie gestunken.«

Er lachte nicht mehr.

Pascal auch nicht. Schlagartig wurde ihm bewusst, dass sein Wissen viel zu gering war, um hier jemanden zu verhören. Dieser Mann hatte ihm wahrscheinlich sogar das Leben gerettet.

»Fangen wir von vorn an. Bitte setzen Sie sich.« Pascal schob an einem der gedeckten Tische einen Stuhl zurecht, sodass sie sich einander gegenübersetzen konnten.

François Lefèvre nahm widerwillig Platz. »Wie sind Sie eigentlich da reingekommen?«, fragte er und deutete mit dem Kopf in Richtung Kühlraum.

»Das wollte ich Sie fragen. Ein Mann, der an demselben Platz wie eben der Asiat gestanden hat, hat mich ins Restaurant gelassen. Er wollte mich zu Bugot bringen, dann hat er mich eingeschlossen.« Pascal entschied, nichts von den Trüffeln zu erzählen.

»Er wollte Sie zu Monsieur Bugot bringen?« Lefèvre lachte spöttisch. »Monsieur Bugot ist aber nicht hier gewesen. Nicht

Montag und nicht den Montag davor und dazwischen auch nicht. Mein Chef ist auf Geschäftsreise.«

»Wer war der Mann, der mich reingelassen hat?«

»Alain Presté. Unser Lieferant. Er sagte uns, Sie seien gegangen, als Sie Nicolas Bugot nicht angetroffen haben. Monsieur Presté ist unser Spezialitätenhändler. Er untersucht die Trüffel, überprüft den Fisch und besorgt uns die Gewürze. Er kann alles besorgen.«

»Und alles verschwinden lassen, mich zum Beispiel. Der Mann wollte mich ermorden«, sagte Pascal tonlos, vollkommen ohne Emotionen. Er beobachtete die Reaktion des Mannes vor ihm genau.

»Ermorden? Alain?«

»Das ist sicher. Er hat mich eingeschlossen und die Temperatur runtergedreht. Ich sollte erfrieren.«

»Ja … mir ist aufgefallen, dass der Temperaturregler viel zu niedrig war. Wir sind ein Zwei-Sterne-Restaurant. Niemals würden wir Waren einfrieren. Niemals.«

Pascal notierte den Namen. Alain Presté.

Lefèvre schnaubte verächtlich. »Gut, ich will keinen Ärger. Was wollen Sie wissen? Ich kann mir an diesem Punkt meiner Karriere keine schlechten Schlagzeilen erlauben. Das gilt auch für das ›Mirableu‹.« Er deutete mit seinem langen Arm in den noch immer dunklen Gastraum.

»Bon«, sagte Pascal. »Sie arbeiten hier bereits seit fünf Jahren?«

Der Souschef nickte und machte einen frustrierten Gesichtsausdruck.

»Aber Sie wollen weiterkommen?«, fragte Pascal vorsichtig, abwartend.

François Lefèvre sah ihn ungläubig an. Seine Brille hielt er in der Hand auf Brusthöhe. Er spielte damit herum. »Ja, natürlich. Ich will mein eigenes Restaurant, gerade jetzt, wo es hier so gut läuft, schaffe ich mir einen Namen und dann weg hier.«

»Warum? Sie arbeiten in einem Zwei-Sterne-Restaurant. Das ist doch eine Ehre. Selbst in Frankreich ist so ein Gourmettempel nicht an jeder Ecke zu finden.«

François Lefèvre grinste müde. »Glauben Sie mir. Wenn der

Michelin-Tester hier das nächste Mal das Silberbesteck auspackt, werden wir keine zwei Sterne mehr bekommen.«

»Warum?«, wollte Pascal wissen. Er konnte nichts für seine private Neugier. Lefèvre schien reden zu wollen. Warum nicht gleich das kulinarische Wissen aufbessern, dachte er. Wer weiß, wozu das gut ist.

»Wissen Sie, was seit fünfzehn Jahren unsere Spezialität ist? Warum die Menschen aus ganz Frankreich zu uns kommen?«, fragte Lefèvre, lehnte sich in seinem Stuhl wie ein Quizshow-Moderator zurück und blickte Pascal direkt in die Augen. Der schüttelte den Kopf.

»Es sind die Trüffel, Monsieur. Der wahre Trüffelkenner weiß, dass der Périgord-Trüffel am Ende ist. Zu teuer und bei Weitem nicht so eine Spezialität wie unsere. Die Trüffel, die wir anbieten, sind weltweit einzigartig. Natürlich, es kostet Nicolas Bugot ein Vermögen, aber glauben Sie mir, er verdient an seinen Gerichten noch immer genug.«

»Woher kommen die Trüffel?«

»Sie sind neu hier, stimmt's?«

Pascal nickte, er wollte Lefèvre testen, sein Wissen bestätigen lassen.

»Schauen Sie, Monsieur le gendarm, niemand wird seine Quelle nennen. Der Trüffelsucher nicht, der Zwischenhändler nicht und der Koch natürlich auch nicht. Nicht einmal der Hund sagt etwas.« Der Mann lächelte verschmitzt.

»Sie vergessen dabei, dass ich nicht zum Trüffelsuchen hergekommen bin, sondern wegen meiner Ermittlungsarbeiten.« Pascal dachte daran, wie gern er mit dem Mann hier sitzen und sich über Trüffelfunde austauschen würde. Wie gern er selbst einmal losgehen würde, sich hinter vorgehaltener Hand mit den Bauern und Händlern auf dem Markt von Carpentras geheime Informationen zuschustern würde. Und dann die Stille in den Morgenstunden rund um Lucasson. Es wäre ein traumhaftes Leben.

Doch er saß hier mit dem Souschef, der eine ganze Menge Informationen für ihn hatte. Aus der Liste der Mörder hatte Pascal ihn längst gestrichen. Das Motiv hatte Nicolas Bugot, nicht Lefèvre.

»Wissen Sie, dass Nicolas Bugot einen Teil des Waldes gepachtet hat?«, fragte er.

François Lefèvre blickte ihn erstaunt an. »Woher wissen Sie das?«

»Wissen Sie auch, dass der Pachtvertrag ausläuft und das Grundstück an einen Amerikaner gehen wird?«, fügte Pascal hinzu, ohne auf die Frage einzugehen. Er konnte Lefèvre beim Denken zusehen, der nervös seine dünnen Hände knetete, bis seine Handballen weiß wurden.

»Nicolas Bugot ist vollkommen ausgeflippt, als er davon erfahren hat. Und dann …« Lefèvre hielt plötzlich inne.

»Und dann?«

»… dann kam dieser Betrix. Da drüben haben sie gesessen und stundenlang gesprochen.« Lefèvre deutete mit dem Kopf auf die dunkelste Ecke im Restaurant. »Danach hatte sich seine Laune gebessert. Was sie besprochen haben, weiß ich nicht. Nur dass ich ihm Flüge nach Shanghai buchen sollte, genau genommen den nächsten. Das ist fast drei Wochen her, seitdem habe ich nichts mehr von ihm gehört.«

»Er ist also in Shanghai?«

»Ja, Shanghai.«

»Sie haben aber nie mit ihm telefoniert, nie etwas aus Shanghai gehört? Monsieur Lefèvre, Ihr Chef steht vielleicht unter Mordverdacht. Wir gehen fest von einem Mord an genau dem Amerikaner aus, der das Land haben wollte.«

»Ich habe in der Zeitung gelesen, dass der Amerikaner tot ist, konnte es erst gar nicht glauben«, sagte Lefèvre.

»Ja, genau, Jack Frenzen heißt er, und er wollte an dem Ort, an dem diese Wundertrüffel gefunden werden, ein Golf-Resort erbauen.«

François Lefèvre nickte. Pascal hatte keine Zeit für weitere Spiele, jetzt waren sie beide auf einem Stand. Natürlich wusste er, dass Lefèvre sehr genau über den Tod des Amerikaners informiert war.

»Tja, und Ihr Chef, wie soll ich sagen … er hatte ein Motiv.«

François Lefèvre atmete tief ein, man konnte die Luft hören, wie sie durch seine lange Nase eingesogen wurde. »Nicolas Bugot ist ein Karrieremensch. Ich würde nicht sagen, dass er über

Leichen geht, und gerade in diesem pikanten Fall nicht, aber er ist sehr auf seinen Vorteil bedacht. Er hatte schon immer den zweiten Stern im Visier, er ist einer, der so etwas schafft. Nicolas Bugot hatte schon immer das Zeug dazu. Er ist ein Meister am Herd, nein, ein Genie.«

Er unterstrich das Wort mit einem Nicken, sodass kein Zweifel an seiner Einschätzung aufkam.

»Ja, ein Genie. Nach seiner Ausbildung hat er in den ganz großen Häusern bei den ganz großen Köchen in Frankreich gearbeitet. Er brauchte nie lange, um sie in Grund und Boden zu kochen. Bis er dann sein eigenes Restaurant, das ›Mirableu‹, eröffnet hat. Schon nach dem ersten Jahr erhielt er einen Stern. Das war nicht selbstverständlich, nicht einmal für Nicolas Bugot. Um weiterzukommen, hat er sich mit der Beschaffung von Nahrungsmitteln beschäftigt. Hörte er von einem besonderen Fischfanggebiet oder einer außergewöhnlichen Gemüsezucht, dauerte es nicht lange, bis er dort war. Ich war schon dabei, als er einem Tomatenzüchter nach der Verkostung die Exklusivrechte an seinen Tomaten abgekauft hat. Fortan hat dieser Mann nur noch für ihn gezüchtet. Die Tomatenspeisen auf unserer Karte werden in allen Gourmetführern als Empfehlung erwähnt. Dann baute auch Ducasse seine Tomaten selbst an. Mitten in der Provence, sie sind nicht so gut wie die von Bugot, das sagt doch vieles. Es steht in meinem Vertrag, nie über die Herkunft dieser Tomaten zu sprechen.«

François Lefèvre schüttelte den Kopf und lächelte dabei. Er hatte seine Brille inzwischen vor sich auf den Tisch gelegt, akkurat lag sie zwischen seinen Händen, die er zwischendurch immer wieder in die Luft hob, um Worte und Sätze zu unterstreichen. Einige Sätze sprach er so, als würde er wie ein staunender Junge seiner eigenen Geschichte zuhören.

»Stellen Sie sich das mal vor, Monsieur Chevrier«, fuhr er fort, »eine Verschwiegenheitserklärung über ein Tomatenfeld. Für mich ist es ohnehin Ehrensache, den Platz nicht zu verraten. Ist es nicht nachvollziehbar, dass Nicolas auch dieses Waldstück behalten will? Selbst wenn jeder reinkann, die Bewohner des Vaucluse haben freien Zugang. Es gibt Lizenzen, die hat der Bürgermeister ausgestellt. Nur, es hat kaum noch jemand eine

Lizenz bekommen. Es gibt außer den Perieux nur noch sehr wenige Trüffelsammler, die die Plätze kennen. Immer wieder haben die Perieux versucht, den Wald zu kaufen, doch keine Chance. Und seit Jean-Paul Betrix Bürgermeister ist, ohnehin nicht. Der weiß ganz genau Bescheid.«

François Lefèvre sprach den Namen Betrix wie den eines Mafiabosses aus. Teils respektvoll, teils ängstlich. Wieder griff er sich ans Herz.

»Nicolas hat jahrelang versucht, mit allen eine Vereinbarung zu treffen, doch niemand hat sich darauf eingelassen. Die Perieux haben daraus ein Geschäft gemacht. Ein Riesengeschäft, denn ihre Erträge sind von Jahr zu Jahr immer die höchsten gewesen.«

Der Souschef wirbelte seine Hand in die Höhe, zwei, drei Mal, bis er sie wieder auf den Tisch fallen ließ. Er griff nach seiner Brille und setzte sie wieder auf seine Nase. Spitzbübisch blickte er Pascal über den Rand an, dann senkte er seine Stimme.

»Die Perieux sind eine sehr geschäftstüchtige Familie, das sollten Sie immer bedenken. Mit Nicolas Bugot haben sie eine Menge Gemeinsamkeiten. Tja, Monsieur, und dann kam der Amerikaner ins Spiel.«

François Lefèvre lehnte sich zurück. »Möchten Sie etwas trinken? Einen Lafite-Rothschild?«

Pascal hob dankend die Hand. Medikamente, die bevorstehende Autofahrt, die Tatsache, dass er sich im Dienst befand, auch wenn er sich mit seinem Fuß noch Wochen hätte krankschreiben lassen können – genug Gründe, keinen Alkohol zu trinken.

François Lefèvre ging zur Bar, öffnete einen Schrank darunter und schenkte sich aus einer offenen Flasche ein Glas Rotwein ein. Er hielt das Glas gegen das fahle Licht, steckte seine lange Nase hinein, lächelte zufrieden und kam zurück zu Pascal an den Tisch.

»Dieser Jack Frenzen«, fuhr Lefèvre fort, »war ein ausgebuffter Hund. Er wusste genau, was er tat. Sie glauben doch nicht im Ernst, dass er nicht genau über das informiert war, was er da pachten würde. Und er war bereit, die unverschämt hohe Pachtgebühr zu zahlen. Die Schönheit an seiner Seite, diese Elaine, war natürlich auch im Bilde. Vielleicht wusste Jack Frenzen auch durch sie von dem Trüffelwald, wer kann das schon noch so genau sagen? Der Önologe, dieser Patrick Dumont, weiß in jedem Fall Bescheid, der geht bei den Perieux ein und aus. Fest steht, sie alle wollten den Wald, sobald der Pachtvertrag der Stadt ausgelaufen war. Wäre es zu dem Bau gekommen, wäre er für immer weg gewesen. Jack Frenzen hätte nicht nur diese traumhafte Lage für sein Golf-Resort erworben, sondern auch den Trüffelwald.«

Pascal lehnte sich zurück. Die Liste der Verdächtigen war noch einmal länger geworden. Wer wusste schon, unter welchen Voraussetzungen Jean-Paul Betrix den Bau genehmigt hatte. Das zu beweisen, dürfte schwierig werden, dachte Pascal. Es wird Geld geflossen sein. Sehr viel Geld.

»Warum Shanghai? Weil es weit weg ist, wenn es hier knallt?«, fragte er.

Bevor François Lefèvre antwortete, nahm er einen Schluck Wein, ließ ihn eine Zeit lang im Mund, um ihn schließlich genussvoll herunterzuschlucken. Erst dann war er bereit zu sprechen.

»Seitdem er von den Plänen weiß, sucht Bugot fieberhaft nach neuen Trüffelgebieten«, murmelte er, plötzlich viel leiser als zuvor. »Das Problem ist nur, dass Frankreich abgegrast ist. Nur wer jahrelang seine Beziehungen pflegt, kommt an die nötigen Informationen. Oft werden die geheimen Plätze nur auf dem Sterbebett preisgegeben. Er hat sich eben immer auf die Perieux verlassen. Ein Fehler.« Er seufzte und hielt den Rotwein erneut in das Licht, ohne einen Schluck zu nehmen.

»China ist das neue Trüffel-Boom-Land«, stellte Pascal fest.

»Ja, und genau deshalb hat er Mr. Chong an die Tür gestellt. Er bezahlt ihn fürstlich. Er verdient hier am meisten. Aber er kennt in seiner Heimat viele Leute …«, François Lefèvre machte eine Pause, um einen Schluck aus seinem Glas zu trinken, »… und viele Wälder.«

»Und gerade eben kam eine Lieferung?«

»Oui, Monsieur. Nur bislang hat er versagt. Sie sehen ja selbst. Es sind Steine, keine Trüffel. Nicolas Bugot wird ihn jetzt unter Druck setzen. Er will Erfolge, dafür zahlt er. Er wird sie in den

Himalaja schicken. Wussten Sie, dass da Trüffel gefunden werden?«, fragte Lefèvre verschwörerisch und wieder viel eifriger.

Pascal schüttelte den Kopf, er bereute es für einen Moment, kein Glas Rotwein genommen zu haben, als er sah, wie genießerisch Lefèvre den Wein im Glas betrachtete und nach einem bestimmt vierten Geruchstest endlich einen Schluck nahm.

»Und wenn jemand aus Lucasson hier auftaucht und es dazu noch ein Gendarm ist, dann klingeln bei ihm die Alarmglocken. Am wenigsten kann Mr. Chong Konkurrenz gebrauchen. Als er von dem Tod von Jack Frenzen erfahren hat, ist er durchgedreht. Wie ein Kreisel hat er sich gedreht und immer wieder ›merde‹ geschrien. Für ihn würde es das Ende bedeuten, wenn alles so weiterginge. Sein chinesischer Trüffel, wenn man ihn überhaupt so nennen darf, wäre gerade gut genug, um ein Chopsuey zu verfeinern. Das große Geld mit seinen Freunden in Fernost wäre dahin. Aber ehrlich gesagt ist es ohnehin so, denn das hier«, Lefèvre griff mit seinen langen Fingern in seine Tasche und ließ den Trüffel in einem Halbbogen über den Tisch zu Pascal rollen, »ist Mist. Scheiße!«

»Das sagten Sie bereits, Monsieur Lefèvre. Aber warum wollte er mich nicht hereinlassen?«

»Sein Bruder war hier. Er will uns Trüffel aus China verkaufen. Er will dann, dass wir nicht gestört werden. ›Bei Feldfrüchten hält man die des Nachbarn für die besten, bei Kindern die eigenen‹, sagt er immer. Ich weiß nicht, wie er das Zeug hier rüberbekommt. Ich weiß auch nicht, woher er es hat. Er macht ein Riesengeheimnis daraus. Wäre jetzt ein Gendarm hingelaufen, hätte er Fragen gestellt, und Mr. Chong mag keine Fragen.«

»Wo genau finde ich Monsieur Bugot?«

»Ich weiß es nicht, Monsieur Chevrier. Wirklich nicht.«

Pascal glaubte dem Mann. »Und wo finde ich den Lieferanten Alain Presté?«

»Er wird wiederkommen. Er ist entweder in Lucasson oder er besorgt Ware hier im Languedoc«, sagte Lefèvre. Umständlich griff er in die Tasche seiner Kochjacke und holte einen Stapel Visitenkarten heraus. Um sie durchlesen zu können, rückte er seine Brille zurecht. Er murmelte die Namen, die auf den Karten standen. »Oui, bon, voilà, hier habe ich sie.« Er schob die Karte des Lieferanten über den Tisch.

Als Pascal das Restaurant verließ, drehte er sich noch einmal in der Tür um. Wie im Film. Auch Lefèvre war inzwischen wieder vom Tisch aufgestanden. Müde beugte er sich über die Theke. Pascal sah, wie er einen Trüffel nahm und ihn auf den Boden schleuderte.

»Merde!«, rief Lefèvre durch das leere Restaurant. »Das ist merde!«

## 19

Der Trauerzug schien nicht enden zu wollen. Weit über hundert Leute fanden an diesem regnerischen und windigen Tag den Weg zum Friedhof. Der Mistral fegte über den Ort.

Von dem legendären Wind im Luberon hatte Pascal schon viel gehört, ihn jedoch nie am eigenen Leib erfahren. Die enorme Kraft überraschte ihn. Platanen warfen ihr unnützes Geäst ab und ließen es auf den Weg fallen. Dazu der Regen. Schwarze Schirme wurden eilig wieder zusammengeklappt, zwecklos, sich bei diesem Sturm mit ihnen zu schützen.

Mit hochgezogenen Schultern und gesenktem Kopf zogen die in Schwarz gekleideten Trauergäste an Monsieur Dufrancs »Café Tabac« vorbei, dann die Anhöhe hinauf bis zur Kirche. Trauerreden und eine Predigt wurden gehalten. Maurice Perieux wurde als ehrenwerter Mann bezeichnet, der in seinem langen und erfüllten Leben so viel Gutes für den Ort Lucasson getan hatte. Nicht unerwähnt blieb sein enormes Wissen über Weine.

»Er hat tiefe Spuren in unserem Ort hinterlassen. Große Fußstapfen. Man wird sich immer an ihn erinnern. Mein besonderes Mitgefühl gilt aber insbesondere seinem Sohn David, der jetzt diese Fußstapfen ausfüllen muss. Die gesamte Gemeinde Lucasson wird dieser ehrenvollen Familie zur Seite stehen.« Der Pastor machte eine Pause.

Es war still in der Kirche. Hinter Pascal, der in der fünften Reihe stand und schweigend den Kopf gesenkt hielt, schluchzte eine Frau. Er drehte sich nicht um. Als der Pastor David zu sich an den Altar bat, um einige persönliche Worte zu sagen, war ein Wehklagen, ein Seufzen zu hören.

Pascal stand still da, die Hände ineinandergelegt. Nur wenige der trauernden Gäste waren ihm vertraut. Es hatte ihm bislang die Gelegenheit gefehlt, die Menschen in seiner neuen Heimat kennenzulernen. Jetzt erlebte er sie in einem Zustand der tiefen Trauer.

Schräg hinter Pascal stand Patrick Dumont mit seiner Tochter

Elaine, sie hielt ein großes feuchtes Taschentuch in der Hand, immer wieder knetete sie es in der Faust. Ihr Gesicht war blass, weiß. Sie war ungeschminkt, selbst auf diese Entfernung konnte Pascal die rot geweinten Augen erkennen. Und sie war noch dünner geworden. Hager und dürr stand sie neben ihrem Vater, die linke Hand auf seinen Unterarm gestützt. Die Trauer um den alten Maurice Perieux reihte sich ein in die Dunkelheit der vergangenen Tage ihres Lebens.

»Mein lieber Vater, mein Freund, mein Vorbild«, sprach David auf dem Altar. Es wurde in Taschentücher geschnäuzt, ein erneutes Wehklagen war aus der letzten Reihe zu hören. Elaine schien ausgeweint zu sein, sie verzog keine Miene. Ihr Vater biss sich auf die Lippen.

David sprach mit festen Worten, gab ein Versprechen ab, dass er das, was sein Vater aufgebaut hatte, fortsetzen würde. Was das war, ließ er offen. Der Hof, der Wein, sicher auch die Trüffel.

Für Pascal war der Tod des alten Mannes plötzlich gekommen, für David und auch für Chloé, die gefasst in der ersten Reihe der Kirchenbank saß, offensichtlich nicht. Trauer, aber keine Spur von Schock stand ihnen ins Gesicht geschrieben.

David schloss seine Ansprache mit der Hoffnung, sein Vater würde ihn ein letztes Mal hören. »Du kannst mit deiner immer so vorbildlichen Ruhe zu deinem Schöpfer gehen. Du kannst uns jetzt allein lassen, Papa. Ich bin ein großer Junge.« Er senkte den Kopf, nickte dem Pfarrer zu und ging zurück zu seiner Frau Chloé, die nach seiner Hand griff.

Als der Trauerzug zurück in den Mistral trat, der Himmel schien dunkler als noch vor einer Stunde, begegnete Pascal dem Blick des Bürgermeisters. Jean-Paul Betrix trug einen schwarzen Anzug, wie die meisten an diesem Tag. Ein Orden steckte an seinem Revers. Er reichte seinem Gendarmen die Hand. Sein Händedruck war fest. »Kommen Sie in mein Büro, sobald das hier erledigt ist.« Mehr sagte er nicht, doch Pascal meinte, ein Beben in seiner Stimme zu erkennen.

Neben dem Eingang zur Kirche hatten die Bewohner von Lucasson und Lourmarin ein Spalier gebildet. Ihre Hüte hielten sie in ihren Händen, ihr Haar wurde vom Mistral durcheinandergewirbelt. Als der Sarg mit Maurices Leichnam von David und Patrick Dumont sowie einigen anderen Männern, die Pascal nicht kannte, durch die Reihe getragen wurde, senkten die Trauergäste ihre Köpfe.

Pascal war dankbar, dass der Zug sich nur langsam zum Friedhof bewegte. Sein Fuß war wieder taub geworden. Er zog ihn mühsam hinter sich her. Auch spürte er die Kälte des Mistrals in seinen Knochen und den Regen in seinem Gesicht.

Die Gemeinde kam am Familiengrab der Perieux zum Stehen. Die große Steinplatte war zur Seite geschoben worden. Maurice Perieux' letzte Ruhestätte, sie war umgeben von vielen Perieux-Vorfahren. Eine endlose Reihe auf dem Friedhof von Lucasson.

Pascal blickte sich um und erkannte den Lieferanten. Alain Presté stand mit gesenktem Kopf dicht neben der Familie Perieux. Selbst in diesem feierlich-traurigen Moment wollte Pascal sich seine Chance nicht nehmen lassen. Er musste mit dem Mann sprechen, der ihn in den Kühlraum gesperrt hatte – auch wenn er aus Panik gehandelt hatte, weil er den Druck der Geschäftemacher nicht mehr aushalten, nicht anders kompensieren konnte. Einen Mord hatte er sicher nicht geplant, auch wenn man es vor Gericht so würde auslegen können.

Vorsichtig trat Pascal aus seiner Reihe und versuchte, möglichst unauffällig näher an den Lieferanten heranzukommen. Er bewegte sich nur langsam, dem Anlass angemessen. Neben ihm schluchzte eine Frau, sie sprach zu sich selbst. In den Händen hielt sie eine Gebetskette. Pascal sah, wie sie die Holzperlen durch die Finger zog, hörte, wie sie aneinanderschlugen.

Das Gesicht der Frau lag zunächst im Dunkeln, doch für einen Moment sah Pascal die tiefen Falten auf ihrem Kinn, ihren Wangen, um die Augen. Sie wirkte uralt. Ihre Haltung ließ das Gegenteil vermuten, sie stand aufrecht, kein bisschen gebückt. Als sie Pascals Blick bemerkte, zog sie ihren Kopf in die Kapuze zurück. Ihre Augen waren so schwarz wie ihr Umhang. Wie aus der Zeit gefallen, stand sie dort. Menschen wie sie traf man im Kloster. Wenn sie sprachen, sprachen sie zu sich – oder zu Gott –, meist aber schwiegen sie. Mit wem diese Frau sprach, war unergründlich.

Pascal konnte sich von ihrem Anblick kaum losreißen, vergaß für einen Moment den Lieferanten. Erst jetzt bemerkte er wieder Alain Presté, der sich in die hinteren Reihen zurückzog. Sein Schritt war eilig. Hektisch drehte er sich um. Er hatte Pascal längst bemerkt.

Der Pastor am Grab faltete die Hände, forderte zum Gebet auf. Seine Augen ruhten auf Pascal, der versuchte, zwischen den schwarzen Anzügen und Mänteln die Seite zu wechseln, um dem Lieferanten näher zu kommen, der sich schon einige Meter von der Menge wegbewegt hatte.

Dann entdeckte er Chloé Perieux. Sie hatte die Hände gefaltet, sah Pascal direkt in die Augen. In ihrem Blick lag etwas Flehendes, der Wunsch, diesen Moment zu teilen. Diese letzte Minute, diese Ehre, die Hoffnung, es gehe irgendwo da draußen weiter.

Pascal blieb stehen und faltete seine Hände, statt dem Lieferanten zu folgen, der die Gemeinde verließ. Ein kaum merkliches Nicken von der anderen Seite des Grabes wurde ihm zuteil.

Der Mistral holte erneut aus und fegte mit aller Kraft über die Trauergemeinde, als würde er sie mitnehmen wollen, ein leises Stöhnen war zu hören. Blumen wurden hinweggerissen und blieben auf dem Boden und in den Pfützen liegen, die Blüten waren von Schlamm durchtränkt.

Pascal hörte den Regen, der an den schwarzen Umhang der alten Frau klopfte. Er sah, wie die Regentropfen an ihrem senkrechten Rücken hinunterliefen, kurz zögerten, bevor sie auf den feuchten Friedhofsboden fielen. Die Trauernden murmelten das Vaterunser im Chor – monoton wie eine Meditation.

Eine weitere Sturmbö fegte über die Trauergemeinde hinweg. Blitze zuckten über den Himmel, als würde der alte Maurice ein letztes Zeichen, ein Machtwort, an das Dorf senden. Der schwarze elegante Hut wurde von Elaines Kopf gefegt. Pascal versuchte, den Hut zu fangen, griff aber daneben. So taumelte er einen Moment weiter durch den Regen, blieb kurz an der Grabplatte liegen und rollte weiter.

Aus der Gemeinde griff einer nach dem anderen zum Spaten, sie sprachen Psalmen, während sie die schwarze feuchte Erde in das Grab schaufelten und ein letztes Mal an Maurice Perieux vorbeigingen. Hinter dem Grab blieben sie stehen, um sie herum zerrte der Wind an den weißen Beileidsbekundungen der Kränze. Erst dann wurde die schwere Steinplatte über das Grab gezogen.

Pascal hob den Hut auf, reichte ihn Elaine und drehte sich wieder zur Gemeinde.

»Danke, Pascal«, sagte Elaine, als sie ihren Hut entgegennahm. Mit ihrer Hand strich sie mehrmals über den Stoff, ein bisschen Erde fiel zu Boden, andere Stücke blieben an dem Hut kleben, durften da bleiben, als sie ihn fest über ihren Kopf zog. Ihre dunklen nassen Haarsträhnen hingen an den Seiten heraus, als würden sie ebenfalls trauern. »Lass uns gehen.« Ihre Stimme war bestimmt, klar und deutlich, selbst gegen den Mistral, der an Kraft weiter zunahm.

Gegen den Sturm kämpften sie sich in Richtung des Parkplatzes durch. Das Dorf war wie ausgestorben, sämtliche Bewohner hatten sich an der Kirche und auf dem Friedhof versammelt.

»Nach Lourmarin«, sagte Elaine, als sie in Pascals Auto gestiegen waren, »dort wohne ich. Rue Albert Camus.«

Schweigend fuhren sie den Weg in den Nachbarort, hundert Fragen zwischen ihnen.

In Lourmarin fand Pascal ohne zu suchen einen Parkplatz auf der Rue Henri de Savornin, die man in den Sommermonaten kaum befahren konnte, weil sich die Touristen den Weg in die teuren Boutiquen, Andenkenläden und Cafés tausendfach bahnten. Jetzt wirkten sie verlassen, schienen ausgestorben zu sein. Keine Tische standen auf den Straßen, keine Stühle, die meisten Restaurants waren mit Eisengittern verschlossen.

Eilig lief Elaine die Treppen zu ihrer Dachwohnung hinauf. Pascal hatte Mühe, ihr mit seinem verletzten Fuß zu folgen. Als die Tür hinter ihnen ins Schloss fiel, standen sie sich atemlos gegenüber.

Pascal sog Elaines Geruch ein. Wie sehr er sie vermisst hatte!

Elaine sah ihm in die Augen. Dann nahm sie ihre Hand und legte sie auf seine Wange. »Pascal«, sagte sie. »Endlich.«

Er war überrascht, diese Zuneigung hatte er nicht erwartet, sie verunsicherte ihn. Die Trauerfeier, das Adrenalin, die Gedanken und Gefühle aufgewühlt …

Vor nicht einmal einer Stunde war ihnen die Endlichkeit vor Augen geführt worden. Dieses unbestimmte Gefühl, die wenigen Tage im Leben nutzen zu müssen. Die Chance, dem Leben eine Wendung zu geben – wenn nötig.

Elaine stand unter Verdacht, ihren Mann getötet zu haben, sie war unbedingt verdächtig, doch als sie ihre regennassen Lippen auf seine drückte, ihr feuchtes Haar ihn im Gesicht streichelte, ihre Hände sich um seinen Nacken schlossen, zählte nur noch dieser eine Moment für Pascal.

Die Begierde überrollte sie. Sie ließen ihre schwarze Trauerkleidung zu Boden gleiten. Elaine trug einen schwarzen Slip. Ihre schwarze Strumpfhose hatte sich im Rock verfangen, war jetzt zu einem schwarzen Knäuel geworden. Pascals Sakko lag zerknüllt auf dem Boden, der Gürtel halb geöffnet. Es war ein Stillleben nach der Beerdigung.

Dann sanken sie aufs Bett. Der Sex war diesmal zügelloser, heftiger, kompromissloser. Ihre Hände in seinem Haar, auf seiner Brust, auf seinem Po.

Haben dieselben Hände einen Mord begangen?, fragte sich Pascal. Wie haben sie es getan? Hatten sie vielleicht vor der Tat auch Sex? So wie sie jetzt? Wann hat sie es dann getan? Hinterher? Währenddessen?

Als sie eng umschlungen auf ihrem Bett lagen, die Jalousien halb geöffnet, und der Mistral immer stärker an den Fensterläden zerrte und mit lautem Grollen und Pfeifen über das Dach lief, verschwamm alles um Pascal herum zu einem einzigen Gefühl, das er als das Leben beschreiben würde. So ist das Leben.

Elaine riss ihren Kopf zurück in den Nacken, die Muskeln an ihrem Hals, die Sehnen traten hervor. Sie stemmte sich mit ihren Händen gegen Pascal, krallte sich an ihm fest. Ihre Finger liefen hart seinen Hals hinauf, er spürte ihre Nägel auf seiner Haut, dann schlossen sich die schlanken, harten Finger.

Pascal rang nach Luft. Elaine stöhnte. Er würgte, sah Licht, obwohl er die Augen geschlossen hielt – und ließ es einfach geschehen, gespannt, wie es weitergehen würde mit ihm. Gleichgültigkeit durchströmte ihn. Hatte er alles im Leben getan, was er tun wollte? Noch Fragen?

Er dachte an die Worte des Chinesen in Montpellier. »Wenn der Mensch wissend geworden ist, steht unversehens sein Ende bevor.« In seinen Augen hatte Weisheit gestanden.

Pascal ließ sich tiefer fallen, in diese Ekstase, in diesen Schrei von Elaine. Es dauerte mehrere Sekunden, dann lockerten sich ihre Finger an seinem Hals, lösten den Druck und glitten an ihm herunter. Schwer atmend ließ sie sich neben Pascal in die Kissen fallen.

Stille.

Schließlich setzte sie sich auf. Pascal betrachtete ihre gespannte Haut, die Wirbelknochen, die sich im Rhythmus ihres Atems bewegten.

Elaine fuhr mit den Fingern durch ihr Haar, stand auf und ging ins Bad. Ohne sich noch einmal zu ihm umzudrehen, schloss sie die Tür hinter sich.

## 20

Der Mistral der letzten Tage hatte den Himmel blank geputzt, so wie er es seit Jahrhunderten tat. Die Bäume blieben in ihrer gebogenen, geduckten Stellung an den Bergen des Luberon und warteten auf den nächsten Angriff.

Das Thermometer war über zehn Grad angestiegen. Zaghaft setzte sich die Sonne durch, die dem Luberon eine Idee von Frühling gab. Von den Temperaturunterschieden in dieser Gegend von einem auf den anderen Tag hatte Pascal viel gehört. Nun erlebte er sie zum ersten Mal selbst.

Jean-Paul Betrix hatte Pascal unmissverständlich klargemacht, dass er sehr schnell Ergebnisse erwartete. Erneut saß Pascal in dem Sessel vor Betrix' schwerem Schreibtisch, während der Bürgermeister mit rotem Kopf aufzählte, welchen enormen Schaden das Dorf genommen hatte, weil er – der neue Gendarm von Lucasson – lieber ein paar Tage im Kühlraum verbracht hatte und auch nach der Trauerfeier, trotz Verabredung, nicht aufzufinden gewesen war. Das ganze Wochenende über hatte Betrix versucht, ihn zu erreichen.

»Was wollten Sie überhaupt in Montpellier?«, fragte er lauernd.

Pascal hatte sich entschlossen, dem Bürgermeister nur noch sporadisch über seine Ermittlungsarbeit zu berichten, weil er ihn selbst zum Kreis der Verdächtigen zählte. So, wie Pascal seinen Bürgermeister kannte, war er den Ereignissen oft einen Schritt voraus. Er war ein Mann, dem er alles zutraute, auch wenn er sich sicher nicht selbst die Hände schmutzig machen würde. Er war ein Politiker, mit allen Wassern gewaschen und selten ehrlich. Solche Menschen waren einer der Gründe, warum Pascal sich nie sonderlich für Politik interessiert hatte.

Pascal war ihm eigentlich Rechenschaft schuldig, doch er entschied sich dazu, vor allem Frédéric Dubprée Bericht zu erstatten, wenn er neue Ergebnisse hatte. Der Gedanke, ein Geständnis über sein Verhältnis zu Elaine abzulegen, quälte ihn. Es führte kein Weg daran vorbei. Sie war verdächtig und würde verhört werden, sobald der Obduktionsbericht einen Mord bescheinigte. Er, Pascal, war der Einzige, der ihr ein Alibi geben konnte.

Konnte er es wirklich? Als er an jenem Morgen aufgewacht war, war ihr Mann Jack bereits tot gewesen und Elaine nicht mehr da. Die Feststellung des genauen Todeszeitpunkts würde die Ermittlungen erheblich weiterbringen.

Der Fall, die Indizien, die Verdächtigen, dies alles bestimmte inzwischen Pascals gesamtes Denken, das durch die Affäre mit Elaine vollkommen durcheinandergebracht worden war. Er konnte sich nicht dagegen wehren, hoffte nur, dass das Ableben des Amerikaners bereits früh in der Nacht geschehen war und Elaine damit entlastet werden würde.

Immer wieder ertappte er sich dabei, dass genau dies sein größter Wunsch war. Seine romantische Ader machte bereits Pläne mit ihr. Der Gendarm in ihm aber zählte sie zu den Hauptverdächtigen. Was, wenn er sich in eine Mörderin verliebt hatte? Würde er sich davon jemals wieder erholen können?

Er musste herausfinden, was sie mit dem Geld vorhaben könnte. Würde sie den Palace du Luberon damit bauen? Könnte sie es überhaupt? Wenn sie tatsächlich schuldig war, welches Ziel verfolgte sie dann?

Ein Verhör war unausweichlich. Ein grauenhafter Gedanke. Wenn sie aber unschuldig war, musste Pascal schnell andere Ermittlungsergebnisse vorlegen, weitere Indizien sammeln, an die Unterlagen des Palace du Luberon kommen, die Baupläne sehen, Unterschriften und Stempel beurteilen.

»Eine Frage, Monsieur Betrix«, sagte Pascal.

Ob der Forschheit in seiner Stimme sah der Bürgermeister ihn überrascht an.

»Gibt es etwas Neues zum Palace du Luberon?«

Betrix ließ die Frage einen Moment im Raum stehen, seine Augen verengten sich. »Was soll das werden, Monsieur Chevrier? Warum stellen Sie immer dieselben Fragen? Ich habe Ihnen bereits darauf geantwortet.«

»Nein, Monsieur Betrix, das haben Sie nicht. Sie haben mir nicht darauf geantwortet, was in der Zwischenzeit passiert ist. Wird Elaine …«, Pascal zögerte einen Moment, als ringe er mit dem Nachnamen, der ihm so schwer über die Lippen kommen wollte, »Frenzen den Palast bauen? Für meine Ermittlungen ist das eine essenzielle Information.«

Jean-Paul Betrix sah ihn erstaunt an. »Selbst wenn ich Ihnen darüber keine Rechenschaft ablegen muss: Nein, ich hatte den Palace du Luberon nicht genehmigt und habe es auch nach dem bedauerlichen Ableben des Bauherrn nicht getan. Sicher wollen Sie die Unterlagen sehen, die Anträge.«

»Das würde mir weiterhelfen, keine Frage.«

»Wissen Sie, Monsieur Chevrier, Sie müssen etwas Grundlegendes über das Amt eines Bürgermeisters wissen: Er steht im Dienste seiner Wähler. Er muss hinhören, auf die Zwischentöne achten, ihre Wünsche erahnen und die ausgesprochenen erfüllen.«

Zum ersten Mal hatte Pascal das Gefühl, dass dieser Mann meinte, was er sagte. Er nahm sein Amt so ernst, wie die Wähler es sich erhofften. War er vielleicht doch nicht so schlecht? Oder war Pascal nur ein weiteres Opfer seines Machtspiels?

»Es werden nicht alle gegen den Bau gewesen sein, oder?«, fragte Pascal.

Jean-Paul Betrix starrte ihn an. Unerbittlich, wieder deutlich kühler. »Was wollen Sie damit andeuten?«

»Nichts, Monsieur, nichts. Aber der Wald? Das Waldstück? Wusste Jack Frenzen davon?«

»Dieser Jack wollte nur sein Golf-Ressort. Was interessierte ihn die popelige Trüffelernte und die paar Sammler, die da mit den Hunden den Waldboden umgraben?«, sagte Betrix abschätzig und sah Pascal überheblich an. »Lächerlich. Sie glauben doch nicht, dass er davor einen Rückzieher gemacht hätte. Mensch, Chevrier, konzentrieren Sie sich auf das Wesentliche. Vergessen Sie die Trüffel. Wir haben hier einen Mord.«

Pascal beschloss, Freundlichkeit einkehren zu lassen. »Nein, Monsieur, die Trüffel werde ich nicht vergessen. Sie spielen in dem ganzen Fall eine sehr große Rolle.«

Der Bürgermeister schluckte. Zu gern hätte er seine kleinen Nebeneinkünfte und Gefälligkeiten vertuscht. Er scheint zu ahnen, dass das nicht möglich ist, dachte Pascal.

Jean-Paul Betrix holte einen Zettel aus seiner Schublade. Trüffelgeruch stieg Pascal in die Nase. Auch Betrix musste ihn riechen, aber vielleicht war er immun dagegen, wie eine Parfümverkäuferin gegen ihre Flacons.

»Hier haben wir es schwarz auf weiß, Chevrier. Der erste Obduktionsbericht ist da. Commissaire Dubprée hat ihn von seiner attraktiven Assistentin, dieser Audrey, vorbeibringen lassen. Ich war so frei und habe ihn geöffnet, da von Ihnen weit und breit nichts zu sehen war. Sie waren nicht an dem Ort, an den Sie in so einer Zeit gehören. Ihr Büro war leer.« Umständlich zog der Bürgermeister das Papier aus dem Briefumschlag, setzte seine Brille auf und rückte sie zurecht.

Während er Pascal den Bericht über den Schreibtisch zuschob, atmete er tief durch und sagte deutlich leiser, als es seiner Art entsprach: »Jack Frenzen ist erstickt worden.«

»Er... erstickt?«, stammelte Pascal. Er hatte das Gefühl, der Schreibtisch würde einige Zentimeter über dem Boden schwankend nach oben gleiten. Seine Hände wurden nass, Schweiß sammelte sich unter seinem Handgelenk, wo die Uhr saß. Er zog sie mit einem Ruck nach unten.

»Ja, Sie Flic. Erstickt. Das passiert, wenn jemand keine Luft mehr bekommt. Wenn ihm der Sauerstoff genommen wird. Wenn er zum Beispiel erwürgt wird.«

Pascal ließ das Papier sinken. »Wenn ihm die Luft zum Atmen genommen wird.«

»Sie sind ein kluges Kerlchen, Chevrier.« Der Bürgermeister lachte.

Pascal kämpfte sich durch die Bilder, die vor seinem inneren Auge erschienen. Sie waren so erotisch wie gewalttätig, und sie nahmen ihm plötzlich die Luft. Geht es am Ende gar nicht um den Wald, dachte er, sondern um sexuelle Grenzgänge? Hat sie ihr Opfer während des Sexaktes erstickt – einfach getötet, wie die Schwarze Witwe ihren Partner auffrisst? Vielleicht, weil er es sich gewünscht hatte? Oder war es ein Unfall? Haben sich ihre langen Finger mit den scharfen Nägeln zu spät wieder geöffnet? Habe ich einfach Glück gehabt? War es vielleicht nur das Vorspiel zum großen Finale? Wie gefährlich ist diese Frau?

Pascal versuchte, einen klaren Gedanken zu fassen. »Monsieur Betrix, wir beide wissen, dass Sie kein Recht hatten, den Umschlag zu öffnen.«

»Scheiß drauf«, antwortete der Bürgermeister. »Finden Sie lieber heraus, wer ihm die Luft genommen hat, anstatt sich mit Regeln aufzuhalten. Seien Sie mal ein Rebell, denken Sie um die Ecke. Niemand erstickt einfach so.«

Pascal überflog den Bericht. »Erst wenn wir den Abschlussbericht haben, können wir ganz sicher sein.« Er reichte Jean-Paul Betrix das Papier zurück, mochte sich aber inzwischen selbst kaum noch glauben. Sein eigentliches Anliegen fiel ihm wieder ein. »Ich würde gern die Baupläne sehen.«

Schweißperlen traten auf die Stirn des Bürgermeisters. »Natürlich, Chevrier, natürlich. Wenn es Sie weiterbringt. Vielleicht hat der Architekt ihn ja erwürgt«, sagte er und lachte verächtlich. »Oder ein böser Notar von der anderen Seite des Luberon? Vielleicht aus Bonnieux?«

»Ich denke schon, dass es mich weiterbringt«, antwortete Pascal so neutral wie möglich. Er hatte nicht mit dem plötzlichen Einlenken des Bürgermeisters gerechnet. »Wären Sie so freundlich, sie zu holen?«

»Sicher, sicher«, sagte Jean-Paul Betrix und lächelte Pascal auf eine überlegene, fast spöttische Weise an, als sei er ein Flic, der ihn des Schwarzfahrens in der Metro verdächtigte. Statt in seine Schreibtischschublade zu greifen, ging er mit schwerem Schritt zu seinem Designerschrank und begann, die Regale zu durchwühlen. Natürlich wusste er genau, wo die Pläne lagen. Er wollte Zeit gewinnen und bückte sich umständlich. Schließlich hob er eine Dokumentenrolle hoch.

Gemeinsam entrollten sie das Papier auf dem Tisch – eine Bleistiftzeichnung. Pascals Blick fiel auf die untere rechte Ecke. Er war nicht überrascht, keinen Stempel darauf zu sehen. Er hatte bereits damit gerechnet, dass der Bürgermeister ihm ein falsches Dokument vorlegen würde. Dieses Blatt hatte nichts mit dem gemein, das er in jener Nacht gefunden hatte. Es war ein anderes, ein zweites Papier.

Pascal nahm die Schreibtischlampe des Bürgermeisters zur Hand, um die vielen Zahlen und Buchstaben, Linien und Dreiecke besser erkennen zu können. Tatsächlich hatte Jean-Paul Betrix nicht versucht, ihm einen Grundriss der Zimmer oder der Küche zu präsentieren, das wäre als Irreführung zu offensichtlich gewesen, sondern die Zeichnung mit dem Gesamtüberblick präsentiert.

Die Gebäude wurden in einem Viereck geplant. Nicht zusammenhängend, sondern einzeln, mit viel Land drumherum. »Großzügig«, hätte es in den Werbeprospekten geheißen. Das, was Pascal geahnt hatte, war auf den ersten Blick erkennbar. Das gesamte Golf-Resort wurde um den Wald herum geplant. Nicht ein Gebäude, nicht ein Golfplatz war auf dem Gebiet des Waldes eingezeichnet. Der Bereich war mit Querstrichen, wie man sie auf Zeichnungen für Brachland oder Flächen nutzt, gekennzeichnet.

Pascal zeigte mit dem Finger darauf und sah Jean-Paul Betrix auffordernd an. Der hatte, wie es jeder gewiefte Politiker tun würde, längst seine Taktik geändert.

»Oh«, sagte er nur, es klang unbeteiligt, sogar desinteressiert.

Pascal musste zugeben, dass das Schauspiel des Bürgermeisters die Note Eins verdient hatte. Ihm blieb nur diese eine, diese sehr klare Schlussfolgerung, die so vieles aufklärte. »Der Wald wäre also geblieben.« Unfähig, sich in diesem Moment zu bewegen, starrte er weiter auf die Papierrolle, als würde gleich aus dem Nichts ein Stempel erscheinen, so perfekt kam ihm die Täuschung vor.

»Danke für Ihre Kooperationsbereitschaft, Monsieur Betrix«, sagte er schließlich.

»Oui«, sagte Jean-Paul Betrix nur und rollte die Papierrolle, die Kopie, wieder zusammen.

## 21

Als Pascal seinen Mégane auf die D 36 steuerte und das Gaspedal durchdrückte, um den Bergpass zu überqueren, der den Petit Luberon vom Grand Luberon trennte, hielt er an einem der Aussichtspunkte an, der Touristen im Sommer Verzückungslaute ausstoßen ließ. Jedenfalls stand es so in den Reiseführern, die Pascal gelesen hatte, um sich auf seine neue Heimat vorzubereiten.

Der Blick über das Tal, auf die kleinen Dörfer, die sich an die Berge klammerten, musste Jahr für Jahr den Provence-Reisenden den Atem rauben. Pascal verstand, wie das gemeint war. Noch waren die Bäume kahl, die Vögel hatten noch nicht mit ihrer Balz begonnen, sie schwiegen noch hartnäckig. Viele hatten sich vor den Gewehrschüssen der Jäger, die regelmäßig die Ruhe durchstießen, in Sicherheit gebracht. Die Sicht war klar. Pascal atmete tief die kühle Luft ein und dachte an seinen Fall, bei dem er dringend für Ordnung sorgen musste.

Wenn er Dubprée erst einmal von seiner Affäre mit Elaine erzählte, wäre sie entlastet. Aber konnte er das wirklich tun? Die Todesursache ließ ihn wieder und wieder an den Nachmittag der Beerdigung denken. So genau konnte er sich den Moment des Griffs um seinen Hals in Erinnerung rufen, dass ihm der Atem stockte, dass ihm die Luft knapp wurde.

War Elaine wirklich fähig, einen Menschen zu ermorden? Warum hatte sie nie gesagt, dass Jack Frenzen ihr Mann war? Sie musste verhört werden, sie wird ihre Aussage zu Protokoll geben müssen.

Es ging jetzt darum, einen kühlen Kopf zu bewahren, eines nach dem anderen konzentriert abzuarbeiten. Aber wo anfangen? Der Fall beschäftigte ihn bereits Tag und Nacht, ließ ihn nur noch wenig schlafen.

»Der Tod ist zwischen zwei und drei Uhr morgens eingetreten«, stand in dem Obduktionsbericht. Wann Elaine seine Wohnung verlassen hatte, wusste Pascal nicht. Der Wein, die Aufregung der ersten Tage in der Provence – er hatte zu fest geschlafen.

Pascal schaute auf Bonnieux hinab, den Ort, den er meistens ansteuerte, wenn er die Passstraße benutzte. Heute führte ihn sein Weg nach rechts, Richtung Norden, nach Apt, um den Notar zu besuchen, dessen Namen er in jener Nacht im Büro des Bürgermeisters gelesen hatte.

Nach einem letzten Blick auf die Häuser von Bonnieux, aus deren Schornsteinen sich schmale, ruhige Rauchsäulen schlängelten, nahm Pascal wieder in seinem Auto Platz und setzte seine Reise fort.

Er hatte bewusst auf einen Anruf beim Notar verzichtet, sondern sich nur bei dessen Sekretärin angemeldet. Schon während seiner gesamten Amtszeit zog er die persönliche Begegnung dem Telefonat vor. Entscheidend bei einem Gespräch waren Mimik, Gestik, das Blinken der Augen, eben die viel zitierte Musik. Am Telefon oder gar in einer E-Mail wurde mehr gelogen. Die geschliffene Sprache einer Textnachricht verriet nicht mehr als das, was tatsächlich gesagt wurde. Zwischentöne wahrzunehmen war dabei unmöglich. Eine Mail war die Quelle von Fehlinterpretationen.

Das Notariat von Maître Simon Albert befand sich direkt an der Hauptstraße, der D 900. Die Fenster des Gebäudes waren mit Fotos von opulenten Immobilien versehen. Swimmingpools glänzten auf Hochglanzbildern im Sonnenlicht. Keine einzige Abbildung der Häuser war im Winter aufgenommen worden. Diese Jahreszeit galt es hier im Süden einfach nur zu überstehen – irgendwie.

Es handelte sich bei den Aufnahmen um Objekte, mit denen sich die Eigentümer übernommen hatten, deren Namen sich auf einem weiteren Aushang befanden, der auf die Zwangsversteigerungen der nächsten Wochen hinwies. Natürlich durchgeführt vom Notar persönlich. Der verdiente doppelt daran – einmal bei der Versteigerung, ein zweites Mal beim Verkauf der versteigerten Immobilie.

Eine strohblonde Dame mit langen Fingernägeln und frisch aufgetragenem Lippenstift empfing Pascal. Er hatte einen Termin. Simon Albert erwartete ihn bereits.

»Gehen Sie bitte durch, Monsieur Chevrier«, sagte die Empfangsdame.

Das Büro des Notars war in strahlendem Weiß gehalten. Sein Schreibtisch bestand aus einer Glasplatte, auf der nur ein kleiner Stapel Papier lag.

»Bonjour, Maître Albert«, sagte Pascal. Es war sein erster Kontakt mit einem Notar. Er hatte sich im Vorfeld informiert. »Maître« stand für Monsieur, üblich bei der Anrede eines französischen Notars.

Simon Albert hatte feine, lange Finger und gebräunte Haut. Er trug eine randlose Brille und einen tadellos sitzenden Anzug. Alles in seinem Büro glänzte, wirkte geradezu klinisch sauber. Er empfing Pascal freundlich und bat ihn, Platz zu nehmen. »Kaffee?« Er wartete keine Antwort ab, sondern drückte lediglich auf einen Knopf.

Kurze Zeit später betrat die Vorzimmerdame auf ihren Stöckelschuhen, die wahrscheinlich noch nie einen Bürgersteig ertragen mussten, das Büro und stellte zwei Kaffeetassen auf den Schreibtisch.

»Was kann ich für Sie tun?«, eröffnete Simon Albert das Gespräch.

Pascal schilderte ihm sein Anliegen. Er erkundigte sich danach, ob es einen unterzeichneten Antrag für den Bau des Palace du Luberon gebe und ob der Vorgang über den Tisch des Notars gegangen sei.

»Nun, Monsieur le gendarm Chevrier, das französische Baurecht ist kompliziert und auch unkompliziert. Der Antrag für das *certificat d'urbanisme* wurde bereits bei Maire Betrix eingereicht. Er hat die Regeln festgelegt und die Baugenehmigung unter bestimmten Voraussetzungen erteilt. Es liegt in seiner Hand.«

»Bestimmte Voraussetzungen?« Pascal verfügte über keinerlei Wissen über das französische Baurecht.

»Oui, Monsieur Chevrier. Allein der Bürgermeister entscheidet, ob ein Bauvorhaben genehmigt wird. Nur bei einem Ausmaß wie dem des Baus des Palace du Luberon empfiehlt es sich, einen Notar zu involvieren. Ich habe lediglich eine Empfehlung abgegeben.«

Simon Albert sprach leise und schnell. Pascals Gedanken drifteten ab, er erinnerte sich an seine Scheidung von Catherine. Der Anwalt hatte damals in dem Pariser Büro, in dem alles zu

Ende gegangen war, was ihm je etwas bedeutet hatte, ähnlich schnell gesprochen, doch Pascal hatte kaum hingehört, so emotional aufgewühlt, wie er damals gewesen war. Die meiste Zeit hatte er Catherine beobachtet, wie sie mit unbewegter Miene neben ihm gesessen und auf das Ende ihrer Ehe gewartet hatte.

»Das bedeutet, dass die Baugenehmigung bereits Jack Frenzen zugestellt wurde?«

»Monsieur, Sie wissen es nicht? Der Bauherr kann mit dem Umsetzen beginnen, wenn er keine negative Nachricht bekommt. Somit ist die Genehmigung erteilt.«

»Das bedeutet, Betrix brauchte überhaupt keine Genehmigung zu erteilen?«, fragte Pascal ungläubig. »Er brauchte einfach nur nichts zu tun, und damit hatte er grünes Licht gegeben? Wie lange hatte er Zeit, um Einspruch zu erheben?« Das bedeutete, dass er Pascal die Wahrheit gesagt hatte. Lediglich eine Information hatte er ihm vorenthalten, war vielleicht davon ausgegangen, dass Pascal sie kannte. Doch was hatte er in Paris schon mit dem Erwerb von Eigentum zu tun gehabt?

»Sieben Tage. Aber natürlich muss dem Bauherrn normalerweise das Land gehören, um bauen zu können. Doch das Land gehörte nicht Jack Frenzen. Es ist unverkäuflich.«

Pascal fragte sich, ob Elaine das wusste. Ob sie, falls sie tatsächlich eine größere Rolle in dem Fall spielte, beabsichtigte, das Bauvorhaben umzusetzen.

»Kann diese Baugenehmigung nachträglich zurückgezogen werden?«, fragte Pascal und nahm erst jetzt einen ersten Schluck von seinem Kaffee.

»Naturellement«, antwortete Simon Albert. »Wenn ein neuer Bürgermeister ins Amt kommt, oder nach Ablauf der Legislaturperiode. In beiden Fällen kann ein *certificat d'urbanisme* neu bestimmt werden. Möglicherweise werden die Bedingungen geändert, die Auflagen erhöht oder umgeschrieben, sodass ein Bau nicht mehr möglich ist.« Er lächelte schwach. »Ich kenne einen belgischen Geschäftsmann, dem das passierte. Seit Jahren wartet er auf ein positives *certificat d'urbanisme*, vor allem, weil bereits eine ganze Menge Geld investiert wurde.«

Eine kurze Pause entstand, es war nur ein Rascheln zu hören. Der Notar blätterte in den Unterlagen auf seinem Schreibtisch.

Offensichtlich war er auf das Treffen besser vorbereitet als erwartet.

»Wie gesagt, es ist eine Empfehlung, eine Beglaubigung, dass die Beteiligten sich geeinigt haben.«

»Aber warum steht Ihre Unterschrift unter der Baugenehmigung, Maître?«

»Non, es steht keine Unterschrift unter dem Antrag. Das ist nicht nötig. Ich habe meine Unterschrift lediglich unter den Pachtvertrag gesetzt. Selbstverständlich hat Mister Frenzen das Land gepachtet, wenn er es schon nicht erwerben durfte.« Der Notar machte wieder eine Pause. »Unter uns gesagt, ich habe mich über den Besuch von Betrix sehr gewundert, denn auch in Lourmarin gibt es einen Notar, Maître Paras. Warum Betrix zu mir kam, weiß ich nicht. Er ist eng mit Paras befreundet.«

»Vielleicht wollte er nicht, dass sein Freund von dem Pachtvertrag erfährt«, sagte Pascal.

Der Notar lächelte überlegen. »Möglich, mon gendarm, möglich. Es gibt eben diese Fälle, die nicht zu breitgetreten werden sollten.«

»Betrix hätte im Falle einer Wiederwahl als Verpächter des öffentlichen Waldes als Einziger neben Jack Frenzen Zugang zu dem Wald gehabt. Dabei hätte er ein Vermögen verdienen können.« Simon Albert sprach noch immer mit dieser leisen Notarstimme, drückte sich aber deutlich aus. Er wollte, dass sein Gegenüber genau verstand, was er sagte.

»Die Perieux wären raus«, ergänzte Pascal den Gedanken.

Simon Albert rückte mit seinem Stuhl ein Stück weiter nach vorn an seinen Schreibtisch und zog aus einem Stapel Papiere mit einer geübten, fließenden Handbewegung weitere Dokumente hervor. »Das hier, Monsieur, dürfte weitaus interessanter für Sie sein.« Er wedelte mit den Zetteln. Die Geste hatte etwas Triumphierendes. »Mit diesem Papier hat Betrix sich exklusiv den lebenslangen Zutritt zu dem Wald von mir beglaubigen lassen, wenn das Bauvorhaben umgesetzt würde. Das war der eigentliche Grund für seinen Besuch. Ihnen ist klar, was das bedeutet, Monsieur Chevrier?«

»Ja, er hätte ausgesorgt, egal, was passiert.«

»Richtig, Monsieur Chevrier. Er muss nur den Bau vorantreiben, und wenn er in seiner Legislaturperiode fertig wird, hat er am Ende ausgesorgt. Für immer. Das Bürgermeisteramt würde er möglicherweise niederlegen.«

Pascal dachte schweigend nach. Jean-Paul Betrix hätte alles dafür getan, dass Elaine das Vorhaben vorantrieb. Niemand außer ihr hatte die finanziellen Möglichkeiten, den Bau einer solchen Anlage zu realisieren. Betrix brauchte Elaine, die frischgebackene Millionärin, und umgekehrt. Wenn Elaine überhaupt über das Wissen verfügte, das sich Pascal gerade eröffnete.

Er musste dringend mit ihr sprechen, bevor es der Commissaire aus Apt tat, sonst würde er die gesamte Tragweite niemals erfassen können. War sie schuldig und wurde wegen Mordes verurteilt, hätte er zwar seine Pflicht als Gendarm getan, würde aber niemals erfahren, in welchem Netzwerk er selbst ein Rädchen war.

»Ich denke, ich habe Ihnen helfen können?«, fragte der Notar interessiert.

»Ja, Maître, das konnten Sie.«

Simon Albert griff in die Schublade an seinem Schreibtisch. »Monsieur le gendarm.« Er zog einen neuen Stapel Blätter hervor und wedelte mit ihnen. Er sah aus wie ein Junge, nachdem er eine Eins in der Mathearbeit geschrieben hatte. »Eine Sache, Monsieur, hat mir keine Ruhe gelassen. Immer und immer wieder habe ich mich gefragt, warum Betrix nicht nach Lourmarin zu seinem Freund Paras gegangen ist. Gerade weil jeder weiß, dass sie gut befreundet sind. Warum ist er hierher nach Apt gekommen? Möchten Sie es wissen?«

Pascal lehnte sich zurück. »Ich bin ganz Ohr.«

Mit einem Knall, als würde er ein gutes Pokerblatt enthüllen, legte Simon Albert die Papiere auf den Tisch. Sie kamen Pascal bekannt vor, er hatte sie schon einmal gesehen, in jener Nacht im Büro des Bürgermeisters. Er erkannte das matte Weiß wieder, die Dicke der Seiten, eine Art Briefpapier.

»Schauen Sie genau hin«, sagte Simon Albert. »Jetzt sollte Ihnen nichts entgehen. Das, Monsieur, sind die Unterlagen, die Paras mir als Kopie zugeschickt hat. Gewissermaßen unter Kollegen. Eigentlich sogar zufällig, denn es ging um den Kauf eines Anwesens auf der anderen Seite des Waldes, das ebenfalls von Jack Frenzen erworben wurde, schon vor Jahren. Irgendwo musste der Mann ja auch wohnen.«

Simon Albert lächelte, er freute sich über seine eigene Feststellung.

»Da es aber auf dem gleichen Flurstück liegt, bin ich stutzig geworden und habe nach der Historie des Landstückes gefragt. Mein Kollege aus Lourmarin hat mir dann die Unterlagen zugeschickt.« Er lächelte überlegen, seine Augen funkelten hinter der randlosen Brille.

Pascal blätterte die Unterlagen durch. Hohe Geldbeträge waren ausgewiesen und mit Stempel sowie Unterschriften versehen worden. Auf dem Deckblatt befand sich der Stempel von Maître Simon Albert, den auch Pascal gesehen hatte, sodass er überhaupt auf ihn gekommen war.

»Blättern Sie um, Monsieur«, forderte Simon Albert ihn auf. Alle weiteren Seiten waren mit dem Stempel des Maître Paras signiert. »Schauen Sie bei diesen Blättern genau hin.«

Pascal saß gespannt auf der vorderen Kante seines Stuhls. Fieberhaft studierte er die Baupläne und Genehmigungen, die Dollarzahlungen, die vielen Unterschriften, die Zeichnungen. Dann sah er es: Die Baupläne und Genehmigungen waren alt. Sie stammten aus dem Jahr 1985.

Triumphierend lehnte sich Simon Albert in seinem Designerstuhl zurück und faltete die Hände. »Sieht ganz so aus, als sei die Idee für den Bau des Palace du Luberon nicht ganz neu«, sagte er und lächelte.

Pascal spürte, wie sein Mund trocken wurde. »Bitte kopieren Sie mir die Unterlagen«, sagte er. »Das hier bringt mich weiter.«

## 22

Die Gendarmerie nationale in Apt lag in einer der kleinen Straßen dicht bei der Cathédrale Sainte-Anne d'Apt. Dieser Teil der Altstadt gehörte zu einem der Hauptanziehungspunkte für Touristen, die im Sommer über die Märkte bummelten und sich nach einer Stärkung die Kirche anschauten.

So hatte es auch Pascal getan, als er vor vielen Jahren das erste Mal in die Provence gereist war. Es war einer der wenigen Familienurlaube gewesen, die er mit seiner Frau Catherine und seiner Tochter Lillie unternommen hatte.

Es war nur ein kurzer Ausflug. An einem Tag regnete es und sie konnten nicht an den Strand. Ihr Ferienhaus in einem kleinen Ort in der Nähe von Sainte-Maxime war klein, und sie wollten etwas unternehmen. Pascal interessierte sich damals mehr für die kleinen Dörfer im Luberon, doch seine pubertierende Tochter wollte alles, bloß nicht ihre Ferien in »öden Dörfern« verbringen, während all ihre Schulfreunde Großstädte wie Marseille oder Nizza besuchten und damit prahlten. Er musste sich schließlich fügen. Apt ist besser als gar nichts, um sich einmal das Landesinnere der Provence anzuschauen, hatte er gedacht. Und so war dieser eine Ausflug der einzige geblieben, der ihn an seinen ganz persönlichen Sehnsuchtsort geführt hatte.

Pascal dachte noch immer an seine Familie, als er von dem kleinen, mit Platanen gesäumten Vorplatz die wenigen Stufen zur Gendarmerie Nationale emporstieg. Es war ein hellgelbes dreistöckiges Gebäude mit großen hellblauen Fensterläden, die einladend geöffnet waren. Einige Sonnenstrahlen brachen sich in den Fensterscheiben und tauchten das Haus in ein freundliches Licht.

Die Gendarmerie war auf zwei Etagen untergebracht. Das Büro von Frédéric Dubprée lag im zweiten Stock. Aus seinem Fenster konnte man auf den kleinen Platz vor dem Gebäude sehen.

Audrey Morel war nicht an ihrem Platz. Das Vorzimmer des Commissaire war leer. Pascal klopfte direkt an die Tür mit dem kleinen Milchglasfenster, durch das das Licht in den Vorraum fiel.

»Entrez!«, tönte es in geschäftigem Ton aus dem Inneren. Frédéric Dubprée erwartete Pascal bereits, der sich mit einem Handyanruf aus dem Auto angekündigt hatte.

Pascal war froh, dass Audrey nicht anwesend war, denn auf diese Weise konnte sie nichts von seinen pikanten Enthüllungen und seiner Affäre mit Elaine mitbekommen, die er auszubreiten bereit war. Warum er in dem Fall vor allem Diskretion vor Audrey wahren wollte, konnte er sich selbst nicht erklären.

Frédéric Dubprée wies auf einen braunen Stuhl mit abgewetzter Stofffläche vor seinem Schreibtisch, der wie ein Fremdkörper in dem kleinen Zimmer wirkte. Es war der einzige Gegenstand im Raum, der Gebrauchsspuren aufwies. Ansonsten war Frédéric Dubprées Arbeitsplatz penibel aufgeräumt. Es gab keine überflüssigen Papiere, lediglich ein Notizbuch lag, horizontal ausgerichtet, geschlossen vor dem Commissaire de police.

Frédéric Dubprée lächelte Pascal freundlich an, stand kurz auf, gab ihm die Hand und forderte ihn auf, sich zu setzen. Er trug wieder seine perfekt sitzende Uniform, mit dem Blatt eines Baumes und einem schmalen silbernen Rand auf seinen Schultern, an dem der Dienstgrad zu erkennen war. Der Commissaire schaute Pascal aus wachen, neugierigen Augen an.

»Monsieur Dubprée«, sagte Pascal, »ich habe Neuigkeiten. Ich komme gerade von Maître Simon Albert.«

»Was führt Sie zu einem Notar? Wollen Sie ein Eigenheim erwerben?« Frédéric Dubprée lächelte ihn aufmunternd an.

»Natürlich möchte ich das, ich möchte mich in dieser Gegend niederlassen, aber das war nicht der Grund, warum ich ihn aufgesucht habe …«

»Ich kenne mich im Luberon gut aus. Mein Schwager restauriert alte Bauernhöfe und verkauft sie dann. Gerade hat er ein wunderschönes *mas* am Ortsrand von Lourmarin verkauft. Ein Traum, sage ich Ihnen.«

Pascal hatte schon viel von den Immobiliengeschäften in der Provence gehört und davon, wie viele der Häuser unter der Hand vermittelt wurden. Jeder kannte hier jemanden, der gerade ein äußerst interessantes Anwesen an der Hand hatte.

»Ich werde mich an Sie wenden, wenn es so weit ist«, sagte er in einem hektischeren Ton als beabsichtigt, denn ihm brannten seine Neuigkeiten unter den Nägeln.

»Es ist eine einmalige Gelegenheit«, setzte Frédéric Dubprée hinzu und pickte mit dem Finger ein nicht sichtbares Staubkorn von seinem Schreibtisch. Doch er spürte, dass Pascal seinen Bericht abgeben wollte, und sagte, als wolle er das Ruder wieder an sich reißen: »Ich treffe heute Nachmittag den Brigadier. Was kann ich ihm Neues berichten?« Erwartungsvoll lehnte er sich in seinem Schreibtischstuhl zurück und kippelte damit sanft vor und zurück. Seine schlanken, manikürten Finger vor der Brust gefaltet, heftete er seine tief liegenden Augen auf Pascal.

»Ich habe eine Entdeckung gemacht«, begann Pascal, »die ich Ihnen nicht vorenthalten möchte, aber … wie soll ich sagen, sie ist etwas pikant.« Pascal räusperte sich. Es gab immerhin zwei unangenehme Dinge, die er seinem Gegenüber erklären musste.

»Ich bin ganz Ohr. Sprechen Sie offen, Monsieur Chevrier.« Frédéric Dubprée beugte sich nach vorn. Die Hände ließ er gefaltet, stützte sich aber mit den Ellenbogen auf dem Schreibtisch ab.

»Wissen Sie, Monsieur Dubprée, ich bin fest davon überzeugt, dass der Mord an Jack Frenzen mit den Bauplänen des Palace du Luberon zu tun hat.«

»Das ist sehr wahrscheinlich«, antwortete Frédéric Dubprée zu Pascals Überraschung. »Ihnen wird nicht entgangen sein, dass der Wald eine tragende Rolle dabei spielt?« Frédéric Dubprée stellte zwar eine Frage, wartete aber keine Antwort ab. »Meine Güte, Monsieur Chevrier, hinter diesem Wald ist der halbe Luberon her. Sie liegen richtig.«

Pascal atmete erleichtert auf, er war mit dem Commissaire auf einer Ebene, das spürte er. Zumindest war es eine Hoffnung.

»Nun, Monsieur Dubprée, ich habe mir die Baupläne bei unserem Bürgermeister angesehen, und alles deutet darauf hin, dass der Palace du Luberon bereits fest eingeplant war.«

Frédéric Dubprée schnalzte mit der Zunge. »Dachte ich es mir doch. Jean-Paul Betrix hat das Bauvorhaben längst genehmigt.«

»Mehr noch, Monsieur, er hätte in einem nicht unerhebli-
chen Umfang davon profitiert.«

Frédéric Dubprée schaute Pascal fragend an. Für einen Moment herrschte Stille in der Amtsstube, dann ergriff Pascal wieder
das Wort.

»Er hat sich bei einem Notar zusätzlich die Rechte auf eine
Lizenz zum Trüffelsammeln in dem Waldstück einräumen lassen – und das auf Lebenszeit. Das bedeutet, dass außer ihm und
dem Bauherrn Jack Frenzen niemand mehr die Möglichkeit
gehabt hätte, dort noch Trüffel zu suchen. Denn – und das habe
ich kontrolliert – der Palace du Luberon wäre um das Waldstück
herumgebaut worden.«

Frédéric Dubprée griff zu seinem Montblanc-Füller, der
neben seinem Laptop auf dem Schreibtisch lag, schraubte die
Kappe ab, nahm sein Notizbuch und schrieb etwas hinein, das
Pascal nicht lesen konnte. Als der Commissaire den Kopf hob,
hatte sein Ausdruck von Interesse zu Konzentration gewechselt.
»Fahren Sie fort, Monsieur«, forderte er ihn auf.

»Das Interessanteste aber ist«, Pascal war jetzt ganz in seinem
Element, »dass die Idee des Baus nicht neu ist. Ich komme gerade
von Maître Simon Albert. Er hat mir Baupläne aus dem Jahr
1985 gezeigt.« Pascal griff nach seiner Tasche, stellte sie auf
seinen Schoß, suchte die Kopien heraus und breitete sie vor sich
auf dem Schreibtisch aus.

Er hoffte, dass Frédéric Dubprée ihn nicht fragen würde, wie
er auf die Idee gekommen war, zu einem Notar zu gehen – noch
dazu zu genau dem, der diesen Fall erheblich vorangetrieben
hatte. Es hätte Pascal in Verlegenheit gebracht, wie hätte er seinem Gegenüber vermitteln können, dass er nachts seine Nase in
die Schubladen seines Vorgesetzten gesteckt hatte? Es war nicht
abzuschätzen, wie ein ranghoher Commissaire darauf reagiert
hätte.

»Wir müssen also …«, interessiert beugte sich Frédéric Dubprée über die Kopien und ließ ein Blatt nach dem anderen
durch seine Finger gleiten, »… zunächst in Erfahrung bringen,
wer seinerzeit ein Golf-Resort geplant hatte. Dann gilt es herauszufinden, ob diese Pläne mit denen von Mister Frenzen in
Zusammenhang stehen.«

Pascal nickte und deutete schließlich auf einen Namen auf einem der Blätter. »Bill Frenzen«, stand dort. Ungläubig sahen sich die Männer an.

»Wenn das mal nicht der Vater des Verstorbenen ist.« Der Commissaire hielt Pascal das Blatt vor die Nase. »Was wissen Sie über den Mann?«

Pascal zuckte mit den Schultern. »Bisher nicht viel.«

Frédéric Dubprée zupfte an den Ärmeln seiner Uniform. »Bon, Monsieur. Sehr gute Arbeit. Wie auch immer Sie auf diese Idee gekommen sind, sie ist gut.«

»Wir kümmern uns um Bill Frenzen«, sagte Pascal nach einem kurzen Moment des Schweigens. »Wir finden heraus, wo sich der Mann aufhält, was er mit der Sache zu tun hat und ob er der Vater von Jack Frenzen ist.«

Der Commissaire schob den Stapel mit den Zetteln neben seinen Computer, dann schaute er Pascal nachdenklich an. »Diese Auskunft wird uns weiterbringen«, sagte er schließlich. »Wir brauchen eine Aufstellung aller Verdächtigen, die auch ohne diesen Hintergrund den Bau verhindern wollten oder ein anderes Motiv hatten, Jack Frenzen zu töten.«

Zufrieden registrierte Pascal, wie Frédéric Dubprée seine neueste Information aufnahm, ohne sich darin festzubeißen. Selbst wenn Bill Frenzen der Vater von Jack war, was ziemlich wahrscheinlich war, beging Frédéric Dubprée nicht den Fehler, sich allein darauf zu konzentrieren. Es gab weitere Spuren, die nicht aus dem Auge verloren werden durften. Der Commissaire behielt einen kühlen Kopf. Das war genau nach Pascals Geschmack.

»Stellen Sie also eine Liste aller Leute zusammen, die kein Interesse an dem Bau gehabt hätten«, forderte Frédéric Dubprée Pascal auf. »Und überprüfen Sie die Witwe, diese Elaine. Immerhin ist sie jetzt steinreich.«

Der Satz klang in Pascals Ohren wie ein Stichwort, wie der Startschuss für den Moment, der sich nicht weiter hinauszögern ließ. Er atmete tief ein und aus, bevor er sprach. »Elaine Frenzen hat ein Alibi.«

Frédéric Dubprée sah ihn überrascht an. »Sie haben es bereits überprüft?«

Pascal spürte Hitze in seinem Gesicht aufsteigen. Möglich, dass er rote Wangen bekam. Der Blick des leitenden Ermittlers lag hartnäckig auf ihm.

»Sie war zur Tatzeit mit einem Mann zusammen«, sagte Pascal schließlich.

»Und das ist wasserdicht?«

»Ja, Monsieur, das ist es.«

Im Nachhinein konnte Pascal nicht mehr genau sagen, ob er erleichtert oder enttäuscht war, als sich die Tür des Büros öffnete, eine verschwitzte Audrey in einem schwarzen, sehr eng anliegenden Sportanzug und Turnschuhen im Türrahmen stand und das Gespräch unterbrach. Auf der Schulter trug sie ein Rennrad, das sie lässig über den Arm rutschen ließ und an den Türrahmen lehnte. Es war eine wahre Rennmaschine, ausgestattet nur mit dem Nötigsten. Keine Schutzbleche, nicht einmal ein Licht.

Audrey hatte ihr schwarzes halblanges Haar zu einem Zopf zusammengebunden. Auf ihrer Haut lag ein dünner Schweißfilm. Sie lächelte, als sie Pascal auf dem Stuhl vor Frédéric Dubprée sitzen sah.

»Der Eskimo«, sagte sie amüsiert, ging mit schnellen Schritten auf Pascal zu und begrüßte ihn mit drei Küssen auf die Wange. »Entschuldigt mich«, sagte sie, »ich gehe duschen.«

Als sie die Tür des Büros wieder geschlossen hatte, sagte Frédéric Dubprée: »Sie will im Sommer auf den Mont Ventoux. Dafür trainiert sie täglich.«

Pascal nickte anerkennend. Er kannte den höchsten Berg der Provence nur aus dem Fernsehen. Immer wieder wurde er bei der Tour de France angefahren. Durch die Tour hatte er sich seinen legendären Ruf erarbeitet. In den Sommermonaten war er eine Attraktion. Orte wie Bédoin am Fuße des Berges waren Paradiese für Aktivurlauber.

»Man ist erst ein Rennradfahrer, wenn man da oben war«, hatte Pascal einmal in der »La Provence« gelesen. »Respekt«, sagte er schließlich, »da hat sie sich etwas vorgenommen.«

Frédéric Dubprées Telefon klingelte. »Mon brigadier«, sagte er und streckte Pascal seine Hand zur Verabschiedung entgegen.

## 23

Als Pascal die Gendarmerie verlassen hatte, beschloss er, in einem der kleinen Restaurants von Apt zu Mittag zu essen, bevor er den Weg zurück nach Lucasson antrat. Er hatte das dringende Bedürfnis, allein sein zu müssen, über all die Informationen nachzudenken, seine Gedanken neu zu sortieren.

Das hatte er schon immer am besten gekonnt, wenn er allein war. Bestenfalls Alexandre hatte ihn in Paris begleiten dürfen.

So derb sein alter Freund und Partner manchmal in seiner Sprache auch sein mochte, so gern er Probleme bisweilen auf die rustikale Art löste, so scharfsinnig konnte er auch sein. Oft war es nur ein kurzer Satz gewesen, der sich in Pascals Kopf zu einem Gebilde geformt und ihn weitergebracht hatte.

In Gedanken an Alexandre versunken, suchte sich Pascal einen Platz am Fenster im Restaurant »Le Platane«. Er bestellte Artischocken *à la barigoule* und dazu eine Orangina, dann schlug er sein Notizbuch auf. Das Aufschreiben der Indizien und Schlussfolgerungen würde ihm helfen, Ordnung in den Fall zu bringen, dessen war er sich sicher.

Es war bislang ein erfolgreicher Tag gewesen. Bei Frédéric Dubprée hatte er einen guten Eindruck hinterlassen. Der Mann war ihm sympathisch, und sicher würde er auch dem Brigadier von ihm, dem neuen Chef de police, dem Dorfgendarmen, berichten.

Der Notar hatte ihm mehr Klarheit verschafft, als er erwartet hatte. Es waren nicht nur die Unterlagen aus dem Jahr 1985, die ihn in seinen Ermittlungen weitergebracht hatten, sondern es war auch die durchdachte Planung des Bürgermeisters, die er mehr und mehr verstand. Wie geschickt Jean-Paul Betrix das Geschäft mit den Trüffeln für sich nutzen wollte, egal, was am Ende dabei herauskam.

Langsam begriff Pascal die wirtschaftlichen Zusammenhänge des Trüffelhandels im Wald von Lucasson. Das Geschick von Jean-Paul Betrix, der ausgesorgt hätte, wenn es zu dem Bau gekommen wäre, imponierte und schockierte Pascal gleichermaßen. Betrix war ein Bürgermeister, der seine Machtposition auf so vielen unterschiedlichen Ebenen ausnutzte und dem dabei kaum eine Schuld nachzuweisen war.

Lediglich das Dokument über die lebenslange Nutzung des Waldes, sogar notariell beglaubigt, konnte ihn überführen. Aber das allein reichte nicht aus. Natürlich – es wäre ein Skandal, vielleicht würde er es auf die Titelseite von »La Provence« schaffen. Möglich, dass er auch sein Amt verlor und eine Geldstrafe zahlen musste, aber was bedeutete das schon für einen reichen Mann wie Jean-Paul Betrix?

Pascal fragte sich, wie lange das schon gehen mochte. Wie lange die Trüffelgeschäfte schon über den Schreibtisch des Bürgermeisters und der Perieux liefen. Immer an der Steuer vorbei, denn niemand vermochte genau zu sagen, welche Trüffelmengen aus dem Wunderwald hinter dem Château ausgegraben wurden. Eine Rechnung hatte Nicolas Bugot in Montpellier bestimmt nicht bekommen. Das Geschäft mit den Pilzen war auf diese Weise doppelt attraktiv.

Die Artischocken wurden serviert. Ein köstlicher Geruch nach frischem Gemüse, Lorbeer, Knoblauch und Thymian stieg von Pascals Teller auf. Er hatte sich zwei Dips bestellt, die eigentlich nicht zu den Artischocken *à la barigoule* gehörten und die er bislang noch nicht kannte. Eine Knoblauchsoße, die den Artischocken eine besondere Note verlieh, und ein Dip mit sieben unterschiedlichen Kräutern, von denen viele zu dieser Jahreszeit nur eingefroren zu bekommen waren, versprachen eine Geschmacksexplosion.

Pascal bedankte sich bei der Bedienung und legte sein Notizbuch beiseite. Während er aß, kreisten seine Gedanken weiter um den Fall.

Als Mörder konnte der Bürgermeister sicher ausgeschlossen werden. Er hatte nicht das geringste Interesse, das Bauvorhaben scheitern zu lassen. Seine Schreibtischschubladen, sein kleiner Kühlschrank, möglicherweise auch weitere Depots, würden aus den Nähten platzen, wenn der Deal über die Bühne gegangen war. Nicolas Bugot hätte dann nur die Trüffel beim Bürgermeister kaufen müssen, wenn er überhaupt von dem Geschäft wusste.

Jean-Paul Betrix war klug, vielleicht hätte er seine Geschäfte in Zukunft über Jack Frenzen abgewickelt. Man hätte ihm dann nichts mehr nachweisen können, es sei denn, Jack Frenzen hätte geredet, doch damit hätte er nur sich selbst geschadet.

Jetzt stand der Bürgermeister vor den Trümmern seines ausgebufften Geschäftsplans. Er gehörte zu den Verlierern, ebenso der Starkoch und natürlich die Familie Perieux. Sie hätten die Befugnisse, im Wald die Trüffel zu suchen, verloren. David Perieux hätte sich beim Bürgermeister eine Lizenz besorgen müssen. Ihre Beziehung war nicht die beste, wahrscheinlich hätte er keine Chance gehabt. Für David Perieux wäre der Bau des Palace du Luberon also ein geschäftliches Desaster geworden.

Auch ihn setzte Pascal auf die Liste der Verdächtigen. Und – das war das Entscheidende – die Idee war alles andere als neu. Ein alter Plan, der wieder herausgekramt worden war.

Hatte Betrix schon 1985 seine Finger mit im Spiel gehabt? Er war zu der Zeit Mitte zwanzig. Möglich wäre es. Warum aber war der Palace du Luberon damals nicht gebaut worden? Woran war der Bau gescheitert?

Pascal dachte darüber nach, welche Rolle all die Menschen spielten, die ihm in den letzten drei Wochen immer wieder zugesetzt hatten. Zum Beispiel der Lieferant, dieser Alain Presté, der ihn in den Kühlraum eingesperrt hatte. Wahrscheinlich keine. Ihn hatte er zuletzt auf Maurice Perieux' Beerdigung gesehen. Pascal vermochte nicht zu sagen, auf wessen Befehle er sein Tun ausgerichtet hatte.

Und Elaine? War es Zufall gewesen, dass sie ihm genau in dem Moment, in dem er Presté fassen wollte, in die Quere gekommen war, um ihm die Sinne zu rauben? Im wahrsten Sinne des Wortes?

Sogleich spürte Pascal wieder ihren Griff um seinen Hals und sah vor sich, wie sie ihre Muskeln angespannt hatte. War es am Ende gar eine Art Fetisch? Ein bedauerlicher Sexunfall? Wie gefährlich war die Frau, mit der er den besten Sex seines Lebens gehabt hatte? Denn das musste Pascal zugeben: Der bloße Gedanke an ihr Tête-à-Tête erregte ihn. Die Erinnerung an ihren Geruch, als sie ihr nasses Haar über sein Gesicht gleiten ließ. An ihre nackten Brüste auf seiner Haut. An ihren festen, durchtrainierten Körper. Wie sie sich eng an ihn geschmiegt hatte. Wie Ertrinkende hatten sie sich im Arm gehalten. Nur, wie sehr hatte er sich damit geschadet, dass er nicht mehr dazu gekommen war, dem Commissaire zu sagen, dass er selbst das Alibi war?

Pascal schob sich den letzten Bissen von seinen Artischocken *à la barigoule* in den Mund. Das Olivenöl wischte er mit dem Brot von seinem Teller. Selten zuvor hatte er das Gericht so fein zubereitet bekommen. Die Zutaten waren perfekt aufeinander abgestimmt. Kein Geschmack war dominant.

Zufrieden lehnte sich Pascal in seinem Stuhl zurück. Wenn das alles vorbei war, würde er wiederkommen, vielleicht mit Elaine. Vielleicht entführte er sie aber auch ins »Mirableu« nach Montpellier und ließ sich vom Starkoch Nicolas Bugot etwas empfehlen.

Nicolas Bugot. War er wirklich in China? Damit hätte er ein Alibi gehabt. Was jedoch, wenn er nicht dort war und sich hier in der Provence versteckt hielt, um abzuwarten, bis das Unwetter um die Delikatessen, die ihn reich gemacht hatten, vorüber war?

Es galt herauszufinden, wo sich der Mann aufhielt. Irgendwann musste er aus seinem Versteck wieder auftauchen – und wenn er es nicht freiwillig tat, musste Pascal die Sache beschleunigen. Vielleicht ein Gerücht streuen? Oder einfach nur die Wahrheit sagen? Mit einem Journalisten der Tageszeitung sprechen?

»La Provence« interessierte es gewiss, dass Nicolas Bugot nicht mehr selbst in seinem Restaurant stand. Dass die Gäste horrende Summen für die Kochkunst des Stellvertreters ausgaben. Natürlich wusste man heute, dass die Stars lieber in Kochshows auftraten, als am eigenen Herd zu stehen. Aber kaum noch im eigenen Restaurant zu sein – das war ein gefundenes Fressen für die verwöhnte provenzalische Feinschmeckerszene – und erst recht für die Kollegen vom Michelin.

Profitieren würde der Souschef François Lefèvre. Er würde fortan im Rampenlicht stehen. Als Täter schloss Pascal ihn nach wie vor aus.

Aufmerksam sah er sich in dem geschmackvollen kleinen Restaurant um. Alte, teils angeschlagene Fliesen, ein ebenso in die Jahre gekommenes und sehr ausladendes Büfett neben dem Eingang zur Küche. Darin Tassen und Teller, auf die die Jahreszahl 1850 geprägt worden war. Wahrscheinlich das Gründungsjahr des »Le Platane«.

Die mattgelben Wände waren dezent angeleuchtet, einige Bilder von Apt aus einer anderen Zeit hingen an den Wänden. Die Gebäude hatten sich nicht verändert, nur die Autos und die Kleidung der Menschen, die auf den Bildern zu sehen waren. Bunte Schirme auf dem Marktplatz hatten die damals vorherrschenden Naturfarben verdrängt.

Lediglich der Panamahut schien alle Epochen überdauert zu haben – oder gerade eine Renaissance zu erleben. In jedem Ort gab es inzwischen wieder einen Hutmacher. Pascal beschloss, sich im Sommer ebenfalls einen zuzulegen, als Symbol der südfranzösischen Lebenskunst.

Das Geräusch der sich öffnenden Restauranttür riss Pascal jäh aus seinen Gedanken.

»Wenn nichts mehr geht, dann brauchst du als Flic auch mal Glück«, pflegte Alexandre zu sagen.

Auf das Glück aber hatte Pascal sich noch nie verlassen wollen, denn es kam nie, wenn man es brauchte. Und das, was er hier sah, konnte man auch nicht als Glück bezeichnen. Viel mehr als Zufall, der ihm einerseits seinen Verdacht bestätigte und ihm andererseits das Herz umdrehte.

Im Türrahmen, mit vor Entsetzen aufgerissenen Augen und halb offenem Mund, erschien Elaine. Wenige Zentimeter vor ihr, ganz nah, Jean-Paul Betrix, der unendlich langsam, ganz in der Tradition eines Politprofis, ein süffisantes Lächeln aufsetzte.

»So, so, der Chef de police macht also Mittagspause«, tönte er mit seiner gerade wiedergewonnenen lauten Stimme durch das Restaurant. »Dieses Lokal kann ich sehr empfehlen. Nicht wahr, Elaine?«

Die stand noch immer wie angewurzelt auf der Türschwelle. Jean-Paul Betrix legte seinen schweren Arm um ihre Taille und führte sie sanft in das Restaurant. »Haben Sie die Ermittlungsarbeiten also nach Apt verschlagen. Ich bin gespannt, was Sie mir zu berichten wissen, Monsieur le flic«, sagte er und war, mitten in dem zwischenmenschlichen Skandal, der sich in dem kleinen

Restaurant abspielte, wieder ganz in seinem Element. Er drehte den Spieß um. Was ist schon daran, dass ich hier mit Elaine essen gehe?, sagten seine Augen, die Pascal wütend anblitzten.

»Wir würden Ihnen gern Gesellschaft leisten, Monsieur Chevrier, aber wie ich sehe, haben Sie Ihre Mittagspause bereits beendet.« Mit einem leichten Kopfnicken deutete er auf den leeren Teller, der vor Pascal stand.

Elaine sagte noch immer kein Wort. Still stand sie da, in ihrem schwarzen Mantel und ihren schwarzen Stiefeln. Sie trug eine schwarze Strumpfhose, ihr Haar hatte sie zu einem Dutt geknotet, der ihr eine Strenge verlieh, die plötzlich besser zu ihr passte als bei all ihren Begegnungen zuvor. Sie war heute nur dezent geschminkt.

Grußlos setzte sie sich an einen freien Tisch im hinteren Teil des Restaurants, an den, nach einem kurzen Kopfnicken in Richtung Pascal, nun auch Jean-Paul Betrix folgte. Er nahm Elaine den Mantel ab, zog umständlich seinen eigenen aus und ging mit langsamem Schritt durch das Restaurant, als wäre er hier zu Hause. Dann hängte er die beiden Mäntel an die Haken an der Garderobe, bevor er gemächlich an ihren Tisch zurückging.

Elaine hatte ihren Blick bereits auf die Speisekarte geheftet. Vertraut lehnte Jean-Paul Betrix sich über den Tisch und flüsterte ihr etwas zu. Dann suchte er mit seinen dicken Fingern in seiner Westentasche nach einem Feuerzeug und entzündete die kleine Kerze in der Mitte des Tisches.

»Ein bisschen Romantik kann nie schaden«, sagte er so laut, dass Pascal ihn gut hören konnte.

Schnell beglich Pascal die Rechnung, stand auf und verließ ohne ein weiteres Wort das »Le Platane«. Er war sich nicht mehr sicher, ob er tatsächlich noch einmal in dieses Restaurant zurückkehren würde. Und noch unsicherer war er sich, ob er es jemals mit Elaine tun würde.

## 24

Als Pascal Bonnieux passierte und wieder auf die D 36 fuhr, um zurück nach Lucasson zu fahren, blickte er noch einmal auf die Kirchturmspitze, die über das Bergdorf zu wachen schien. In einer leichten Serpentinenkurve verließ er das Dorf, um wieder auf die andere Seite des Luberon zu gelangen. Die Hügel der Provence erstreckten sich noch eine Weile vor seinen Augen. Weinstöcke lagen an der Straße, ordentlich gestutzt säumten sie die Landstraße. Ein Winzer fuhr mit seinem Trecker durch die Reihen. Ein Wagemutiger, der für sich bereits entschieden hatte, das Frühjahr sei Ende Februar schon im Anmarsch und seine Reben müssten in Schuss gebracht werden. Die Erde musste aufgelockert werden, um atmen zu können.

Pascal stellte sich sein zukünftiges Leben in der Provence vor. In die Landschaft, die Berge, die Natur konnte man sich nur verlieben. Aber wie würde es beruflich um ihn stehen? Was bedeutete es für ihn ganz persönlich, wenn er den Fall gelöst hatte? Das Treffen zwischen Elaine und dem Bürgermeister ließ darauf schließen, dass sie gemeinsame Planungen verfolgten. Würde er sie dazu drängen, den Palace du Luberon zu bauen? Pascal war sich sicher, dass er alles dafür tun würde.

Oder waren ihre Absichten viel perfider? Laut Plan wurde hier nur eine alte Idee umgesetzt. War alles vielleicht nur ein Spiel, bei dem Pascal eine Rolle zugedacht war, die er jetzt noch gar nicht begriff? Vertrauen, das war ihm jetzt klar, konnte er Elaine nicht.

Kurz hinter Lourmarin deutete ein Schild am Straßenrand darauf hin, dass der Luberon langsam zum Leben erwachte. »Ouvert, Dégustation«, lautete die Aufschrift in schwungvollen Buchstaben. Pascal war dieses Weingut noch nie aufgefallen.

Der Schotter knirschte unter seinen Autoreifen, und kleine Steine schlugen an den Boden seines Mégane, als er auf den Parkplatz fuhr. Das flache Gebäude mit der Fensterfront sah modern aus. Das Dach, halb schräg, zog sich als Sonnenschutz erst über die Fensterfront und dann noch ein Stück weiter über einen kleinen Weg, der vom Parkplatz aus in das Gebäude führte.

Der Winzer hatte eine Holzbank mit breiter, geschwungener Lehne aus dem Schatten des Dachs in die ersten wärmenden Sonnenstrahlen des Februars gestellt.

»Bonjour, Monsieur«, sagte er freundlich, als Pascal eintrat. Der Winzer war ein kräftiger Mann mit einem gezwirbelten, sehr gepflegten Schnurrbart. Tiefe Lachfalten hatten sich rund um seine Augen gebildet.

Ein Genussmensch, dachte Pascal.

Um den Winzer herum stand eine Auswahl von Rosé- und Rotweinen. Er schenkte Pascal eine Handbreit Rosé in ein kleines Weißweinglas. »Den müssen Sie probieren.« Zufrieden reichte er ihm den Wein.

Hinter dem Mann, der gespannt auf das Urteil seines Gastes wartete, standen Olivenöle in rustikalen bauchigen Flaschen abgefüllt. Ebenso Pasteten und Weingläser mit dem Logo des Winzers. Informationsbroschüren auf Englisch und Deutsch lagen auf der kleinen Theke vor dem Kassenbereich.

Pascal bedankte sich und hielt das Glas mit dem Rosé gegen das Licht. Ein paar Sekunden beobachtete er, wie sich die Sonne am Glasrand brach. Er liebte diesen Anblick. Der Wein hatte einen nicht zu fruchtigen und nicht zu schweren Geschmack. Brombeere, Vanille, Johannisbeere. Er verschloss seine Jacke fest, dann ging er wieder hinaus und setzte sich mit dem Glas Rosé auf die Holzbank vor dem Gebäude.

Er genoss die wärmenden Sonnenstrahlen und die Stille und stellte sich die grünen Weinreben vor, die bald um diesen Platz herum stehen würden. Einige Minuten saß er dort, versuchte abzuschalten. Dann nahm er einen letzten Schluck aus dem Weinglas und ließ den Rosé durch seine Zähne laufen. Dabei schloss er für ein paar Sekunden die Augen.

Er kaufte drei Flaschen Rosé, dazu noch drei Rotweine, ohne sie zu probieren, ein paar Pasteten, Olivenöl und Brot und machte sich auf den Heimweg. Es war sein erstes bevorstehendes Frühjahr im Luberon, das helle Gestein, dazwischen die Kiefern und Felder, auf denen bald der Lavendel seinen Duft verbreiten würde, wenn der Luberon zum Paradies in Lila wurde. Und er würde dabei sein.

Pascal gab sich seinen Tagträumen hin, bis er langsam auf

die Auffahrt des Perieux-Anwesens fuhr. Sein Herz setzte kurz aus, als er das Auto erkannte, das auf dem Grundstück parkte. Er hatte es selbst gekauft und dafür lange gespart. Es war sein Geschenk an seine Tochter Lillie gewesen. Sie hatte ihn so fest gedrückt, dass seine Knochen geknackt hatten, und ihn im Moment des Glücks gar nicht mehr loslassen wollen. Noch immer spürte er ihre Tränen an seinem Hals. Minutenlang hatten sie auf dem Bürgersteig vor dem Haus gestanden, Arm in Arm, und auf die große Schleife geblickt, die er um den Kleinwagen gebunden hatte. »Damit du mich besuchen kannst, wann immer du willst«, hatte er gesagt.

Nun stand genau dieses Auto vor ihm. Lillie holte gerade eine kleine Reisetasche und einen Hut vom Beifahrersitz, als sich ihre Blicke trafen.

## 25

»Mein Mädchen!«, rief Pascal, als Lillie sich in seine Arme fallen ließ. Ihr Hut war auf den Boden gefallen, der Wind trieb ihn ein Stück über den Hof.

»Ich bin umgekommen vor Sorge«, sagte Lillie an die Stelle zwischen Ohr und Hals, an die Pascal ihr Gesicht drückte. Sie zitterte. »Ich habe deinen Anruf bekommen, irgendwo zwischen dem Luberon und Montpellier. Und dann? Nichts. Du warst verschwunden.«

»Komm rein, ich erzähle es dir.«

Erst jetzt bemerkte Pascal, dass Lillies Auto voll beladen war. Plastiktüten, Kartons, Weinflaschen. Sie schien ein Festmahl zu planen. Es duftete, als sie die Köstlichkeiten in die kleine Küche der Dachwohnung trugen.

»*Navarin printanier*, nach Art meines Mannes«, sagte Lillie und hob eine Lammschulter hoch.

»Deines zukünftigen Mannes«, verbesserte Pascal sie, »oder habe ich etwas verpasst?«

»Ich bin über Sisteron gefahren, mein Zukünftiger hat es mir empfohlen. Warte.« Lillie sammelte sich einen Moment. »Sisteron ist der Ort der besten Lämmer, mit dem wenigsten Fett. Zu Hause auf Wiesen mit frischem Thymian, Rosmarin, Salbei, Bohnenkraut. Viele Lämmer leben dort wild. Ich finde es immer komisch, wenn Claude mir eine Gegend erklärt, in der mein Vater jetzt zu Hause ist und die ich nicht kenne. Ich musste kommen, ich wollte es sehen, dein Paradies im Süden. Und ich hatte Angst. Was ist mit deinem Gang? Warum humpelst du?«

Sie hatte schon immer Angst um ihren Vater gehabt. Als sie erfahren hatte, was Pascal täglich auf den Straßen von Paris erlebte, fand sie es erst spannend. »Erzähl mir mehr«, hatte sie als kleines Mädchen gerufen. Ihre kleine Hand in seiner. Pascal wusste noch, wie sie gemeinsam über die Kirmes gegangen waren. Überall Musik, die alten Karussells mit den Holzpferden, die sich rauf und runter bewegten, Lillie selig lächelnd, das Holzpferd streichelnd. Den Blick, das Glück seines kleinen

Mädchens, hatte Pascal nie vergessen. Ihre von Zuckerwatte verklebte Hand fest in seine gelegt.

Und dann hatte sie endlich verstanden, dass sein Beruf gefährlich war, dass es böse Menschen gab, die vor nichts zurückschreckten. Die ihren Vater jeden Moment in einem Metroschacht um die Ecke bringen konnten.

Es folgte die Zeit der Angst. Sie hatte ständig Angst um ihren Vater gehabt, ihn stündlich auf dem Handy angerufen. Die Anrufe waren oft geradezu dramatisch gewesen. Hatte sie in den Nachrichten gehört, dass ein Häftling auf freiem Fuß war oder jemand mit seinem Auto in eine Fußgängeransammlung gefahren war, saß sie jedes Mal wie paralysiert vor dem Radio und tippte mit zittrigen Fingern die Nummer ihres Vaters in das Telefon. Wenn abends der Fernseher eingeschaltet war und die Lokalnachrichten liefen, spürte sie immer eine Unruhe, wenn ihr Vater nicht zu Hause war. Ihre Hände wurden feucht, ihr Atem ging schneller und schneller. »Ich möchte nicht die Tochter eines Polizisten sein«, hatte sie dann immer gesagt.

Mit zunehmendem Alter war es immer schlimmer geworden. Eines Nachts, als Pascal spät nach Hause gekommen war und an ihrem Bett gesessen hatte, einfach nur, um sie anzusehen, ihre Hand zu nehmen und ihr einen Gutenachtkuss auf die Stirn zu hauchen, war sie noch wach gewesen. Es war eine schwere Zeit, Catherine und er stritten viel. Lillie spürte die Schwermut ihres Vaters, das wurde Pascal an jenem Abend bewusst, als sie ihn so fest in die Arme nahm und ihn drückte, dass er zu Tränen gerührt war.

»Papa«, hatte sie gesagt, »ich habe Angst um dich. Kannst du nicht wie Jeanettes Eltern auch in ein Büro gehen und abends zu Hause sein?«

Jeanette war die beste Freundin seiner Tochter gewesen. Sie kannten sich schon aus dem Kindergarten und verbrachten so viel Zeit wie möglich miteinander. Pascal fiel ein, dass sie bis heute befreundet waren. So etwas machte ihn stolz, Pascal liebte Beständigkeit. Dass er in dieser Hinsicht versagt hatte, tat ihm auch für seine Tochter unendlich leid.

»Wie war dein Tag«, hatte sie geflüstert. Er wollte sie an jenem Abend beruhigen, doch er hatte einen schlechten Tag gehabt und entschied sich für die Lüge statt der Wahrheit, die er seiner Tochter in dieser Situation nicht antun wollte. Wenige Stunden zuvor hatte er mit Alexandre eine Wohnung stürmen müssen. Hinter der Haustür hatte ein Mann gestanden und ihm eine Pistole an die Schläfe gehalten. Er war ein Junkie, hatte irgendwelche aufpeitschenden Pillen genommen, die ihm jegliche Hemmungen nahmen. Er sagte: »Ich bin dein Hirte, so gehe in Frieden«, und dann drückte er ab. Pascal hatte das Metall des Abzugshahns gehört, doch er lebte. Die Waffe war nicht geladen gewesen. Pascal sank trotzdem an der Tür zusammen, während der Junkie das Weite suchte und Alexandre sich um die übel zugerichtete Frau kümmerte, die der Grund dafür gewesen war, dass sie in dieser Sozialwohnung gelandet waren. Nachbarn hatten die Polizei alarmiert.

Es war, als hätte seine Tochter an jenem Abend gespürt, dass es ein Zufall gewesen war, dass er in dieser Nacht noch an ihrem Bett hatte sitzen können.

»Ich mache dir das Beschütz-mich-Licht an«, sagte er, als er Lillie die Kissen aufschüttelte und die Decke um sie legte.

Wenn Pascal sich richtig erinnerte, war dies der Abend gewesen, an dem sein persönliches Drama seinen Lauf genommen hatte. Das langsame Abschiednehmen von dem, was ihm alles bedeutete. Seiner Familie. Die Atmosphäre zwischen Catherine und ihm wurde kühler, die meisten Gespräche waren nur noch organisatorischer Natur. Dabei ging es längst nicht mehr um sie beide, sondern nur noch um Lillie, die alles daransetzte, ihre Eltern wieder lachen zu sehen. Sie versuchte es mit Albernheiten und Witzchen, machte Quatsch, zog Grimassen. Und dann beobachtete sie ihre Eltern, wie sie beide dasaßen und sie anlächelten, mit diesem Blick, den Eltern haben, wenn nur noch ein kleiner Teil dessen funktioniert, was einmal alles ausgemacht hatte. Nichts wünschte sie sich sehnlicher, als dass die Eltern sich gegenseitig anlächelten, nicht sie, die sich der Liebe ihrer Eltern immer gewiss sein konnte.

Seine Tochter hatte es nicht leicht gehabt, bei allem Bestreben, sie in dem Gefühl der Geborgenheit einer Familie aufwachsen zu lassen. Sie litt unter der sich beschleunigenden Entfremdung ihrer Eltern. Wenn das Telefon klingelte, zuckte ihr Vater zusammen und lauschte entsetzt Sätzen wie »Ich kann jetzt nicht reden«. Wenn ihre Mutter die Tür hinter sich schloss, überstürzt noch spät am Abend das Haus verließ und teures Parfüm aufgelegt hatte, verdichteten sich die Zeichen für das zwischenmenschliche Drama ihrer Eltern. Diesen Kampf hatten sie verloren.

Lillie war erst wieder etwas unbeschwerter geworden, als Pascal nach der Trennung von Catherine neuen Lebensmut gefasst und das Kochen für sich entdeckt hatte. Es wurde zu einem gemeinsamen Hobby. Viele Samstage verbrachten Vater und Tochter am Herd, verfeinerten die Rezepte. Sie genossen diese Zeit miteinander sehr. Aus Lillie wurde eine exzellente Köchin. Es war ihrer beider Geheimnis. Pascal hatte nie gewollt, dass zu viele sich für seine Leidenschaft interessierten. Dass Lillie sich am Ende in einen Sternekoch verliebt hatte, war eine romantische Konsequenz seiner Erziehung.

Glücklich war es zwischen Pascal und ihr erst wieder geworden, als er sich auf sein neues Leben in der Provence vorzubereiten begann. Auch weil ihr Vater scheinbar einen friedlichen Ort mit friedlichen Menschen gefunden hatte.

Und jetzt? Lillie ahnte, dass Pascals Leben zurzeit anders verlief, als er es sich erträumt hatte. Sie wusste es, als sie seine Stimme auf ihrem Anrufbeantworter gehört hatte. Die Stille danach war für sie unerträglich gewesen.

Pascal berichtete ihr so schonend wie möglich von den Ereignissen der letzten Wochen. Die Kühlraumgeschichte schwächte er ab, als er den besorgten Blick seiner Tochter registrierte, der ihm so vertraut war. Auch die Verletzung seines Fußes degradierte er zur Bagatelle.

Es war seit Jahren ein Spiel. Pascal wusste es, und Lillie wusste es auch. Sie sprachen vieles nur noch an, aber kaum etwas aus. Die Wahrheit lag längst im Schweigen zwischen den beiden. In den Blaupausen. Das war schon bei der Trennung zwischen Catherine und Pascal so gewesen, als sie immer wieder betont hatten, dass sich für Lillie nichts ändern würde. In Wahrheit aber hatte sich alles geändert. Geburtstage, Weihnachten, Urlaube, Wochenenden. Die Kunst des Schweigens hatten Lillie und ihr Vater über die Jahre verfeinert und schließlich perfektioniert.

Das *Agneau de Sisteron*, das Lamm der Provence, lag auf der Küchenanrichte, daneben die vollen roten Tomaten, Lorbeerblätter, Thymianzweige, Knoblauch, Erbsen in der Schote, junge Rüben und Babykarotten, grüne Bohnen und Frühlingszwiebeln – ein Bild wie aus einem der großen Edelkochbücher der TV-Stars.

»Voilà, ein einfaches provenzalisches Gericht. Lamm mit Frühlingsgemüse und dazu«, Lillie griff in eine unscheinbare Papiertüte und zog eine Flasche Rotwein heraus, »1993er Château de Pibarnon, einer der edelsten Rotweine der Provence. Achtzehn Monate im Fass gereift. Ein Wein aus der Nähe von Toulon. Das Gut ist aufgebaut wie ein Amphitheater, die Weinreben versammeln sich wie das gespannte Publikum vor einer Opernaufführung. Wenn der Wind durch die Reben streift, klingt es wie ein Niesen. Das Gut, das Herzstück, thront in der Mitte zwischen Zypressen und Fichten. Die Winzerfamilie gehört zu den bedeutendsten des Landes. Sie haben auch Rosés. Claude schwört auf diese Weine.«

Natürlich tut er das, dachte Pascal, er wird ab zweihundert Euro aufwärts gehandelt. Sterneköche stehen auf absurd teure Lebensmittel, das liegt ihm in den Genen. Rotweine aus diesem Jahrgang waren unbezahlbar.

»Dies ist seine letzte Flasche. Vielleicht ohnehin die letzte überhaupt aus diesem Jahrgang.«

»Das ist Bestechung, er will mein Mädchen heiraten«, sagte Pascal lächelnd. Er entkorkte die Flasche und roch konzentriert am Korken. Schon sein Leben lang wollte er diesen Wein einmal probieren.

»Schwarze Beeren, Süßholz, Trüffel, Pinien.« Pascal schloss die Augen. Dann stellte er die Flasche wie Kronjuwelen auf den Tisch und drehte sich noch einmal zu Lillie um. »Danke, Lillie!«

Während sie den Rotwein atmen ließen, holte Pascal eine Flasche Champagner aus dem Kühlschrank und schenkte erst seiner Tochter und dann sich ein Glas ein. Die Flasche stellte er zurück in den Kühlschrank, sie prosteten sich zu.

Zufrieden schaute Lillie sich um. »Ein friedlicher Ort.«

Das Bild seiner Tochter, die in ihrem weiß-roten Frühlingskleid in Erwartung der ersten wärmenden Sonnenstrahlen an seinem Fenster stand und endlich wieder optimistisch wirkte, würde Pascal niemals vergessen.

»Ist das der Wald?«, fragte Lillie.

Er stöhnte hörbar auf. »Und du kennst ihn auch. Natürlich, du bist mit einem Starkoch liiert. Ich bin der Einzige, der erst hier dahintergekommen ist. Und jetzt raubt er mir den Schlaf.«

»Claude ist Koch. Er will den zweiten Stern. Er kennt die Trüffel der Perieux.«

»Ach«, entfuhr es Pascal, während er den Knoblauch und die Petersilie hackte, miteinander vermengte und schließlich eine Prise Meersalz daruntermischte.

»Ich soll ihm ein paar der Trüffel mitbringen. Als er gehört hat, wo du wohnst, war er richtig aufgeregt. Er hat gar nicht mehr aufgehört, von diesem Wald zu sprechen.«

Lillie stellte das Champagnerglas neben ihr Schneidebrett, erhitzte die Tomaten und begann, die Erbsen aus der Schale zu lösen. Schnell, mit geschickten Fingern. Die Erbsen waren von makelloser Qualität. Dann schreckte sie die Tomaten ab und enthäutete sie.

»Hast du ein paar Trüffel der Perieux?«, fragte sie beiläufig.

»Nein. Ich weiß, dass sie Trüffel haben, weil David regelmäßig mit seinem Hund in den Wald geht und danach sucht, aber gesehen habe ich sie erst einmal.« Die Mengen aus dem Büro des Bürgermeisters verschwieg er.

»Wir gehen morgen auf Trüffelsuche«, entschied Lillie und stieß mit ihrem Glas gegen das von Pascal, als würde sie den Vorschlag besiegeln.

»Wir müssen die Perieux fragen«, warf Pascal ein. »Den Bürgermeister. Ich habe keine Lizenz.«

»Die Perieux fragen?«, sagte Lillie lachend. »Niemand fragt die Perieux, das weiß man doch. Wer fragt, bekommt eine dumme Antwort. Nein, nein, wir gehen vor Sonnenaufgang. Der Wald gehört ihnen nicht.«

»Ein Abenteuer«, sagte Pascal amüsiert, »und ein illegales dazu. Was weißt du über die Familie? Du scheinst besser informiert zu sein als ich. Erzähl mir alles.«

»Was ich weiß, weiß ich von Claude. Er versucht seit Jahren, an die Trüffel der Perieux zu kommen. Es ist fast unmöglich. Sie werden nur zwischen Topköchen und Händlern mit besten Beziehungen gehandelt. Die meisten sind inzwischen Asiaten.

Sie haben die Trüffel zu einem riesigen Geschäft im eigenen Land gemacht. Erst waren es die Trüffel aus dem Périgord, jetzt haben sie ihre Bestände mit denen aus der Provence vergrößert. Ihr Ruf ist nicht so gut, aber diese Trüffel, aus genau diesem Wald, sind derzeit die gefragtesten der Welt.«

»Hier sollte ein Golfplatz entstehen«, sagte Pascal tonlos.

Lillie nickte wissend.

»Jetzt ist der Bauherr tot.« Pascal legte das Lamm in den Römertopf, den er aus seiner Pariser Wohnung mitgebracht hatte. Eines der wenigen Küchenutensilien, von denen er sich nie trennen wollte. »Ermordet.«

Lillie sah ihrem Vater direkt ins Gesicht. »Die Sterneköche in Frankreich, die von dem Wald wissen, waren empört, als sie von dem Bauvorhaben gehört haben. Sie haben also alle ein Motiv.«

»Eine Verhörreise durch die Sterneküche Frankreichs«, sagte Pascal grinsend.

»Jetzt geht alles wieder seinen Gang. Die Perieux verdienen Hunderttausende Euros im Jahr, nur mit diesen schwarzen Diamanten. Ich will nicht wissen, wie viele Leute hier nachts suchen und ihre Nasen in den lehmigen Boden stecken.«

»Wir werden es morgen früh sehen«, sagte Pascal.

Das Essen dauerte Stunden, den Wein zelebrierten sie, tranken ihn in kleinen Schlucken, wohl wissend, welch edlen Tropfen sie da vor sich hatten.

Lillie erzählte von Lyon, vom schönen Restaurant ihres Zukünftigen, von ihrer Liebe zu Lebensmitteln und dem Kochen. Sie tranken, sie lachten. Pascal hätte seiner Tochter tagelang zuhören können.

Die Sonne war längst untergegangen. Pascal hatte eine CD von Charles Aznavour eingeschaltet, sie sangen gemeinsam »Je Voyage«, so wie der große Chansonnier anlässlich seines neunzigsten Geburtstags es zusammen mit seiner Tochter gesungen hatte. Die Nacht war für sie erst zu Ende, als die Trüffelsucher längst unterwegs waren, die edlen Pilze in ihren Hosentaschen. Doch zu der Zeit schliefen Lillie und ihr Vater. Ruhig, friedlich und voller Erwartung auf das Abenteuer im Wald, das sie verpassten, während sie davon träumten.

## 26

Als die ersten Sonnenstrahlen durch das Fenster der Dachwohnung schienen, war es Pascal, der zuerst aufwachte und auf die Uhr schaute. Aus einem »Merde, wir haben verschlafen« wurde schnell ein Lächeln, denn der gelungene Abend mit seiner Tochter überwog die Enttäuschung, es an diesem Morgen nicht in den Wald geschafft zu haben.

Leise schlich Pascal in die Küche, setzte Kaffee auf und begann, die achtlos auf die Anrichte gestellten Teller des Vorabends abzuwaschen. Er gab sich Mühe, seine Tochter nicht zu wecken, doch es war zu spät. Mit verschlafenen Augen und zerzaustem Haar, auf das sie ihre Hände gepresst hatte, stand sie vor ihm und bat um eine Kopfschmerztablette.

Pascal lächelte in sich hinein, entnahm seiner Hausapotheke eine Aspirin-Tablette, die er in Wasser auflöste, und reichte Lillie das Glas.

»Wir werden wohl Trüffel kaufen müssen«, sagte sie müde, bevor sie das Glas ansetzte und es in einem Zug leerte.

»Oh nein«, antwortete Pascal, »das werden wir nicht. Das geht gegen die Trüffelsammler-Ehre.«

Sie genossen das Gefühl der Zweisamkeit beim gemeinsamen Frühstück und gingen die Möglichkeiten durch, wie Lillie den kühlen, aber sonnigen ersten Märztag verbringen könnte, als Pascal eine SMS bekam.

»Ja«, stand nur auf seinem Display. Eine Reaktion von Elaine auf seine Frage, die er ihr am Abend zuvor gestellt hatte. Jetzt waren sie verabredet, an einem neutralen Ort in einem Café in Lourmarin.

Der Moment der Befragung, vielleicht auch der Aussprache, rückte näher – und Pascal war nicht wohl zumute. Nie zuvor hatte er ein Verhör mit einer Frau durchführen müssen, mit der er eine Nacht verbracht hatte und bei der er selbst die Rolle eines Alibis einnahm.

Lillie beschloss, sich durch den Tag treiben zu lassen. »Es gibt nichts Entspannenderes auf der Welt, als durch ein provenzalisches Dorf zu schlendern, das zaghaft aus dem Winterschlaf erwacht«, sagte sie.

Im März begannen die Ladenbesitzer, Galeristen und Besitzer von Antiquitätenläden damit, ihre Geschäfte in Schuss zu bringen. Der Geruch von frischer Farbe durchzog die Gassen der Bilderbuchorte. Die Kaffeemaschinen zischten, die Galeristen telefonierten geschäftig mit den Künstlern und feilschten um die besten Exponate, so Lillie, als sie mit leuchtenden Augen das beschrieb, was in ihrem Lieblingsort Lourmarin geschah.

Sie hatte diesen Prachtort einmal mit ihrem Verlobten besucht und einen romantischen Nachmittag dort verbracht. Pascal mochte nicht erzählen, wie er seinen ersten Nachmittag in Lourmarin verbracht hatte.

Sie verabschiedeten sich mit dem festen Versprechen, in den Abendstunden das nachzuholen, was der Wein und der Champagner in der Nacht zuvor verhindert hatten. Heute wollte Lillie sich Bonnieux vornehmen, auf der anderen Seite der Bergkette.

Das Anwesen der Perieux wirkte an diesem Morgen ausgestorben, niemand schien zu Hause zu sein. Auf dem Weingut war es seit dem Tod von Maurice stiller geworden, das Leben schien in den Tagen nach seiner Beerdigung einem neuen, einem langsameren Rhythmus zu folgen.

Pascal lenkte seinen Renault auf die D 56 Richtung Lourmarin, als sich die Erinnerung an Elaine in seinen Gedanken ausbreitete und sie schließlich vollkommen beherrschte. Ihre zufällige Begegnung in Apt hatte nicht gerade zu ihrer Entlastung beigetragen. Elaine gehörte zu den Hauptverdächtigen. »Mord aus Geldgier« hieße das Motiv. Pascal wollte herausfinden, ob sie plante, den Palace du Luberon zu bauen. Er fürchtete sich vor dem Termin. Sie waren so intim miteinander gewesen, nun musste er professionell vorgehen. Den Gedanken, Elaine könne aus einer sexuellen Leidenschaft heraus einen Mord begangen haben, vielleicht sogar unbeabsichtigt, wollte er kaum zulassen, auch wenn die Bilder jenes Nachmittags in ihrer Wohnung eine andere Sprache sprachen. Was, wenn sich das gleiche Schauspiel, dieselben sexuell beängstigenden Abgründe und Obsessionen in der Nacht des Todes von Jack Frenzen im Bett des Amerikaners abgespielt hatten? Oder in der Küche? Vorher war sie bei ihm gewesen. Dieser Gedanke ließ Pascal nicht mehr los.

Er war tief in seine Gedanken versunken, als er in die Rue Henri de Savornin in Lourmarin einbog. Die ersten Einheimischen hatten sich auf die Straße getraut und begutachteten, wild mit ihren Nachbarn gestikulierend, die vom Mistral und dem Winterwetter in Mitleidenschaft gezogenen Fassaden ihrer Cafés und Hauseingänge. Lourmarin galt als einer der am meisten herausgeputzten Orte in der Provence. Egal, wo der Tourist hinschaute, er erkannte Schönheit und Stil. Nichts war zufällig, alles sollte dem Auge schmeicheln.

Die Besitzer der Cafés bereiteten sich auf den ersten Frühjahrsansturm vor. Eine Spannung lag in der Luft, eine Vorfreude. Die Kellner überprüften die Standfestigkeit der Tische, putzten die Markisen. Wenn die Regisseure, die Schauspieler, die Musiker, Galeristen, Maler und Schriftsteller kamen, musste alles glänzen.

Noch war der Ort Pascal ein wenig suspekt, und er fragte sich, was aus ihm geworden wäre, hätte es Albert Camus nicht gegeben, der hier lange gelebt und Lourmarin zu seiner wahren Heimat erklärt hatte. Das Dorf war für seine Schönheit in ganz Frankreich berühmt. Das kulturelle Interesse verdankte es vor allem den vielen Camus-Fans, die Jahr für Jahr in den Ort pilgerten, um bei sengender Hitze das Grab des Schriftstellers aufzusuchen – und enttäuscht wieder abfuhren, nachdem sie es in all seiner Glanzlosigkeit betrachtet hatten.

Die Nebenstraße, durch die Pascal zu dem vereinbarten Treffpunkt ging, war nach Albert Camus benannt worden. Elaine saß bereits im »Café Gaby«, als Pascal eintraf. Ihr Tisch stand nah an der Mauer, die in den Sommermonaten Schatten spendete, wenn die Sonne an Kraft zugenommen hatte.

Pascal berührte Elaine kaum, als er ihr die drei obligatorischen Küsse auf die Wangen gab. Sein Herz schlug schneller. Es fiel ihm schwer, Normalität vorzutäuschen. Ihr Gesicht roch nach Frühling. Sie wirkte zerbrechlicher als am Vortag in Apt. Die große dunkle Sonnenbrille war undurchsichtig. Ihre schlanken Beine hatte sie übereinandergeschlagen, sie trug schwarzen Nagellack.

Als Pascal sich neben sie an den Tisch setzen wollte, zog sie ihn ein zweites Mal zu sich herunter und küsste ihn auf den Mund. Hart. Die Geste hatte etwas Herausforderndes, etwas Zügelloses.

Was stimmt nicht mit ihr?, dachte Pascal und setzte sich hin, ohne ein Wort zu sagen. Elaine lebte hier, man kannte sie. Sie hätte um ihren verstorbenen Mann trauern müssen. Wollte sie, dass die Dorfbewohner sie hier zusammen sahen?

Schweigend beobachteten sie die ersten wenigen Passanten, die durch die Kopfsteinpflasterstraße flanierten. Einige von ihnen machten Fotos. Die Szene erinnerte Pascal an seine Zeit in Paris, als er der Überbringer schlechter Nachrichten gewesen war. Als er neben Frauen wie Elaine gesessen und Todesnachrichten überbracht hatte.

Sie sah so aus, als hätte sie gerade eine derartige Nachricht bekommen. Pascal kannte die Gesichter der Menschen, wie sie in Sekunden alterten, wenn sie vom Tod eines Geliebten erfuhren. Sie reagierten unterschiedlich. Sie schrien, sie weinten, sie brachen zusammen, guckten, als würde man den schlechtesten Witz der Welt reißen, andere schwiegen einfach nur. Oft dauerte dieses Schweigen Wochen und Monate.

Einen Geliebten tot vorzufinden, hatte noch eine andere Facette. Die Gewissheit erreichte schneller die Seele. Bilder übernahmen die Rolle der Vorstellungskraft. Pascal hatte sich oft gefragt, was den Menschen mehr aus der gewohnten Bahn warf, was ihn mehr zerriss, aber nie eine Antwort gefunden.

Ein Verhalten wie das von Elaine begegnete ihm das erste Mal. Äußerlich war Trauer zu erkennen. Sie war in schwarze Kleidung gehüllt, ihr Pulli hochgeschlossen. Wie sie aber dort saß, die Fingernägel auffällig schwarz lackiert, wirkte sie mehr wie aus einem Film, in dem der Tod allgegenwärtig war. Als spiele sie eine Rolle. Und genau das machte Pascal nachdenklich, denn ihr Verhalten am Morgen, als die Gewissheit, dass Jack Frenzen tot war, sie zusammenbrechen ließ, sie aus der Bahn zu werfen schien, passte nicht zu dieser Person, die vor ihm saß.

»Hat dir das gefallen, was wir in meiner Dachwohnung getan haben?«, fragte Elaine. Ihr Kopf blieb dabei vollkommen unbeweglich. Sie starrte vor sich auf die Straße.

Pascal hatte bereits befürchtet, dass sie diesen Weg des Gesprächs einschlagen würde. Er hatte sich fest vorgenommen, ihn nicht mitzugehen. Andererseits würde er vielleicht etwas über sie erfahren, was ihn weiterbrachte. »Ja, Elaine, das hat es, aber es ist nicht der Grund, warum wir heute hier sind.«

»Warum hier?«, fragte sie.

»Nun«, sagte Pascal zögernd, wissend, was er mit diesem Satz anrichten konnte. »Ich könnte dich auch in der Mairie befragen.«

Endlich drehte Elaine ihren Kopf in Pascals Richtung. Die dunklen Gläser ihrer Sonnenbrille waren auf ihn geheftet. Sie öffnete den Mund, brachte aber keinen Ton heraus.

Eine blonde Bedienung kam an den Tisch. Sie trug schon jetzt in der ersten Märzwoche kurze Hosen, dazu schwarze Stiefeletten, in der Nase ein Piercing, auf ihrem Unterarm ein Tattoo, ein kleiner Schmetterling in Schwarz. Er sah traurig aus.

»Einen Caesar Salad für Sie, einen Kaffee für die Madame«, wiederholte sie mit rauchiger Stimme die Bestellung, die Pascal aufgegeben hatte.

Elaine zitterte leicht. »Komm«, sagte sie und sprang ohne jede Vorwarnung auf. Ihr Stuhl kippte um, sie ließ ihn liegen.

Pascal hatte gerade noch Zeit, die Bestellung wieder zu stornieren, dann lief er ihr auch schon hinterher. Noch immer spürte er einen Schmerz in seinem Fuß, doch er konnte sich bereits besser bewegen. Mit schnellem Schritt folgte er Elaine die Rue Henri de Savornin entlang, vorbei an der Mairie, die in diesem Ort vor allem das Tourismusbüro beherbergte. Sie bogen rechts in die Rue Albert Camus ein, in der Elaine wohnte.

Pascal holte sie ein, packte sie am Arm. »Wir werden jetzt miteinander sprechen. Ob es dir passt oder nicht.«

»Nicht hier«, zischte Elaine. Und schon hatte sie ihre Schlüssel in der Hand. Ihre Wohnung war nur noch wenige Meter entfernt.

Pascal ließ sie die Haustür mit hektischen, zittrigen Bewegungen öffnen, dann stürmten sie die Treppen zu ihrer Dachwohnung hinauf. Elaine öffnete die Tür und schob Pascal wie Beute vor sich her. Schwer atmend blieben sie im Flur nebeneinander stehen.

Elaine verriegelte die Tür mit einer Sicherheitskette, packte Pascal am Arm und zog ihn auf das Sofa.

Nur mit Mühe konnte er sich gegen ihren wilden Angriff wehren. Er musste standhaft bleiben, auch wenn es Elaine erneut gelingen sollte, ihn in ihren Bann zu ziehen.

»Wir müssen jetzt reden«, brachte er heraus.

Endlich nahm Elaine ihre Sonnenbrille ab. »Ja, Pascal, das müssen wir. Kaffee?«

Pascal schüttelte den Kopf. Er versuchte, sich so hinzusetzen, dass er ihr in die Augen sehen konnte.

Plötzlich griff Elaine hinter sich und zog ein Paar Handschellen hervor, das sie klappernd vor ihn hielt. »Willst du mich verhaften, Monsieur le gendarm?«

Pascal brauchte einen Moment, um zu verstehen. »Das ist dein Spiel, Elaine? Ist es das, was du willst?«

Verunsichert sah sie ihn an. »Ja. Ist es nicht auch dein Spiel?«

Pascal schüttelte wieder den Kopf, den Blick nach unten gerichtet.

»Aber du hast es genossen?«

»Das hat damit nichts zu tun. Ich stehe nicht auf die Art Spiele.«

Elaine stand ruckartig auf und wandte den Blick von ihm ab. Die Handschellen ließ sie fallen. Das Metall verursachte ein kaltes, klackendes Geräusch auf dem Boden. Sie ging zur Küchenzeile hinüber. »Was weißt du über mich und Jack?«, fragte sie kalt.

»Ihr wart verheiratet.«

»Das weißt du?«

Pascal nickte. »Du bist jetzt reich.«

Elaine ließ das Wasser in den Wasserkocher laufen und schaltete ihn ein. »Du denkst …« Weiter kam sie nicht, dann ließ sie sich an der Küchenzeile hinunter auf den Boden gleiten. Tränen standen ihr im Gesicht. »Du …« Sie verschluckte sich an ihren Tränen.

Wenn es eine Vorstellung ist, ist sie gut, dachte Pascal.

»Wir haben es niemandem gesagt. Wir wollten nicht, dass Menschen, die so denken, wie du es tust, in mir eine Frau vermuten, die es nur auf Geld abgesehen hat. Ja, wir waren verheiratet, und wir waren glücklich, bis zu dem Tag, an dem du aufgekreuzt bist und mich mit deinen Blicken verschlungen hast.« Der Wasserkocher gab ein klackendes Geräusch von sich, das Wasser sprudelte. Elaine ignorierte es. »Was weißt du noch über Jack Frenzen?«

Pascal zog fragend die Schultern hoch.

»Ich bin enttäuscht von dir«, sagte Elaine, »aber das gehört eben dazu.« Sie versuchte, einen Schmollmund zu ziehen. »Möchtest du etwas über ihn erfahren?«

Pascal nickte. Er spürte, dass er im Begriff war, dieser geheimnisvollen Frau erneut zu verfallen.

Sie stand auf und suchte nach zwei Bechern, ließ dann die Teebeutel in die Tassen gleiten und goss mit dem kochenden Wasser den Tee auf. Die Becher stellte sie auf ein Tablett, dazu eine Zuckerdose und zwei Teelöffel.

Pascal bemerkte, dass sie nicht mehr zitterte, als sie zu ihm zurück zum Sofa kam. Langsam streifte sie die Schuhe von ihren Füßen, setzte sich und zog die Beine an sich. Mit beiden Händen umfasste sie eine der Teetassen und begann zu erzählen.

»Sicher weißt du von Jack, dass er, wie soll ich sagen, auf Spielchen stand, die von der normalen Sexualität abweichen. Zuerst hat es mich ein bisschen irritiert, ich vermisste den normalen Sex. Aber nach einer Weile habe auch ich daran Gefallen gefunden. Es war nie brutal, nie hart, aber wir hatten unser ganz eigenes Universum, durch das wir uns bewegten. Doch je länger unsere Beziehung andauerte, desto einseitiger wurde sie. Er bestand darauf, den Sex auf seine Art zu erleben. Ich fühlte mich ihm immer ausgelieferter. Ich wollte keine Hörigkeit, doch alles lief darauf hinaus. Hinzu kam seine geradezu rasende Eifersucht. Du erinnerst dich an meinen Besuch in deinem Büro? Es musste schnell gehen, ich hatte gehofft, du würdest mich verstehen. Ich hatte Angst um ihn, Angst um mich. Jack war oft unberechenbar. Oft habe ich versucht, hinter sein Geheimnis zu kommen, doch er machte es mir nicht leicht. Bis ich eines Tages ein Foto bei ihm fand. Eine Motoryacht war darauf zu sehen.«

Elaine trank einen Schluck von ihrem Tee, stellte die Tasse zurück auf den Tisch und ließ ihre Füße langsam nach vorn gleiten, bis sie unter Pascals Beinen lagen. Wie ein Paar saßen sie dort, während Elaine weitersprach.

»Es war ein Foto aus Saint-Tropez. Ein Foto aus den achtziger

Jahren. Der Mann, der in die Kamera lächelte, war Jacks Vater. Ich wollte wissen, woher das Foto stammte, und Jack erzählte mir eine Geschichte, die sein Leben von frühester Kindheit an geprägt hat. Er erzählte mir von dem Tag, als von einer auf die andere Minute seine Kindheit zu Ende war. Es war Sommer. Jack saß mit seiner Nanny auf dem Deck der Yacht und spuckte in die Wellen. Während er das tat, starb sein Vater unter ihm in der Kajüte. Als sie ihn in einer Stahlkiste vom Schiff trugen, fasste der kleine Junge einen Plan. Er wollte seinen Vater rächen. Er wollte wissen, wer ihm das angetan hat. Sein Vater war nicht allein in der Kajüte gewesen, zwei Frauen, knapp bekleidet, waren bei ihm, und ganz offensichtlich hatten sie gemeinsam Sex mit Jacks Vater. Er soll eine Art Playboy gewesen sein. Ich glaube, so nannte man Leute wie ihn in dieser Zeit.«

Elaine legte eine Pause ein und trank wieder einen Schluck aus ihrer Tasse.

»Glaubst du, es hat jemanden interessiert, was aus Jack wurde? Die Mutter hatte ihn zwar zu sich genommen, aber sie war nie da, wenn er sie brauchte. Sie trieb sich auf Partys rum, war kokssüchtig und landete irgendwann in der Klapsmühle. Nicht einmal seine Nanny war ihm geblieben. Sie hatte plötzlich Angst bekommen, in dieser Familie zu bleiben. Jack hat früh gelernt, dass er niemandem vertrauen konnte. Das Böse war in sein Leben eingezogen. Während andere Kinder sich vor dem Zauberer im Kaspertheater gefürchtet haben, hat Jack auf jedes Türknarren geachtet. Und dann kamen diese Jahre, in denen er immer von Familienehre sprach. Familienehre sei die beste Rache an der Welt, sagte er immer. Und er entwickelte eine geradezu krankhafte Neigung dazu, andere Menschen zu beherrschen. Vor allem Frauen. Seine ersten sexuellen Erlebnisse sammelte er bereits mit dreizehn Jahren. Er entwickelte keine Empathie, er empfand keine wirkliche Zuneigung zu ihnen. Er wollte nur Sex. Offensichtlich diente ich zu nichts anderem, als er mich kennenlernte. Als er achtzehn Jahre alt wurde, erbte er das gesamte Vermögen seines Vaters und dazu auch alle Unterlagen, alle Dokumente. Darunter befand sich auch ein Bauplan der achtziger Jahre. Ein Bauplan des Palace du Luberon. Schon sein Vater wollte dieses Gebäude errichten. Doch dazu kam es nie. Er wurde ermordet, als er sich um die Baugenehmigung bemühte.«

Pascal war froh, die Geschichte bestätigt zu bekommen. Wenn er ermittelte, waren es diese Momente, die seinen Beruf für ihn ausmachten. Puzzleteile, die plötzlich zusammenpassten.

»Von zwei jungen Mädchen in seinem Bett?«, fragte er schließlich.

»Man konnte ihnen nie etwas nachweisen. Sie kamen zwar in Untersuchungshaft, mussten aber mangels Beweisen wieder entlassen werden. Der Mord wurde nie aufgeklärt. Man kannte nur die Todesursache. Er war erstickt, das war alles, was Jack darüber sagte. Er hat dieses Trauma nie überwunden, und ich glaube, seine sexuellen Spiele standen in unmittelbarem Zusammenhang mit diesem Erlebnis. Er würgte mich oft, manchmal bekam ich Angst, und schließlich bat er mich, ihn zu würgen.«

»Und das hast du getan?« Pascal versuchte, seine Frage unwichtig klingen zu lassen, doch Elaine entlarvte die Beiläufigkeit.

»Ja, das habe ich getan.«

Schweigen lag über dem Raum. Pascal wollte dieser Stille Zeit geben, bevor er die entscheidende Frage stellte, die alles verändern würde. Doch Elaine kam ihm zuvor.

»Wofür würdest du töten, Pascal?« Ihr Tonfall war plötzlich eiskalt. Keine Satzmelodie. Nur die Worte. Leise.

»Für nichts in der Welt, Elaine.«

»Sicher, Pascal?«

Er überlegte, ob es tatsächlich nichts gab, für das er zu einer solchen Tat bereit gewesen wäre.

»Für Geld?«, fragte Elaine schließlich. Sie wartete keine Antwort ab. »Nein, das wäre mir zu profan. Ich habe alles, was ich brauche, auch wenn damit sicher ein Motiv, das euch Polizisten immer willkommen ist, wegbricht. Die Frage aber ist, Pascal, was ist mit der Liebe?« Ihre Stimme war noch immer tonlos, melodielos. »Würdest du?«

Pascal dachte an das Ende seiner Beziehung. Hatte er sich nicht auch dabei erwischt, wie er dem Architekten, der sein Leben und das von Lillie zerstört hatte, den Tod wünschte? Dieser Mann, der sich alles genommen hatte, was ihm je etwas bedeutete? Hatte er nicht in einem seiner Alpträume, die ihn zu der Zeit plagten, selbst zur Waffe gegriffen? Für sich selbst? Für seine Tochter? Um sein Leben wieder zurück in die Bahnen zu bringen, in denen er sich auskannte? War nicht am Ende Liebe der einzig nachvollziehbare Grund zu töten? Und wäre er nicht bereit gewesen, den Menschen zu töten, der seine Tochter bedrohte? Er musste sich konzentrieren, diesen Gedanken schnell wieder zu verdrängen, ihm nicht weiter nachzuhängen, nicht jetzt.

»Ich würde es nicht tun. Nein«, sagte Pascal schnell.

Elaine holte tief Luft und zog ihre Beine zurück. Zu sich. »Was empfindest du für mich, Pascal?«

Pascal nahm einen Schluck von seinem Tee, es war still. Was sollte er darauf antworten? Sollte er ihr sagen, dass ihn die Bilder ihrer gemeinsamen Nacht und des Nachmittags verfolgten? Dass diese Bilder immer wieder auftauchten? Dass er ihr nicht traute? Dass er ihren Hals sah, wenn er die Augen schloss? Dass es ihn aber auch aus der Bahn warf, dass er vielleicht Sex mit einer Mörderin gehabt hatte? Oder dass er das unbändige Verlangen in sich spürte, sie zu berühren, sie zu riechen, sie zu schmecken, sie zu küssen? Konnte er ihr all das sagen, ohne Vertrauen zu ihr zu haben?

Elaine sah ihn fragend an, hielt die Pause aber aus.

»Ich fühle mich zu dir hingezogen«, sagte er schließlich. »Ich denke an dich. Ständig.« Verlegen blickte er zu Boden.

Elaine lächelte nicht, ihre Augen waren auf ihn gerichtet, ihr Blick war überlegen. Sie hatte das Spiel längst wieder zu ihrem gemacht.

»Und wie weit würdest du gehen?«, fragte sie.

»Was willst du damit sagen?«

»Du weißt, was ich damit sagen will.«

Pascal atmete tief ein, er wollte einen Schluck trinken, doch seine Finger zitterten, seine Arme schienen wie gelähmt zu sein. Machte es ihn zu einem schlechten Polizisten, wenn er in einem solchen Moment nicht in der Lage war, mit ruhiger Hand die Teetasse zum Mund zu führen?

Einst hatte er Alexandre eine ähnliche Frage gestellt, als er schon in Paris nicht im Stande gewesen war, die Ausstrahlung eines Polizisten vor einem Mörder aufrechtzuerhalten. »Nein«, hatte er geantwortet, »wir brauchen Menschen, die von ihrer Empathie übermannt werden. Das ist eine Gabe, die vielen Menschen fehlt.«

»Wie weit geht deine Leidenschaft? Wie weit würdest du gehen? Wie weit würdest du für mich gehen, Pascal?«

»Ich würde keinen Mord begehen. So viel steht fest«, sagte er. »Es gibt immer einen Weg.«

»Ach ja? Es gibt immer einen Weg? Bist du dir da sicher? Für wen? Für die Liebe? Für die Freiheit?«

»Ja, Elaine, da bin ich mir sicher.«

»Jack hat über nichts anderes mehr gesprochen. Er war besessen. Besessen von allem, was er tat. Von mir, von dem Bau, von den Trüffeln. Er wollte immer mehr. Immer mehr von allem. Stelle mir jetzt die Frage, die du mir stellen willst, Pascal. Los doch.« Ihre Stimme hatte die Melodie wiedergefunden. Sie war laut geworden.

»Elaine. Hast du Jack Frenzen ermordet?« Pascal fiel es leichter als erwartet, die Frage zu stellen.

Elaine lachte trocken auf. Sie schüttelte sich. »Ist das wirklich die Frage, die du mir stellen möchtest, wenn wir über die Essenz des Lebens sprechen? Wie denn, Pascal? Ich war bei dir. Wir hatten Sex. Kannst du dich nicht mehr erinnern? Du hast gestöhnt, als hättest du seit Jahren keinen mehr gehabt.«

Wie recht sie doch hat, dachte Pascal. »Ja«, sagte er langsam und bedächtig. »Den hatten wir, und er war großartig. Nur war das am späten Abend. Vielleicht um dreiundzwanzig Uhr. Jack aber starb nachts, gegen zwei vielleicht. Vielleicht auch gegen drei.«

Elaine schaute Pascal in die Augen.

»Ich bin eingeschlafen. Als ich aufwachte, warst du nicht mehr da«, sagte er. »Wo also warst du zwischen null und sechs Uhr morgens?«

»Das ist nicht dein Ernst?«, platzte es aus Elaine heraus. »Weißt du, was du tust, Pascal? Weißt du, was du mit uns tust?«

Pascal wurde von ihren Worten getroffen wie von Giftpfeilen. Sie schmetterte sie heraus.

»Ich habe ein Alibi!«

»Ja, Elaine, sicher, aber nur bis null Uhr. Was ist mit der Zeit danach?«

Tränen schossen in Elaines Augen. Pascal hatte so etwas noch nie gesehen, sie sprangen aus ihren Augen, als hätten sie Anlauf genommen. »Du verstehst es nicht! Wir hatten eine Chance.«

»Wo, Elaine?«

Sie schwieg lange. Dann sagte sie: »Bis vier Uhr. Und weil du nicht mehr als ein einfallsloser Dorfgendarm mit beschränkter Phantasie bist, kannst du David Perieux fragen. Um vier Uhr sind wir in den Wald zum Trüffelsuchen gegangen. Um halb sechs traf ich in Jacks Villa ein und habe ihn am Küchentisch vorgefunden. Er war bereits tot. Er brauchte sich von mir nicht mehr anzuhören, dass ich ihn verlassen wollte. Dass ich sein Geld nicht wollte, dass ich diesen Entschluss schon früher hätte treffen sollen, aber dass ich in dieser Nacht erfahren habe, wie es auch sein kann. Und jetzt verlasse mein Haus, Pascal. Und komme niemals wieder.« Sie war ganz ruhig, als sie aufstand und die Kette von der Tür nahm.

Pascal erhob sich, seine Beine zitterten, seine Arme fühlten sich noch immer wie gelähmt an. Sein Mund war trocken. Ja, er hatte eine Antwort bekommen. Eine Antwort, die leicht zu überprüfen war, aber hatte er irgendetwas gewonnen?

Er sah Elaine nicht an, als er die Dachwohnung verließ. Er hörte auch nicht, wie sie die schwere Tür hinter ihm zuschlug. Er war in diesem Moment taub.

## 27

Für Pascal gab es zwei Plätze auf der Welt, die ihm Schutz und Sicherheit boten. Da war zum einen seine Wohnung in Paris, mit dem langen Flur, den beiden kleinen Zimmern und der Küche, die mehr und mehr zu seinem Lieblingsraum geworden war. Und da war zum anderen sein Auto. Sein alter Mégane, gekauft vor über zehn Jahren in Paris.

Damals hatte er mit seiner Familie in den Urlaub fahren wollen, und ihm war der Gedanke unerträglich erschienen, seine Tochter auf dem Rücksitz nicht durch einen Seitenairbag schützen zu können. Der alte R4 hatte solche Sicherheitsvorkehrungen noch nicht gehabt. Mit dem Kauf eines Neuwagens hatte er sich finanziell weit aus dem Fenster gelehnt.

Die meisten Anschaffungen hatte er aus dem einzigen Grund heraus getätigt, dass es seiner Familie besser ging. Der Umzug in die Provence war die erste Unternehmung gewesen, die er ganz für sich allein entschieden hatte zu tun.

Als er die Tür des Mégane zuschlug, blieb Pascal einen Moment vollkommen unbeweglich hinter dem Steuer sitzen. Unfähig, einen klaren Gedanken zu fassen. Sekunden, Minuten verstrichen, und er hatte den Eindruck, als wäre die Uhr stehen geblieben. Er hätte sich nicht gewundert, wenn sie das in diesem Moment tatsächlich getan hätte. Erst das Vibrieren seines Handys riss ihn aus der stillen Ohnmacht.

»Betrix hier«, schallte es viel zu laut in sein Ohr. »Wo stecken Sie, Chevrier?«

Pascal hatte keine Lust, die Frage zu beantworten. Stattdessen sagte er nur: »Was gibt's, Betrix?«

»Maxime Leblanc ist da, der Gerichtsmediziner aus Apt. Er will wissen, wann Sie kommen.«

Mit rauer Stimme teilte er dem Bürgermeister mit, er sei unterwegs. Er sei in einer halben Stunde da, Maxime Leblanc möge warten. Dann beendete er das Gespräch und startete den Motor.

Die Gefühle und Gedanken, die ihm auf der Fahrt durch den

Kopf jagten, konnte Pascal nicht festhalten. Sie waren flüchtig und verschwanden so schnell, wie sie gekommen waren.

»Ich muss mich beruhigen«, flüsterte er. »Ich muss mich beruhigen.« Wie ein Mantra sagte er sich immer wieder diesen Satz, bis er die Mairie erreichte und die laute, polternde Stimme des Bürgermeisters vernahm, die durch die Türen auf den Gang schallte.

Jean-Paul Betrix schimpfte auf einen Mann ein, der einen Stapel Papiere umklammerte, während er zusammengesunken in dem tiefen Sessel des Bürgermeisters versuchte, so etwas wie Haltung zu bewahren. Wie unmöglich das war, wusste Pascal aus eigener Erfahrung.

»Womit nehmen Sie sich das Recht heraus, mir den Obduktionsbericht nicht zu zeigen? Was glauben Sie, wer Sie sind?«

Pascal schüttelte dem Mann die Hand, der sichtlich erleichtert aufstand, als er den Gendarmen sah, und ihn in den Gang der Mairie begleitete.

»Wir sprechen uns noch, Sie werden von Ihrem Vorgesetzten hören, eine Unverschämtheit ist das!«, rief Betrix den beiden noch hinterher.

»Entschuldigen Sie, der Bürgermeister ist im Moment in einer schwierigen Situation. Für uns alle ist es nicht leicht, aber wem erzähle ich das.« Pascal schob Maxime Leblanc vor sich her und öffnete ihm die Tür zu seinem Amtszimmer. »Nehmen Sie Platz, ich bin gespannt.«

Umständlich legte Maxime Leblanc eine schwarze Mappe auf Pascals Schreibtisch, während er sich ungelenk nach einer Möglichkeit umsah, seinen Mantel aufzuhängen. Schließlich nahm Pascal ihn ihm ab und hängte ihn neben seine Uniform.

»Wasser?«, fragte Pascal, während sie sich setzten.

»Oui, merci.«

Pascal öffnete eine Flasche Badoit, die er aus einer Kiste nahm, die in der Ecke seines Büros stand. Angeschafft hatte er sich diesen Vorrat, als er realisiert hatte, dass er hier, anders als in Paris, Selbstversorger war. Für seinen Besuch hatte er inzwischen ein paar Gläser auf seinem Schreibtisch. Er drehte eines um und reichte dem Rechtsmediziner das Wasserglas.

Maxime Leblanc nahm einen Schluck, räusperte sich schließlich, nahm seine Unterlagen aus der Mappe und rückte sie vor sich zurecht.

Gespannt saß Pascal ihm gegenüber und wartete.

»Wollen wir gleich zur Sache kommen, Monsieur Chevrier?«

»Bitte, Monsieur Leblanc.« Ein Tag wie dieser konnte nicht schlimmer werden.

»Ich bin schon am Morgen in Apt bei Frédéric Dubprée gewesen. Wir haben gemeinsam gefrühstückt. Er bat mich darum, Ihnen dieses außerordentliche Obduktionsergebnis selbst zu präsentieren, und wies mich an, nur Ihnen Einblick in die Unterlagen zu gewähren. Das Ergebnis ist sehr ungewöhnlich, Monsieur Chevrier, sehr, sehr ungewöhnlich.«

Maxime Leblanc sah aus wie ein verwirrter Professor. Er schien älter zu sein, als Pascal ihn zunächst geschätzt hatte. Sein Haar war weiß und genau so lang, dass er nicht wie ein Landstreicher aussah. Pascal stellte sich vor, wie er seine Brille zurechtrückte und mit einer Lupe die Leichen untersuchte. Was Menschen so machen, dachte er und musterte Leblanc genauer.

Auf dessen schmuddeligem Sakko befanden sich Schuppen. An den Ärmeln war der Anzug eine Spur zu kurz, die goldenen Knöpfe hatten ihren Glanz verloren, einige hatten sich schon so weit vom Stoff gelöst, dass sie jeden Moment den Halt zu verlieren und herunterzufallen drohten.

Maxime Leblanc holte aus seinem Aktenkoffer mehrere kleine Fläschchen und Tüten heraus und breitete sie wie ein Kartenspiel auf Pascals Schreibtisch aus. Die meisten Tüten schienen auf den ersten Blick leer zu sein, in einer befanden sich weiße Blüten. Diese Tüte legte Maxime Leblanc an den äußeren Rand des Tisches.

»Zunächst konnten wir mit unseren Tests keine Ergebnisse erzielen. Jack Frenzen ist erstickt, das war klar, aber wie? Doch dann«, er hob beschwichtigend die Hand, »dann haben wir herausgefunden, dass aus irgendeinem Grund weitere Organe versagt haben. Offensichtlich litt er in den letzten Minuten seines Lebens auch unter Lähmungserscheinungen. Wir haben überlegt, wir haben telefoniert, doch wir haben keine Antwort auf die Frage nach der genauen Todesursache gefunden. Wir haben hier nicht die Möglichkeiten wie die Kollegen in Paris. Es dauert bei uns alles ein bisschen länger.«

Maxime Leblanc sprach das Wort Paris mit Argwohn aus, dann legte er eine Kunstpause ein und trank genüsslich einen Schluck Wasser.

»Doch dann kam mein Kollege ins Spiel. Ein junger Typ, samstags immer unterwegs, in Diskotheken, Bars, meistens spätnachts – jenseits von Gut und Böse. Am Morgen riecht es nicht selten nach Alkohol. Ein fürchterlicher Geruch.«

Maxime Leblanc lächelte, als würde er sich gern selbst einen Pastis einschenken.

»Nun, mein Kollege roch aber an diesem Morgen anders. Ich kenne mich mit Gerüchen aus, sie auseinanderzuhalten, gehört zu meinem Beruf. Glauben Sie mir, Chevrier, ich kann den Geruch von toten Menschen von dem von toten Tieren unterscheiden. Möglicherweise kann ich sogar den Geruch der Tiergattung einordnen. Wie soll ich sagen: Mein Kollege roch wie eine Leiche. Aber nicht wie eine menschliche Leiche.«

Pascal saß aufrecht am Tisch und hörte aufmerksam zu. Dieser Bericht, das fühlte er genau, konnte dem gesamten Fall eine weitere, eine zweite dramatische Wendung an diesem Tag geben.

»Sondern?«

Maxime Leblanc nippte erneut an seinem Wasser. Er schien Zeit gewinnen zu wollen. Und dann, als wollte er Pascal erschrecken, platzte es aus ihm heraus.

»Wie ein Tier. Wie ein totes Tier. So roch mein Kollege.«

Pascal versuchte, sich den Geruch vorzustellen.

Maxime Leblanc beugte sich leicht über den Tisch, unter seinem Kinn die Tüten, noch immer sorgfältig ausgebreitet. »Wie eine tote Maus, Monsieur, wie eine tote Maus«, flüsterte er und genoss sichtlich den Moment dieser Offenbarung. »Doch dann ist etwas passiert, das mich klar sehen ließ. Mein Kollege machte Mittagspause und verließ unseren Obduktionstisch. Doch der Geruch blieb.«

»Es war also nicht der Kollege, sondern ...«

»Jawohl«, unterbrach ihn Maxime Leblanc. »Es war der gute alte Jack. Der tote Amerikaner roch nach toten Mäusen. Hätte ich nur ein einziges Mal allein an dem Tisch gestanden, wäre es mir aufgefallen. Doch es *ist* mir nicht aufgefallen. Jetzt frage ich Sie, Monsieur le gendarm. Warum riecht eine Leiche nach toten Mäusen?«

Es war eine dieser Fragen, die kein Mensch beantworten konnte. Eine Floskel, ausgekostet von diesem Maxime Leblanc, auf dessen Stirn sich inzwischen ein feiner Schweißfilm gebildet hatte.

»Stellen Sie sich das vor, Chevrier. Nach toten Mäusen. Haben Sie schon einmal an einer toten Maus gerochen?«

Pascal brauchte nicht lange darüber nachzudenken. Es würde ihm nicht in den Sinn kommen.

»Ich schon. Ratten, Mäuse, Katzen, Hunde, Ziegen, Schafe, sie alle strömen einen ganz unterschiedlichen Duft aus. Bei Tieren, die im Freien versterben, kommen noch Insekten und Aasfresser hinzu, die dem Kadaver zusätzliche Verletzungen beibringen, die die Fäulnis beschleunigen können, was wiederum ein anderes Geruchsbild zur Folge hat, aber Mäuse riechen nach Mäusen. Oder soll ich lieber sagen, stinken? Wie Sie mögen, Chevrier, wie Sie mögen.«

Pascal stellte sich vor, wie der Mediziner in seinem Labor stand und das Fell einer toten Maus langsam an seine Nasenflügel drückte.

Der Himmel hatte sich bewölkt, der Platz vor der Mairie, sein Theater, war leer, im Raum war es ebenfalls fast dunkel. Pascal schaltete das Licht nicht ein.

Maxime Leblanc sprach leise, als er in seinen Tüten kramte, als würde er etwas suchen. »Mögen Sie einmal riechen, Monsieur Chevrier?«

Pascal konnte sich nichts Schöneres vorstellen.

Als Maxime Leblanc wie ein Gaukler die Tüte mit den weißen Blüten öffnete, wusste er, dass er daran riechen musste. Pascal hatte nicht gewusst, wie eine tote Maus roch, bis er einatmete. Die weißen Blüten rochen tatsächlich nach Maus, süßlich, faul, beißend.

»Sie riechen nach Maus«, bestätigte Pascal.

»Irrtum«, erwiderte Maxime Leblanc, »nach einer *toten* Maus. Ich habe diese Tüte jetzt drei Tage lang nicht geöffnet. Zuerst rochen die Blüten nach einer lebendigen Maus, jetzt nach einer toten. Voilà.« Er faltete die Tüte wieder sorgsam zusammen. »Licht, Chevrier, schalten Sie Ihr Licht ein.«

Pascal drehte an dem Schalter. Es wurde hell im Raum.

»Diese Pflanze ist in ganz Europa an jeder Ecke zu finden. Es ist der Gefleckte Schierling. *Conium maculatum.*«

»Conium maculatum ...«, wiederholte Pascal.

»Hochgiftig. Es ist ein Kraut. Ein Unkraut. Schon Sokrates hat sich damit ins Jenseits befördert. Unfreiwillig. Im Jahr 399 wurde er zum Tode verurteilt, wegen Missachtung der Götter. Ein Gefängniswärter presste die Stängel und Blüten des Schierlings aus und gab ihm von dem Saft zu trinken. Bis zuletzt soll Sokrates bei klarem Bewusstsein gewesen sein. Er hat bis zur letzten Sekunde mit seinen Schülern philosophiert.« Leblanc hob anerkennend die Augenbrauen.

Pascal gestand sich ein, dass Maxime Leblanc eine Gabe für Erzählungen hatte. Wie er da vor ihm saß, die Schultern nach vorn gedreht. Er würde Kindern Angst einjagen.

»Das Gift des Schierlings ist inzwischen nachweisbar, die Wirkung im Körper verheerend. Jack werden zunächst die Füße geschmerzt haben. Sokrates hatte den Gefängniswärter nach der Einnahme gefragt, was mit seinem Körper passieren würde. Der Mann war neugierig bis zur letzten Sekunde. ›Nichts, laufen Sie einfach ein bisschen herum, irgendwann werden Ihre Füße kribbeln, dann werden die Beine schwer. Ich schlage vor, Sie setzen sich dann hin‹, meinte der Wärter lapidar. Stellen Sie sich das vor, Chevrier. Der wartete, bis seine Füße kribbelten, in dem Wissen, dass es bald vorbei sein würde.«

»Eines ist sicher«, unterbrach Pascal die anatomischen Feinheiten des Gerichtsmediziners. »Der wusste von nichts.«

»Jack Frenzen wird gefröstelt haben, dann setzte die Lähmung ein. Stück für Stück, nach den Beinen kam das Rückenmark dran. Jack konnte zu dem Zeitpunkt nicht mehr aufstehen, er musste sich wie ein querschnittsgelähmter Mann gefühlt haben. Das Perfide an dem Mord war, dass Jack alles bei vollem Bewusstsein erlebt hat. Sein Geist war nicht getrübt. Er hat also die ersten Atembeschwerden mitbekommen, dann wurde es enger, er muss nach Luft geschnappt haben, und dann ist er erstickt. Die Lähmung hat seinen ganzen Körper erfasst.«

Maxime Leblanc machte in seinen Ausführungen eine Pause und holte ein Buch aus der Tasche.

»Ich habe das alles genau nachgelesen, denn Giftmorde sind selten geworden. Sehr selten. Es ist sozusagen die gute alte Art des Mordens à la Agatha Christie. Nur der russische Geheimdienst praktiziert das noch. Der Giftmord ist auch nicht schwer nachzuweisen, wenn man weiß, wonach man sucht.« Er ließ keinen Zweifel daran, dass er immer wusste, wonach er suchte, und lächelte kaum sichtbar in sich hinein.

»Schon im Jahr 55 nach Christus wurde mit dem Schierling viel herumexperimentiert. Er wurde mit Opium versetzt. Auf diese Weise wurde der Stiefbruder von Kaiser Nero umgebracht. Durch das Opium wurde sein Tod beschleunigt.«

Maxime Leblanc stützte die Hände auf Pascals Schreibtisch, als er leise weitersprach. »Ich wollte es genau wissen, ich habe die Substanz ein zweites Mal untersuchen lassen. Wir haben außer dem Conium nichts gefunden. Conium ist das Gift aus dem Schierling. Es war so verdammt einfach, denn den Schierling findet man problemlos. Der Mörder hat sich keine besondere Mühe gegeben. Er ist mit dem Saft zu Frenzen gegangen und hat es mit irgendetwas Trinkbarem vermischt. Wir haben Alkohol und Tannin gefunden. Lustig, Tannin und Conium klingen beinahe ähnlich.« Maxime Leblanc schnaufte wie ein Pferd auf, weit entfernt von jedem Lachen.

»Wein«, sagte Pascal. »Der gefleckte Schierling war im Wein, den Jack Frenzen getrunken hatte.«

»Er saß seinem Mörder gegenüber. Vielleicht hat er bis zuletzt zugehört, was der Mörder ihm gesagt hat. Vielleicht hat er um Hilfe gerufen. Als die Lähmung einsetzte und er keine Luft mehr bekam, hat er sich seinem Schicksal gefügt. Vielleicht hat er im Tod irgendwie zufrieden ausgesehen, weil der Wein gut war. Wenigstens noch einen guten Tropfen mit Abgang zum Abgang.« Wieder entwich dem Gerichtsmediziner ein vergnügtes Schnaufen.

»Daher das merkwürdig ausgestreckte Bein«, sagte Pascal und lehnte sich zurück, denn plötzlich hatte er einen Verdacht. So naheliegend, dass er sich fragte, warum er bisher nicht darauf gekommen war.

Für einen Moment herrschte Stille im Büro des Gendarmen, die von dem Klingeln des Telefons unterbrochen wurde. Pascal ließ es zweimal läuten, bevor er das Gespräch annahm. Dann hörte er Audreys Stimme.

»Dubprée will sich so schnell wie möglich mit dir treffen. Ist Monsieur Leblanc bei dir eingetroffen? Hast du Neuigkeiten?«

»Das kann man wohl sagen. Eine Menge Neuigkeiten.« Pascal war schon häufig aufgefallen, dass die Stimmen von Menschen bei Aufregung in die Höhe gingen. Anders bei Audrey: Sie klang tiefer als sonst. Ohne Frage war die sportliche, attraktive Assistentin von Frédéric Dubprée eine disziplinierte Frau, eine, die sich im Griff hatte und bereit war, über ihre Grenzen hinauszugehen. Niemand sonst würde auf die Idee kommen, im Hochsommer auf den 1912 Meter hohen Mont Ventoux zu radeln. Er sah sie vor sich, wie sie in ihrem sportlichen Anzug – ausgepowert, aber glücklich – ihr Fahrrad in das Büro gestellt hatte.

»Du glaubst nicht, wen wir hier schon den ganzen Vormittag sitzen haben.« Audrey machte eine kurze Pause, als würde sie wie in einer Quizshow auf die Antwort warten. »Nicolas Bugot. Zusammen mit seinem Lieferanten, diesem Alain Presté. Bugot ist bei Dubprée im Büro, ich habe Presté verhört. Er hat gestanden, dass er im Auftrag von Bugot gehandelt hat. Bugot ist untergetaucht, als er von dem Mord hörte. Er hatte kein Alibi. Der Lieferant sollte dich so lange aus dem Verkehr ziehen, bis Bugot verschwunden war. Doch dann hat er selbst Angst bekommen und ist in einer Kurzschlusshandlung ebenfalls verschwunden. Er soll sogar den Küchenjungen beauftragt haben, dich aus dem Kühlraum zu befreien. Es war gar nicht seine Absicht, dir Schaden zuzufügen. Er war erleichtert, als er dich auf der Beerdigung wiedergesehen hat. Sogar lebendig, ist bei einer Beerdigung ja nicht selbstverständlich«, sagte Audrey und lachte.

»Ach ja, es tut ihm leid, dass ich fast draufgegangen wäre?«

»Das hat er gesagt. Ich glaube, er kommt mit einer milden Strafe davon. Vorausgesetzt, du klagst ihn an. Ich glaube nicht, dass er es war. Commissaire Dubprée glaubt, es war Nicolas Bugot. Er hat kein Alibi, und er hatte ein Motiv. Er hat gestanden, einen Tag vor dem Mord bei Jack Frenzen zu Hause gewesen zu sein, sie hatten einen Streit.«

Maxime Leblanc rückte näher an den Schreibtisch heran, um besser mithören zu können. Er war ein neugieriger Mann, er wollte wissen, wohin seine Erkenntnisse die Ermittlungen bringen konnten.

»Wir haben also unseren Mörder.« In Audreys Stimme lag Triumph.

»Nein, Audrey, weder der Lieferant noch Nicolas Bugot war der Täter. Aber so weit sind wir noch nicht, ich muss das noch beweisen. Ich muss mit Bugot sprechen.«

»Frédéric Dubprée wird die Männer in Untersuchungshaft nehmen. Bei beiden besteht Fluchtgefahr.«

»Verstehe«, sagte Pascal, »ich werde morgen früh nach Apt kommen.«

»Erst morgen früh?«, fragte Audrey aufgeregt.

»Ja, Audrey, früher geht es nicht.«

Zu oft schon hatte Pascal für seinen Beruf die wichtigen Dinge des Lebens verpasst. Er war entschlossen, das zu ändern.

»Können Sie mir helfen?«, fragte er den Gerichtsmediziner, der sich nach dem Ende des Telefonats wieder zurückgelehnt hatte und verträumt seine Plastiktüten mit dem giftigen Unkraut anstarrte.

»Was wollen Sie noch wissen?«, fragte Maxime Leblanc und schaute verwundert durch seine trübe Brille.

»Nichts. Ich brauche einen Hund – einen Trüffelhund. Können Sie mir einen besorgen?«

Erstaunt, aber interessiert sah er Pascal an. »Sie sind ein komischer Gendarm.«

»Das wollte ich Ihnen auch gerade sagen.«

Maxime Leblanc lächelte, und auch Pascal Chevrier lächelte. Zum ersten Mal an diesem Tag.

## 28

Lillie und Pascal standen in dicken Jacken, Pullis und Wollmüt-
zen vor der Mairie. Es war noch dunkel. Die Sonne ging erst
gegen sieben Uhr auf. Es war die erste Woche im März und
kurz vor sechs.

Pascal war auf diesen Morgen vorbereitet. In seinem Korb
lagen Croissants und ein frisches, noch warmes Baguette, außerdem eine Thermoskanne mit Kaffee. Lillie und ihr Vater trugen
festes Schuhwerk, ihre Jacken hatten tiefe Taschen. Neben Pascal
lehnte eine kleine Hacke, mit der er den Boden unter den Ei-
chenbäumen umgraben konnte. Und wie jeder gute Trüffelsucher hatte er einen kleinen Schraubenzieher dabei, »für die
Feinarbeit«, hatte Pascal Lillie erklärt. Jetzt fehlte nur noch der
Hund, der gerade an der Leine von Maxime Leblanc um die
Ecke der Mairie kam.

»Das ist Fan-Fan«, begrüßte er die beiden. »Sie ist eine Schul-
hündin, also auf kein Herrchen festgelegt. Ein großer Vorteil,
gerade wenn man sich nicht auskennt, denn sie sucht von selbst.
Sie liebt es und wird Sie zu den besten Stellen leiten. Sie müssen
nur Hundekuchen und andere Leckereien dabeihaben, das ist
ihre Belohnung. Sonst frisst sie den Trüffel.«

Lillie zog einen Beutel aus der Tasche, der bis oben hin mit
den feinsten Hundedelikatessen gefüllt war. Fan-Fan entging
die Tüte nicht – sie setzte sich sofort mit der Haltungsnote Eins
vor Lillie, die ihr bereitwillig einen Keks ins Maul fallen ließ.

»Warum eine Hündin?«, wollte Pascal wissen.

Leblanc schaute ihn geheimnisvoll an. »Früher waren nur
Hündinnen geeignet. Jahrelang, sie haben die Schweine abge-
löst. Trüffelschweine machen viel kaputt. Und haben Sie mal
versucht, ein Schwein ins Auto zu heben? Wenn das Schwein
den Weg vom Hof zum Trüffelhain laufen soll – das wäre ja die
Alternative –, ist es erschöpft, wenn es ankommt. Schweine
haben keine Kondition. Anders als Hunde, sie lieben Waldspa-
ziergänge, besonders Fan-Fan. Hinzu kommt, dass die Natur
uns Trüffelsuchern in die Karten spielt, denn der Geruch von

Trüffeln gleicht dem Sexualduftstoff von Rüden. Hündinnen stehen scheinbar drauf.« Leblanc lächelte.

Lillie und Pascal hatten dem kleinen Vortrag aufmerksam gelauscht. Leblanc überreichte Pascal die Leine.

Fan-Fan war ein Mischling, sie hatte lange Ohren und erinnerte an einen Beagle. Neugierig beäugte sie die beiden Fremden. Um der Hündin das Gefühl zu geben, dass sie es mit den beiden Anfängersuchern trotzdem gut getroffen hatte, gab Lillie ihr noch einen weiteren Hundekuchen.

Leblanc riet ihnen, von der anderen Seite an den Wald heranzufahren. Neben der jetzt leer stehenden Villa von Jack Frenzen führte ein Weg in den Wald. Wer dort entlangging, war vom Haus der Perieux aus nicht zu erkennen. »Fan-Fan bringen Sie mir morgen zurück, gleicher Treffpunkt, gleiche Uhrzeit«, sagte er und verabschiedete sich.

Pascal war also vierundzwanzig Stunden lang Hundebesitzer. Es erfüllte ihn mit Freude, einen Hund hatte er sich ohnehin anschaffen wollen, so konnte er üben.

»Das Abenteuer beginnt«, sagte Lillie, während sie zu Pascals Mégane gingen. Fan-Fan nahm auf der Rückbank Platz und schlabberte Lillie über die Wange, als sie sich auf den Beifahrersitz setzte.

Auf der Serpentinenstrecke der Nord-Süd-Passage durch den Petit Luberon legte die Hündin sich hin. Die unangenehmen Kurven kannte sie offenbar. Sie wusste, dass diese im Liegen besser zu ertragen waren.

Der Weg in den Wald neben der Frenzen-Villa war kaum zu erkennen, bemerkten Pascal und Lillie, als sie das Auto geparkt hatten und ausstiegen. Der schmale Pfad war beinahe vollständig zugewuchert, scheinbar wurde er selten als Einstieg genutzt. Fan-Fan sprang über einen kleinen Graben und warf Lillie und Pascal einen spöttischen Blick zu, als sie Anlauf nahmen, um ebenfalls über den Graben zu springen.

»Der Hund hat Humor«, sagte Lillie. »Hast du gesehen, wie sie uns angeguckt hat?«

Pascal blieb für einen Moment stehen und atmete die klare Waldluft ein. Er sagte nichts.

Lillie hakte sich bei ihm ein. »Papa, ich weiß, dass du davon

immer geträumt hast. Jetzt ist es so weit, wir gehen auf Trüffelsuche.«

Das fahle Morgenlicht der Provence verzauberte die beiden,
es dämmerte erst, aber der Morgen schien klar zu werden.

»Dies ist ein besonderer Ort«, flüsterte Pascal. Er hätte gern
noch mehr gesagt, sich den Schwärmereien über seine neue Heimat hingegeben, aber auch fallen lassen, dass er die Trüffel, die sie
fanden, bei den Perieux bezahlen würden. Natürlich nicht mit
Geld, dann hätten sie ja erfahren, dass sie in dem Wald gewesen
waren, sondern mit einem Gegenwert, einem Geschenk, das dem
Wert der Trüffel gleichkam. Doch dazu kam er nicht mehr.

Fan-Fan hatte ihre Nase bereits tief in den Boden neben
einer Eiche gesteckt, sie grub. Vater und Tochter spürten das
Adrenalin, das sie durchströmte. Es war der erste Trüffelfund,
den sie beobachteten.

Plötzlich hörte Fan-Fan auf zu graben und setzte sich vor
das Loch. Vorsichtig schob Pascal seinen Schraubenzieher in
das Erdreich, bis er einen Widerstand spürte. Sofort hörte er
auf zu drücken, um den Trüffel nicht zu beschädigen. Aus dem
Waldboden zog er einen schwarzen Wintertrüffel und hielt ihn
Lillie triumphierend unter die Nase.

Vor Freude warf sie mit Hundekuchen um sich und rief
»Voilà«, als sie den Trüffel in den Fingern drehte und gegen
das Morgenlicht hielt. »Das dürften in diesem Jahr die letzten
Wintertrüffel sein. Claude wäre begeistert. Es ist in der letzten
Woche schon immer schwerer geworden, an die schwarzen
Wintertrüffel für sein Restaurant heranzukommen. Aus dieser
Gegend kommen die letzten, aber vor allem die besten.«

Pascal wog den Trüffel in der Hand und roch daran. Mit den
Fingernägeln kratzte er die feuchte kalte Erde aus den Ritzen.
»Der ist bestimmt hundertfünfzig Gramm schwer.«

Lillie hielt ihm ihre Hand hin. Pascal ließ den Trüffel
darauffallen. »Claude zahlte letzte Woche knapp zwei Euro pro
Gramm. Dieser Trüffel ist rund dreihundert Euro wert.«

Sie sahen sich an, erstaunt und glücklich über so einen Fund.

»Das Ausgleichsgeschenk wird teuer.« Lillie kniff ihrem Vater
in den Arm und blickte in die Baumwipfel hoch. »Schau dir die
Bäume an.«

Sie genossen einen Moment die Stille des Morgens.

»Eichen«, sagte Pascal schließlich. Alles lief in diesem Moment in seinem Kopf durcheinander. Der Fall, der Wald, die Trüffel, das viele Geld, das die Perieux damit erwirtschafteten. »Diese Eichen sind gepflanzt, wahrscheinlich sind es *truffières*. Weiße Eichen, versehen mit Trüffelsporen. Bäume, die extra für die Trüffel gezüchtet wurden. Lillie, wir stehen in einer Trüffelplantage, getarnt als Mischwald.«

»Nicht illegal«, beeilte sich Lillie zu sagen, die nicht wusste, worauf ihr Vater hinauswollte. Sie kannte ihn aber gut genug, um zu wissen, dass er nach einer solchen Entdeckung immer versucht war, etwas Kriminelles hineinzuinterpretieren. Doch auch sie war von der Größe der Plantage beeindruckt, die man durch die Anpflanzung der anderen Bäume wie Ahorn, Fichten und Buchen, die hier ganz offensichtlich nur zur Tarnung standen, erst erfassen konnte, wenn man mittendrin stand.

Den Wert des Waldes überschlagend, genau wie ihr zukünftiger Mann es tun würde, sagte sie schließlich: »Eine Goldmine.«

Pascal nickte.

Die ersten Sonnenstrahlen über den Hügeln der Provence färbten den Himmel rot. Kleine Wolken bildeten sich, wenn Lillie und Pascal in die kalte Waldluft atmeten.

Fan-Fan hatte neben einer riesigen Eiche ein weiteres Loch ausgegraben. Es war tief, mindestens fünfzig Zentimeter. Ihre Nase war schwarz, mit Walderde überzogen, ihre Pfoten ebenso.

»So sieht ein glücklicher Hund aus«, sagte Pascal. »Der sucht nicht, der übt hier Schachtarbeiten aus.« Er bückte sich und benutzte seine kleine Hacke, um das Loch breiter zu machen. Es roch nach Erde, der Boden war in dieser Tiefe nass.

»Je später die Saison, desto tiefer wachsen sie, die kostbaren Wintertrüffel«, schnaubte Pascal, während er selbst bis zu den Knien im Boden versunken war. Auf der einen Seite kniete seine Tochter neben ihm, auf der anderen Seite hechelte die Trüffelspürnase Fan-Fan, die aufgeregt mit dem Schwanz wedelte und sich nicht entscheiden konnte, ob sie sitzen oder doch lieber stehen wollte.

Der Trüffel, den Pascal ausgrub, überstieg jede Vorstellungskraft. Er wusste, dass Trüffelsucher zur hemmungslosen Übertreibung neigten, ähnlich wie Angler. Aber wenn er in der Zukunft erzählen würde, dass er einen rund zweihundert Gramm schweren Trüffel gefunden hatte, dann sagte er die Wahrheit. Pascal neigte nicht zur Übertreibung, eher zur Untertreibung.

»Was sollen wir mit ihm tun?«, fragte er atemlos. Da hörte er Lillies Handy klicken.

»Den Moment für immer festhalten«, sagte sie begeistert und zeigte ihm das Foto auf dem Display. »Papa mit einem Trüffelmutanten.«

»Was sollen wir mit ihm tun?«, wiederholte Pascal.

»Wir können ihn uns nicht leisten, wir stecken ihn zurück in die Erde. Jeder Sammler tut das. Wenn die Trüffelsporen nicht in der Erde bleiben, werden im nächsten Jahr keine neuen wachsen.«

»Wir haben in fünfzehn Minuten Trüffel im Wert von circa siebenhundert Euro gefunden. Wenn wir weitersuchen, verlassen wir mit einem Vermögen in der Tasche den Wald. Stell dir vor, David Perieux macht das täglich. In den Wintermonaten den teuren schwarzen Trüffel, in den Sommermonaten den günstigeren weißen Sommertrüffel.«

Pascal setzte sich mit dem Rücken an eine Eiche. Fan-Fan wartete auf ein Kommando, Lillie gab ihr ein Zeichen, Platz zu machen, und ließ sich ebenfalls an dem Stamm nieder. »Du verstehst David Perieux. Ich verstehe Claude. Wenn er wüsste, was wir da gerade vergraben haben, würde er mich nicht mehr heiraten.«

Pascal lachte. »Kein Mann der Welt würde dich nicht heiraten.«

»Du alter Charmeur«, sagte Lillie lächelnd.

Pascal öffnete die Thermoskanne und goss Kaffee in die Becher, die Lillie aus dem Korb genommen hatte. Sie brachen sich jeder ein Stück Baguette ab.

»Auf uns Trüffelsucher«, sagte Lillie.

Sie prosteten sich mit den Bechern zu. Dann schauten sie in die Baumwipfel hoch. Ein paar Vögel waren bereits zu hören, ein Specht in der Ferne. Fan-Fan wälzte sich behaglich auf dem Waldboden und stieß wohlige Laute aus.

Pascal brach als Erster das Schweigen. »Ich glaube, ich schaffe mir einen Hund an, wenn das hier vorbei ist«, sagte er. »Es gefällt mir, mit Fan-Fan im Wald zu sein.«

Lillie klopfte auf den Unterarm ihres Vaters. »Ja, tu das. Tu alles, was dich glücklich macht.«

»Gleich machen wir uns ein Trüffelomelett«, sagte Pascal. »Ein zweites Frühstück haben wir uns verdient.«

»Du sagtest, du müsstest mit deinen neuen Untersuchungs-ergebnissen noch einmal nach Apt zu Frédéric Dubprée«, erinnerte ihn seine Tochter.

»Du bist immer so schrecklich pflichtbewusst«, entgegnete Pascal. In Wahrheit wollte er sie nur ein wenig bei sich behalten. Heute würde sie zurückfahren, in die Mitte des Landes, nach Lyon. Die wenigen Stunden, die sie miteinander verbracht hatten, addierten sich zu den schönsten seines Lebens. »Immer wenn ich an etwas Schönes denke, kommst du darin vor«, sagte er und nahm Lillie in den Arm. Sie schmiegte sich an ihn.

»Die Zeit lief immer schneller, immer erbarmungsloser, je älter ich wurde«, sagte Pascal nachdenklich.

»Ach, Papa«, sagte Lillie. »Ich komme wieder. Versprochen. Außerdem freue ich mich auf das Trüffelmenü, das du uns bei meinem nächsten Besuch zubereiten wirst.« Sie nahm seine Hand. »In Wahrheit bist du der beste Koch, den ich kenne, nicht Claude. Aber du bist mir irgendwie zu alt zum Heiraten.«

## 29

Frisch geduscht und von der morgendlichen Trüffelsuche geradezu euphorisiert, kam Pascal ein paar Stunden später bei der Mairie in Apt an. Es war immer wieder faszinierend, welch heilende Wirkung seine Tochter auf seinen Seelenzustand hatte. Sie hatten sich verabschiedet mit dem Vorsatz, sich häufiger zu sehen, denn die gut drei Stunden lange Fahrt von Lyon nach Lucasson war kürzer als die nach Paris.

Ein Gefühl der Freude überkam Pascal bei dem Gedanken, die Provence zu seiner neuen Heimat erklärt zu haben. Auch wenn der Start in sein neues Leben von Gefühlschaos und Niederlagen gezeichnet war.

Doch Pascals Lachen schwand, als er die Tür zum Büro von Frédéric Dubprée öffnete. Vor ihm am Schreibtisch saß Elaine. Zwischen ihr und dem Commissaire ein Aufnahmegerät, an dem die rote Lampe leuchtete. Er schaltete das Gerät ab, als Pascal das Amtszimmer betrat.

»Sie kennen sich ja bereits.« Dubprées Miene war undurchdringlich, maskenhaft.

Elaine sah nicht nach oben. Ihr Blick blieb auf den Schreibtisch und auf das Aufnahmegerät geheftet.

»Wir sind gerade fertig«, sagte Dubprée. »Ich bin jetzt über die Familiengeschichte der Frenzens im Bilde. Auch dass der Palace du Luberon bereits in den achtziger Jahren hätte entstehen sollen, es aber nicht dazu kam, weil Bill Frenzen genau wie sein Sohn umkam, als die Pläne vorangetrieben wurden, hat sie mir bestätigt. Kommen wir also zur Mordnacht. Madame Frenzen hat mir ihre Sicht der Dinge bereits geschildert und zu Protokoll gegeben, was in der Mordnacht aus ihrer Sicht geschah.«

Dubprée sortierte die Papiere, die vor ihm auf dem Tisch lagen.

»Nun, Monsieur Chevrier.« Er schien sich zu sammeln, die Frage, die er stellen musste, war ihm sichtlich unangenehm. Eine zarte Röte verfärbte sein wie immer tadellos rasiertes Gesicht.

»Sie hatten bereits angedeutet, dass Elaine Frenzen ein Alibi für die Mordnacht hatte, auch dass sie mit einem Mann zusammen gewesen war, der nicht ihr Mann war.«

Wieder raschelte er mit den Papieren auf seinem Schreibtisch, sortierte Zettel von einer Seite des Schreibtisches zur anderen. Die Unsicherheit des Commissaire passte nicht zu seinem sonst üblichen souveränen Auftreten. Er räusperte sich.

»Jetzt hängt es von Ihnen ab. Sie müssen das Alibi bestätigen, andernfalls muss ich Madame Frenzen in Untersuchungshaft nehmen. Sie ist dringend tatverdächtig, und es besteht Fluchtgefahr. Außerdem verfügt sie über die finanziellen Mittel, für sehr lange Zeit unterzutauchen.«

Pascal setzte sich neben Elaine, als wäre er selbst verdächtig. Dass der Commissaire sie Madame Frenzen nannte, war ihm unangenehm, auch wenn es natürlich den Tatsachen entsprach.

Frédéric Dubprée griff umständlich zum Aufnahmegerät und schaltete es wieder ein. Die rote Lampe leuchtete auf. »Monsieur Chevrier, können Sie eidesstattlich bezeugen, dass Madame Frenzen die Nacht vom 14. auf den 15. Februar mit Ihnen auf dem Château der Perieux verbracht hat?«

Erwartungsvoll sah Elaine Pascal an.

»Ja, Commissaire Dubprée, das kann ich. Elaine Frenzen verbrachte die Nacht mit mir.«

»Um welche Uhrzeit genau sind Sie und Madame Frenzen in Ihre Wohnung gegangen?«

»Es muss gegen dreiundzwanzig Uhr gewesen sein, vielleicht auch früher. Wir hatten viel getrunken.«

Frédéric Dubprée machte sich eine Notiz, obwohl das Aufnahmegerät weiterlief. »Wann hat Madame Frenzen Ihre Wohnung wieder verlassen?«

Pascal hatte diese Frage befürchtet. »Ich weiß es nicht genau, Monsieur Dubprée. Ich habe geschlafen. Erst um sechs Uhr dreißig bin ich wieder aufgewacht, als der Bürgermeister Jean-Paul Betrix mich anrief.«

Elaine sah Pascal durchdringend an, ihre Augen funkelten. Sie sprach mit unterdrücktem Hass und schaute ihm weiter ins Gesicht, als sie das Wort ergriff. »Ich habe bereits gesagt, dass ich um fünf Uhr die Wohnung verlassen habe, und ich kann es beweisen. Ich traf an diesem Morgen David Perieux. Er wird es bezeugen können.«

Frédéric Dubprée lehnte sich in seinem Sessel zurück. Dann atmete er tief und langsam ein. Er hatte seine Souveränität zurückerlangt. »Und das, Madame Frenzen, ist genau das Problem.«

Pascal und Elaine sahen den Commissaire fragend an.

»Selbstverständlich haben wir in der Zwischenzeit mit Monsieur Perieux gesprochen. Er kann sich an diese Begegnung nicht erinnern. Und, damit nicht genug, Madame et Monsieur, er ist an diesem Morgen tatsächlich um fünf Uhr aufgestanden, um, wie er sagte, einen Morgenspaziergang mit seinem Hund zu unternehmen, aber er hat Sie nicht getroffen.«

Frédéric Dubprée wartete einen Moment ab, damit die Worte sich setzen konnten. Pascal und Elaine schwiegen.

»Nun, Madame, die Situation wird nicht gerade einfacher für Sie, denn meine Kollegin Audrey Morel sprach heute Morgen mit Maître Albert. Sie haben ihn gestern gemeinsam mit Jean-Paul Betrix besucht, Sie werden sich an den Termin erinnern.«

Jetzt waren es Elaines Wangen, die sich röteten, sie begann zu schwitzen und rieb ihre Hände nervös aneinander.

»Stimmt es, dass Ihr Erbe auf das Konto einer chinesischen Bank nach Shanghai an ein Unternehmen mit dem Namen ›Chong‹ überwiesen werden soll?«

Elaine hatte ihren Kopf leicht nach vorn geneigt, ihr Haar verdeckte ihr Gesicht. Sie wippte vor Aufregung mit den Füßen, als der Commissaire fortfuhr. »Das Unternehmen ›Chong‹ ist ein Architekturbüro, das sich auf Luxushotels spezialisiert hat. Ein Gigant mit vielen verzweigten Unternehmen. Undurchsichtig. Wir haben erst mit den Ermittlungen begonnen. Was wir bisher sagen können, ist, dass sie sich auch auf Gastronomie in der ganzen Welt spezialisiert haben.«

Pascal spürte, wie ein starkes Unbehagen von ihm Besitz ergriff. Am liebsten hätte er sich von der aufsteigenden Wut in die Höhe reißen lassen, wäre aufgestanden, hätte mit der Faust auf den Tisch geschlagen und ein Verhör in bester Alexandre-Manier geführt. Wie konnte er so naiv sein? Wie hatte Elaine es geschafft, ihn zu einem Werkzeug ihrer Pläne zu machen? Wie sehr hatte er ihre Abgebrühtheit unterschätzt?

»Elaine, du wolltest tatsächlich den Palace du Luberon bauen?«, fragte er ungläubig. Seine Stimme war ungleichmäßig hoch und klang nach einem Mann, der nicht mehr Herr der Situation war. »Deshalb habe ich dich und den Bürgermeister gestern in Apt getroffen?«

Frédéric Dubprée war ein Profi, der die Situationen auskostete. »Es ist also nicht von der Hand zu weisen, dass Sie, Madame Frenzen, von dem bedauerlichen Tod Ihres Ehemannes sehr profitieren«, sagte er so neutral, so beiläufig, als würde er einen Kaffee anbieten.

»Ich war also nur ein Alibi in dieser Nacht«, fügte Pascal hinzu.

Plötzlich riss es Elaine vom Stuhl, sie stammelte und brach in Tränen aus. Sie begann zu schreien.

»Darf ich das als Geständnis auffassen, Madame Frenzen? Haben Sie in der Nacht vom 14. auf den 15. Februar Ihren Ehemann Jack Fenzen mit Hilfe eines Giftcocktails ermordet?«, fragte Frédéric Dubprée.

Nie zuvor hatte Pascal einen solchen Hass in den Augen eines Menschen gesehen. Elaines flackernder Blick wanderte von einem zum anderen, dann schrie sie: »Nein, nein, nein! Ich habe meinen Mann nicht ermordet!«

In Frédéric Dubprées Blick lag Bedauern. »Madame Frenzen. Hiermit nehme ich Sie wegen Mordes an Ihrem Mann Monsieur Jack Fenzen in der Nacht vom 14. auf den 15. Februar fest. Sie haben das Recht zu schweigen. Alles, was Sie sagen, kann und wird vor Gericht gegen Sie verwendet werden. Sie haben das Recht, zu jeder Vernehmung einen Verteidiger hinzuzuziehen. Wenn Sie sich keinen Verteidiger leisten können, wird Ihnen einer gestellt. Haben Sie das verstanden?«

Elaine brach zusammen. Es sah so aus, als wolle sie sich am Schreibtisch festhalten, doch die Plötzlichkeit, mit der ihre Muskeln versagten, überraschte sie selbst. Sie fiel zu Boden.

Frédéric Dubprée griff zum Hörer, verlangte einen Arzt und einen weiteren Gendarmen. Der Arzt war jedoch nicht nötig, denn Elaine stand schnell wieder auf. Pascal war aufgesprungen und hielt sie am Arm fest. Ihre Blicke trafen sich.

Der angeforderte Gendarm betrat die Amtsstube und begleitete Elaine hinaus. »Ich habe es nicht getan. Ich habe es nicht getan. David Perieux ist ein Lügner, das war er schon immer«, zischte sie.

Kraftlos und leer ließ sich Pascal zurück in den Sessel fallen. Auch der Commissaire setzte sich wieder hinter seinen Schreibtisch.

Normalerweise empfand Pascal Triumph, Befriedigung, wenn er zu der Lösung eines Falls beitragen konnte, wenn er ein weiteres Mal in die Abgründe der menschlichen Seele geblickt hatte. Doch diesmal blieb die Befriedigung aus. Kein Lächeln, keine Gratulation. Es war das erste Mal, dass er nicht zuständig war, er, der neue Chef de police municipale, aber war es das, was bei Pascal dieses schale Gefühl entstehen ließ? War es wirklich nur die neue Rolle, die ihn bei den großen Fällen zum Zuschauer degradierte, die ihn sich so leer fühlen ließ und an die er sich, trotz seines Wunsches nach einem ruhigeren Leben, erst noch gewöhnen musste?

In diese Leere hinein sagte der Commissaire schließlich: »Es gibt nichts mehr zu tun, Monsieur Chevrier. Es tut mir leid. Gehen Sie jetzt nach Hause. Es ist vorbei. Zumindest für Sie. Danke für die Zusammenarbeit.«

Pascal erhob sich langsam aus seinem Stuhl. Seine Gedanken rasten. Das geschäftliche Treiben um ihn herum nahm er wie durch einen Schleier wahr.

Frédéric Dubprée war jetzt ganz in seinem Element, er gab einem Kollegen Anweisungen, der schon eine ganze Zeit an der Tür des Büros gestanden hatte. »Lassen Sie Monsieur Bugot frei. Er hat mit dem Mord nichts zu tun. Den Lieferanten stellen Sie bitte unter Arrest, bis Sie, Monsieur Chevrier, entschieden haben, wie Sie weiter mit ihm verfahren möchten.«

»Lassen Sie ihn laufen«, sagte Pascal mit müder Stimme. »Es geht hier um mehr als um eine Nacht im Kühlraum.«

Audrey betrat das Büro des Commissaire. Frédéric Dubprée nickte ihr zu und verließ den Raum. Es gab eine Menge zu tun. Er musste mit Nicolas Bugot sprechen und dem Lieferanten Alain Presté die für ihn gute Nachricht übermitteln, dass er nicht angeklagt werden würde.

Audrey begrüßte Pascal mit einem freundlichen, verschmitzten Lächeln. »Du siehst immer mitgenommen aus, wenn ich dich treffe.« Freundschaftlich gab sie ihm einen Klaps auf den Arm.

Pascal fühlte sich auf eine ihm unerklärliche Weise wohl, als Audrey ihn kurz berührte. Er spürte eine Nähe, eine Vertrautheit. Immerhin war sie auch eine der wenigen Personen aus dem Dienst, mit denen er sich duzte. Er betrachtete sie noch einen Moment: Ihr locker gebundener kurzer Zopf, die dunklen braunen Augen, die Sportlichkeit, die in ihren Bewegungen lag. Sie war eine äußerst attraktive Erscheinung.

»Wie fühlst du dich?« Sie wartete keine Antwort ab. »Es ist doch komisch, Pascal. Gestern waren wir uns noch sicher, dass Nicolas Bugot den Mord an Jack Frenzen verübt oder ihn in Auftrag gegeben hat. Heute aber betritt plötzlich Elaine die Mairie und will mit Frédéric Dubprée sprechen. Wer hätte mit diesem Ende gerechnet?«

Pascal sah Audrey überrascht an. »Elaine ist von sich aus hierhergekommen?«

»Ja, ich denke schon. Sie stand plötzlich vor der Tür. Wir dachten, sie will gestehen, und dann hat sie offensichtlich doch der Mut verlassen. So ist es eben manchmal.«

Pascal ließ sich noch einmal zurück in den Stuhl sinken.

»Was ist mit dir?«, fragte Audrey und setzte sich auf den anderen Stuhl, auf dem eben noch Elaine gesessen hatte. »Sei doch froh. Dieser Fall ist gelöst. Du kannst endlich richtig ankommen in der Provence. Dein neues Leben beginnen.«

Noch immer schwieg Pascal. Dieses neue Leben war gerade so weit weg, so ungreifbar. Er schüttelte sich aus den Gedanken zurück ins Jetzt. »Ja, der Fall scheint gelöst zu sein, aber es gibt etwas, das mich stört.«

Audrey lächelte ihn an. »Ah, du bist so eine Art Columbo.« Wieder stieß sie ihm in die Seite, wie eine Sportlerin – und wieder überlief Pascal das angenehme Gefühl der Vertrautheit.

## 30

Dr. Fabrice junior sortierte gerade seine Unterlagen, als Pascal am nächsten Morgen das Behandlungszimmer des Arztes betrat. Neben ihm standen ein Reisekoffer und zwei Arztkoffer. Wie immer war das Wartezimmer leer. Es schien sich herumgesprochen zu haben, dass der wahre Dr. Fabrice im Urlaub war. Wer seine Krankheit aushielt, überstand auch noch das Wochenende.

»Monsieur Chevrier, was macht der Fuß? Sie humpeln nicht mehr.«

»Viel besser, Dr. Fabrice, viel besser.«

Dr. Fabrice war zum Fenster gegangen. In der Hand hielt er eine weitere Tasche. Seine wässrigen Augen musterten den Gendarmen.

»Sie reisen ab?«, fragte Pascal beiläufig. Er nahm zur Kenntnis, dass Dr. Fabrice lächeln konnte.

»Ja, ich reise ab. Mein Aushilfsjob ist erledigt.«

»Bitte setzen Sie sich«, sagte Pascal, ganz der Gendarm, in einem freundlichen Ton und zeigte auf den Schreibtischsessel.

»Ich wollte gerade Feierabend machen«, sagte Dr. Fabrice. Seine hohe Stimme rutschte ins Unbestimmte ab.

»Bitte«, wiederholte Pascal. Jetzt war es ein Befehl, keine Bitte.

Ungeschickt setzte Dr. Fabrice sich auf den Sessel seines Vaters und fiel sofort in sich zusammen, als würde die Spannung von einer fremden Kraft aus dem Körper gesogen. Sein weißer Kittel spannte am Bauch.

»Ich möchte wissen, wie es um die Gesundheit des alten Perieux bestellt war.«

Dr. Fabrice junior machte eine fahrige Bewegung. »Keine Ahnung, ich bin nur die Vertretung.«

Pascal hatte mit dieser Antwort gerechnet. »Bitte sehen Sie in die Krankenakte.«

»Ich darf Sie an meine Schweigepflicht erinnern?«

»Ich darf Sie daran erinnern, dass ich Chef de police bin und wir in einem Mordfall ermitteln?«

Aus den Nasenlöchern des Arztes entwich ein hoher Laut, als er sich erhob und zu dem Schrank mit den Akten ging. Er gehörte zu der Sorte Männer, die leise das Alphabet vor sich hin flüsterte, um herauszufinden, an welcher Stelle sich das P im Karteikasten befand. Nach kurzem Suchen schwenkte er für seine Verhältnisse fast euphorisch die Krankenakte. Sie war dick. Ordentlich legte er sie vor sich auf den Tisch.

»Das hier bleibt unter uns?« Seine Stimme klang besorgt.

»Natürlich, dies ist eine polizeiliche Befragung.«

»Gut«, sagte Dr. Fabrice. »Wir können es kurz machen. Maurice Perieux hat länger gelebt, als es ein Arzt jemals vorausgesagt hat. Er hatte Krebs. Der Tod war eine Erlösung.«

»Er wusste, dass er stirbt?«

»Natürlich. Es war eine Frage der Zeit. Er hatte alles geregelt.«

»Wann haben Sie ihn zuletzt gesehen?«

»Vor etwa zwei Wochen.« Die Antwort kam prompt. Dr. Fabrice war unruhig und tippelte mit den Fingern auf seiner Schreibtischplatte herum, als würde er darüberlaufen wollen.

»In welchem Zustand war er da?«

»Aufgeräumt, sehr mit sich im Reinen. Er sagte, er fühle sich wohl, so wie am Ende der Straße, wenn man das Auto parkt und nur noch schnell die Auffahrt fegen will. So etwas hat er gesagt. Und er hat mir Trüffel mitgebracht.«

»Wusste er, dass er stirbt? Ich meine, in diesen Tagen.«

»Monsieur le gendarm, ja. Da bin ich mir ganz sicher. Er hat mir die Hand gegeben, mich angelächelt. Ich meine, ich mache hier seit Jahren Vertretung. Ich kenne ihn. Er war nie so. Er hat eigentlich nie gelächelt. Er war geradezu ausgelassen.« Dr. Fabrice schob die Krankenakte ein Stück weiter zu Pascal an den Schreibtischrand. »Wollen Sie reinschauen?«

»Das ist nicht mehr nötig.«

»Soll ich mir noch Ihre Wunde am Fuß ansehen?«

»Nein, Dr. Fabrice, danke. Auch das ist nicht mehr nötig.«

## 31

Das Display auf Pascals Handy zeigte drei Anrufe in Abwesenheit. David Perieux, Jean-Paul Betrix und Audrey. Einen Moment blieb er still auf der Place de la Fontaine stehen und atmete tief ein. Sein Verdacht war zunächst nur ein flüchtiger Gedanke gewesen, doch er verfestigte sich, machte sich breiter und breiter.

Die Szenerie vor seinen Augen schien sich zu wiederholen. Der Mann mit der Katze, die Boulespieler, die den Platz auf seine Bespielbarkeit testeten, die Regelmäßigkeit, die die Jahreszeiten bescherten – all dies wiederholte sich täglich auf diesem Platz.

Vorfreude lag in der Luft. Die Vorfreude auf das Frühjahr, wenn der Markt wieder zum Leben erwachte. Nur wenige Händler hatten ihre Tische aufgebaut. Ihre Ware schützten sie mit Planen. Sie wärmten sich an Gasheizungen, obwohl die Temperatur merklich angestiegen war.

Pascal beobachtete das stille Markttreiben. Eine Frau ließ sich mehrere Käsesorten abwiegen. Gemüse wurde in Tüten verpackt. Ein kleiner Stand ganz am Ende der Reihe bot Kräuter an. So viel Grün sah man selten zu dieser Jahreszeit. Pascal ging hinüber und ließ seine Finger über die Blätter streifen.

Die Frau hinter dem Stand war sehr alt. Sie schien schwarze Augen zu haben, sie stand aufrecht. Obwohl sie ihren Rücken gerade durchgedrückt hatte, war sie klein.

Pascal erinnerte sich an sie. Wie sie bei der Beerdigung mit dem gleichen durchgedrückten Kreuz am Grab gestanden und ihre Gebetskette durch die Finger gleiten lassen hatte. Jetzt stand sie hier auf dem Markt und verkaufte Kräuter, offensichtlich aus der ganzen Welt. Viele waren Pascal vollkommen unbekannt.

Er grüßte die alte Dame. Sie nickte nur, schenkte ihm kein Lächeln. Dann widmete sie sich wieder ihrer Ware, die sie hinter dem Tisch sortierte. Über ihren Kräutern war kein Schutz angebracht, sie hatte keinen Heizstrahler, und sie trug keine Handschuhe wie viele andere Händler zu dieser Jahreszeit.

Während Pascal die Frau beobachtete, spürte er das Vibrieren seines Handys in der Tasche. Er nahm das Gespräch an. Es war Audrey.

»Du scheinst meinem Chef zu gefallen«, sagte sie aufgeregt. »Er sagte, dass irgendetwas mit dir nicht stimme, dass er dir noch ein bisschen Zeit geben wolle, und dann hat er ganz plötzlich, sehr untypisch für ihn übrigens, entschieden, Nicolas Bugot doch nicht freizulassen, sondern ihn noch ein zweites Mal zu verhören.«

»Aha«, platzte es aus Pascal heraus. »Das ist eine gute Entscheidung.«

»Ja«, sagte Audrey mit ihrer freundlichen, aber bestimmten Stimme. »Wir haben ihn noch mal verhört. Wir wollten mehr Details, und er hat sie uns gegeben. Er hat ein Alibi. Ist ihm ziemlich spät eingefallen, aber so ist es manchmal, wenn Menschen unter Druck gesetzt werden. Wir haben sein Alibi überprüft. Er war zur Tatzeit bei Jean-Paul Betrix.«

»Bei Jean-Paul Betrix?« Da haben sich ja zwei gefunden, hätte er am liebsten hinzugefügt. Immerhin war Jean-Paul Betrix, der Bürgermeister von Lucasson, auch sein Vorgesetzter.

Audrey war noch nicht fertig. Sie hatte noch mehr Neuigkeiten. »Wir haben Betrix sofort gebeten, zu uns zu kommen. Er war sehr gesprächig. Er brachte uns den Bauplan des Palace du Luberon aus dem Jahr 1985 mit. Mit Unterschrift. Und dieser Unterschrift und dem Datum ist zu entnehmen, dass der Mord an Bill Frenzen damals nur wenige Tage nach der Unterzeichnung der Baupläne stattfand. Sicher willst du wissen, wie Bill Frenzen gestorben ist?«

Pascal glaubte, die Antwort bereits zu kennen, bevor Audrey sie aussprach. »Er ist vergiftet worden«, sagte er und sah Audreys Lächeln bildlich vor sich.

»Exactement, mon gendarm. Ich habe mit der Dienststelle in Saint-Tropez gesprochen. Da ist kein Louis de Funès ans Telefon gegangen, sondern ein echt kompetenter Gerichtsmediziner, der die Unterlagen schnell gefunden hatte. Es ist einer der wenigen Fälle in der Geschichte des Ortes, der tatsächlich nie aufgeklärt wurde. Die beiden Frauen wurden freigesprochen. Sie waren keine Hexen.«

»Hexen?«

»Ja, so nannte man sie erst in den lokalen Zeitungen. Ich glaube, ›La Provence‹ hat die Geschichte damals so geschrieben. Wer ermordet sein Opfer schon mit Bilsenkraut?«

»Mit was für einem Kraut?«

»Mit Bilsenkraut.«

Pascal wusste, dass es überflüssig war, weitere Informationen zum Bilsenkraut einzuholen. Er wusste, dass Audrey schon alles fertig recherchiert vor sich auf dem Tisch liegen hatte, und er ahnte, dass Bilsenkraut und der Gefleckte Schierling eine ähnliche Wirkung hatten.

Langsam ließ er seine Finger durch die Kräuter an dem Stand der alten Dame gleiten, sah sie an, wie sie die Sträuße liebevoll und sorgfältig auf ihrem Tisch ausbreitete. Vertieft und konzentriert in die Welt der Pflanzen eingetaucht stand sie da.

»Bilsenkraut sieht fast so aus wie Tollkirsche. Doch es hat eine betäubende Wirkung, daher hat man es auch in der Naturheilkunde eingesetzt, aber sicher nicht in der hohen Dosis, die Bill Frenzen verabreicht wurde.«

Pascal hörte, wie Audrey in den Papieren blätterte, während sie sprach.

»Dann steht hier etwas von lähmender Wirkung auf den Parasympathikus. Mund und Rachen trocknen aus. Der Speichel fließt nicht mehr. Die Schleimhäute des Verdauungskanals werden trocken. Dadurch, dass der Parasympathikus nicht mehr beruhigend auf das Herz wirken kann, kommt es zu Herzrasen. Die Pupillen erweitern sich, es kommt zu Störungen des räumlichen Sehens. Bill Frenzen hat seine Yacht also plötzlich in anderen Dimensionen wahrgenommen.«

Audrey war ein Lächeln anzuhören, als sie hinzufügte: »Wahrscheinlich hatten auch die beiden Damen in seinen Augen plötzlich andere Dimensionen. Vielleicht hat der Mörder es am Ende auf eine schwarzhumorige Seite gut mit ihm gemeint. Bilsenkraut löst nämlich auch Halluzinationen aus. Meistens wechselt die Anregung des zentralen Nervensystems am Ende zu einer Lähmung. Manchmal träumt der Vergiftete auch, und diese Träume – und jetzt halt dich fest – sind vor allem sexueller Natur. Kein Wunder also, dass die beiden Damen unter

Verdacht gerieten. Vielleicht wollten sie ihrem Opfer noch eine Botschaft mit ins Jenseits geben. Immerhin hatte Bill seit Jahren mit diesen und anderen Frauen seine Ehefrau betrogen. Eine der beiden, die bis zuletzt nur mit Angel angesprochen werden wollte, entdeckte im Gerichtssaal plötzlich die Moral. Am Ende haben ihr die Richter geglaubt. Aber jetzt kommt es: Die Ermittlungsergebnisse aus Saint-Tropez sagen, dass wenige Stunden zuvor ein Mann bei Bill Frenzen an Bord gewesen sei, der kurz darauf spurlos verschwand. Die beiden Mädchen haben versucht, ihn zu beschreiben, aber das führte nie zum Erfolg. Irgendwann wurde die Fahndung eingestellt. Verfahrensfehler, Ungenauigkeiten. Ich glaube, die Kollegen aus Saint-Tropez haben sich lieber mit ihrem Baguette an die Hafenmauer gesetzt und geangelt, statt anständig zu fahnden.«

»Man hätte doch herausfinden müssen, dass ein so mächtiger Mann Feinde hat«, sagte Pascal.

»Ja, das könnte man glauben. Aber aus den Unterlagen geht hervor, dass der Mann so viel Dreck am Stecken hatte, in so viele halbseidene Bauprojekte verstrickt war, dass niemand an den Palace du Luberon gedacht hatte. Die haben in Pennsylvania gestöbert. Das hat Monate gedauert. Und irgendwann ist etwas Neues passiert, und dann hat man die Fahndung eingestellt.«

Audrey erzählte weiter, sie sprudelte über, verwob all die Geschichten von damals mit den neuen Erkenntnissen im aktuellen Fall. »Und noch etwas zu Jean-Paul Betrix. Er hat uns auch noch eine Kopie des Vertrages mitgebracht, den er vom Notar beglaubigen ließ und der ihm den Zugang zu dem Wald gewährleistet. Er hat zugegeben, die Trüffel verkaufen zu wollen. Aber er versicherte, die Erlöse in die Infrastruktur der Stadt investieren zu wollen. Das Gegenteil wird man ihm nicht nachweisen können.«

»Er ist einer der gerissensten Politiker, die mir je begegnet sind«, sagte Pascal.

»Ach, ich wusste gar nicht, dass du in Paris so viel mit Politikern zu tun hattest.«

Pascal gefiel Audreys Schlagfertigkeit.

»Das bedeutet, die Perieux wären die Verlierer gewesen – und Nicolas Bugot natürlich auch. Er hätte vielleicht einen

Stern verloren. Und doch war er es nicht, der Jack Frenzen getötet hat, denn Betrix hat ihn entlastet. Sie hätten die ganze Nacht zusammen getrunken, und schließlich wollte Bugot nicht mehr zurück nach Montpellier fahren, also übernachtete er in der Mairie. Es wird schwer werden, das Gegenteil zu beweisen«, sagte Pascal.

»David Perieux, Maurice, Gott hab ihn selig, und all die anderen Trüffelsucher hätten ihre Trüffel also nach Inkrafttreten des Vertrags offiziell nicht mehr behalten dürfen«, sagte Audrey und ließ Pascal einen Moment, um die Informationen zu verarbeiten. »Sie hätten dem Bürgermeister aus Lucasson gehört. Nur Nicolas Bugot hatte einen Deal ausgehandelt. Er hatte sich die Exklusivrechte für Frankreich geangelt. Und weil der Starkoch ein weites Netzwerk unterhält, wäre ein nicht unbeträchtlicher Teil nach Shanghai gegangen. Die Chinesen zahlen Traumsummen. Und das, was sie hier einschleppen, ist eine Katastrophe, um es mit Bugots Worten zu sagen. Die Trüffel aus Fernost hier als französische zu verkaufen, wäre nach hinten losgegangen. Das wussten die im ›Mirableu‹.«

»Und der Lieferant, dieser Presté?«, fragte Pascal.

»Er hat gestanden, dass du genau in dem Moment ins Restaurant geplatzt bist, als die Chinesen auf dem Weg waren. Wohin also mit dir? Man musste dich kaltstellen, im wahrsten Sinne des Wortes.«

Durch das Handy hörte Pascal ein leises Lachen.

»Für den Lieferanten war der Deal die Chance seines Lebens. Gleichzeitig beging er aber auch den größten Fehler seines Lebens. Er sperrte einen Chef de police in den Kühlraum. Du warst zur falschen Zeit am falschen Ort, wie es so schön heißt. Laut Presté schon zum zweiten Mal. Auch bei der Präsentation warst du nicht gerade ein willkommener Gast. Daher hat der Chinese sich auch so gewehrt. Der Deal war schon zu weit vorangeschritten.«

Audrey hatte so schnell gesprochen, dass sie Luft holen musste. Sie war richtig außer Atem.

»Auf jeden Fall war Nicolas Bugot es nicht und Elaine wahrscheinlich auch nicht. Es wird ein und derselbe Mörder gewesen sein.« Sie ließ Pascal spüren, dass die Ermittlungen wieder von vorn beginnen konnten, daher stellte sie die nächsten Fragen mitfühlend und deutlich leiser. »Und jetzt, Pascal? Hast du eine Idee?«

Pascal dachte kurz nach, dann sagte er: »Ja, die habe ich.«

Audreys Stimme schlug wieder in ihren fröhlichen Singsangton um. »Du wirst uns also den Mörder präsentieren?«

»Nein, Audrey, das kann ich nicht«, entgegnete Pascal. »Gleichwohl glaube ich zu wissen, wer es war.«

Nachdem sie das Gespräch beendet hatten, blieb Pascal noch einen Moment bei den Kräutern stehen. Der Mann mit der Katze unter dem Arm verließ den Platz, und auch die Boulespieler hatten sich zurückgezogen, wahrscheinlich ins »Café Tabac« auf ein frühes Glas Rosé.

Die Place de la Fontaine strahlte etwas Friedliches aus – und etwas Trügerisches zugleich. Die Sonne hatte inzwischen an Kraft zugenommen. Die ersten wagemutigen Kunden auf dem Markt trugen ihre Jacke offen.

Es geht aufwärts, dachte Pascal und hielt sein Gesicht in die Sonne. Er atmete tief ein. Der Klang seines Handys ließ ihn aufschrecken. Eine SMS. Sie war von David Perieux.

»Neunzehn Uhr im Château de Lourmarin. Kommen Sie allein. David Perieux.«

## 32

Pascal wusste, dass das Schloss am Abend für den Publikums-
verkehr geschlossen war. Er würde nicht hereinkommen. Es
sei denn, David Perieux hatte einen Schlüssel. Er würde einen
haben.

Pascal ging über den Platz in die Mairie. Um diese Zeit war
er allein im Büro. Er dachte an Jean-Paul Betrix – er würde nicht
die geringsten Blessuren davontragen, wenn die Akte zu diesem
Fall sich schloss. Seine Kühlschränke würden weiterhin unter
der Last der Trüffelmengen ächzen, hohe Geldsummen würden
weiterhin über seinen klobigen Schreibtisch wandern. Was er
künftig mit dem Geld anstellte, das ihm die Trüffel einbrachten,
lag in seiner Hand. Er musste niemandem Rechenschaft ablegen.
Das Geschäft war vollkommen legal. Möglich, dass er kurz vor
einer Bürgermeisterwahl von seinem Kapital eine kleine Summe
Geld an die Stadtkasse überweisen würde.

Pascal sah Jean-Paul Betrix vor sich, wie er beim Ausfüllen
des Überweisungsträgers für die Zeitung in die Kamera lächelte.

Inzwischen ging Pascal nicht mehr davon aus, dass Elaine
noch vorhatte, den Palace du Luberon zu bauen, aber sicher
konnte er sich nicht sein. Wahrscheinlich aber blieb in diesem
Ort alles so, wie es war und wie die meisten Bewohner es lieb-
ten.

Die SMS von David Perieux überraschte Pascal nicht. Er hatte
bereits damit gerechnet, dass David ihn irgendwann sprechen
wollte. Jetzt war es also so weit.

Pascal beschloss, mit seiner Dienstwaffe zum Treffpunkt zu
gehen. Die auf Bildern so friedlich wirkende Provence hatte für
ihn in wenigen Tagen ihre Unschuld verloren.

Die letzten Autos hatten den Parkplatz vor dem Schloss schon
verlassen, als Pascal eintraf. Die Touristen saßen in den feinen
Restaurants im Ort. Das Schlosspersonal hatte Feierabend. Aber
die schwere Holztür oberhalb der Steinstufen war geöffnet.

Als Pascal den Hof betrat, sah er zunächst einen angelegten
See, umrahmt von schweren bemoosten Steinwänden. Wasser-

rosen schwammen in den letzten roten Strahlen der Abendsonne auf dem Gewässer. Ein großes buntes Windrad drehte sich in der leichten Abendbrise.

In der Mitte des Sees befand sich ein Spiegel, in dem Pascal sich kurz betrachten konnte, als er an dem Windrad vorbeiging. Eine Installation, ein Blick auf sich selbst, bevor man in den alten Gemäuern des Schlosses um Jahrhunderte zurückversetzt wurde.

Das Touristenbüro war geschlossen. Die Tür zu, das Licht aus. Durch die Fenster sah Pascal die Souvenirs. Spielzeugsoldaten, Kinderbücher, Radiergummis, Stifte und Postkarten. Nichts, was es nicht mit dem Logo des Schlosses gab.

Langsam ging er an der schweren Steinmauer im Inneren des Schlosshofes entlang. Der Weg führte ihn in einen weiteren Innenhof. Scheinwerfer standen in der Ecke, Stühle waren übereinandergestapelt. In wenigen Tagen sollte hier die erste Frühjahrsveranstaltung stattfinden.

Dann hörte Pascal die Musik. Ein Klavier. Brahms, das erste Klavierkonzert. Die Wände trugen die Töne bis in den Innenhof.

Er folgte ihnen und ging durch die große offene Eingangstür in den Schlosssaal. Es war dunkel. Das Licht im Saal war ausgeschaltet. Die Fenster im Turm neben dem Saal waren klein und sahen aus wie Schießscharten. Links war ein weiterer Raum, in den die Abendsonne noch ein letztes schwaches Rot durch die Fenster schickte.

Die Musik wurde lauter. Stühle standen in dem Raum. Vor dem Kamin, auf einer Bühne mit enormen Ausmaßen, saß David Perieux. Er ließ sich nicht stören. Seine Finger flogen über die Tasten des großen Steinway-Flügels. Die Wände verliehen dem Klang einen dezenten Hall.

Pascal setzte sich auf einen der Stühle in der letzten Reihe. David Perieux war versunken in sein Klavierspiel. Hin und wieder bediente er mit dem Fuß die Pedale. Der Flügel war aufgeklappt. Die rote Samtdecke sorgfältig am Rand des Podests zusammengelegt wie eine Tagesdecke.

Noch eine Weile spielte David Perieux weiter, dann war das »Concerto No. 1« beendet. Seine Hände ließ er auf den Tasten liegen. Andächtig, respektvoll diesem Instrument gegenüber. Dann drehte er sich langsam zu Pascal um.

»Fünfhundert Jahre Geschichte«, sagte David Perieux. »Foulques d'Agoult errichtete das Schloss auf einer alten Festung aus dem 12. Jahrhundert. Diese Mauern.« Seine klare und deutliche Stimme hallte von den Wänden wider. »Louis d'Agoult-Montauban und seine Frau Blanche de Lévis-Ventadour haben hier angebaut. 1526. Es war das erste Renaissancegebäude in der Provence. Dieser Ort atmet Geschichte, Monsieur Chevrier. Wenn Sie hier ganz still sitzen, hört man das Wehklagen der Pest. Im 14. Jahrhundert hat sie Lourmarin entvölkert. Hier war nichts mehr, kein Leben, nur noch Gestank und Elend. Man mied diesen Ort. Man tat das, was man in tausend Jahren vor dem Elend getan hatte und auch heute noch tut. Man überlässt die Menschen sich selbst. Das war hier nicht anders, bis Louis d'Agoult-Montauban das Schloss wieder aufgebaut hat. Ein Traditionalist, ein Mann, der das Schöne erhalten wollte.«

Pascal hatte keine Ahnung, worauf David Perieux hinauswollte. Er saß auf der Klavierbank, seinen Oberkörper leicht zu Pascal gedreht. Er schaute ihn nicht direkt an. Er sprach wie zu einem Publikum.

»Dann ging das Schloss in den Besitz anderer Familien über. Während der Französischen Revolution lebte hier niemand mehr. Das Schloss verfiel, weil sich niemand mehr darum kümmerte. Es ist so wie mit allem im Leben. Du musst dich darum kümmern, Geschichte zu erhalten. Du musst bereit sein, für deine Überzeugung einzustehen, hart dafür zu arbeiten, auch wenn es außer dir selbst niemanden gibt, der das versteht. Einer dieser Vorbesitzer hieß Perieux, Nathan Perieux. Auch er war nicht besser. Auch er ließ das Schloss weiter verfallen. Er hat es nur gekauft, um es zu besitzen. Dass durch den Verfall die Magie des Ortes verloren ging, mit jedem Jahr ein bisschen mehr, hat Nathan nicht interessiert. Es ging ihm um Reichtum. Wer ein Schloss besitzt, ist reich, zu dem schaut man auf. Und dann kam Robert Laurent-Vibert, ein Kosmetikfabrikant aus Lyon. Er rettete das Schloss vor dem endgültigen Zerfall. 1920 wurde es wieder aufgebaut. Mein Großvater, der Sohn von Nathan, war mit Laurent-Vibert befreundet. Bis zu seinem Autounfall fünf Jahre später – 1925. Laurent-Vibert hatte sein Lebenswerk der Académie des sciences, agriculture, arts et belles-lettres von Aix-en-Provence unter der Verpflichtung vererbt, den Besitz in eine Stiftung umzuwandeln, die junge Künstler fördert und Veranstaltungen durchführt. Heute finden hier Konzerte statt. Kultur. Die Schönheit ist wieder eingezogen. Er hat mit diesem Schachzug weit über sein Leben hinausgeblickt. Er hat es geschafft, den Ort zu erhalten, auch nach seinem Tod. Wäre es nach den Perieux gegangen, wäre das Schloss zerfallen. Dieser wunderbare Ort würde nicht mehr existieren.«

David ließ seine Hände über die Tasten laufen, spielte aber nicht.

»Meine Vorfahren haben den Wert dieses Ortes nicht erkannt. Es ist ein dunkler Fleck in unserer Familiengeschichte. Nie wieder soll uns so etwas passieren. Die Perieux sind eine ehrenvolle Familie mit Wurzeln, so alt wie das Schloss von Lourmarin.«

Pascal hörte den Stolz in seiner Stimme. David Perieux' Kreuz war durchgedrückt. Wie eine Statue saß er auf der Bank vor dem großen Steinway-Flügel. Die offene Klappe warf einen Schatten auf das alte Gemäuer.

»Verstehen Sie, Monsieur Chevrier? Verstehen Sie, dass es hier um mehr geht? Wie lange gibt es ein Hotel? Zwanzig Jahre? Dreißig Jahre? Fünfzig? Spätestens dann kauft es eine Hotelkette. Der Wald, jetzt noch ein Bestandteil des Vertrags, würde irgendwann zu einer Wiese mit Löchern werden. Für zwei bis drei Wochen würden reiche Amerikaner sich mit Caddys über das ehemalige Waldgrundstück bewegen. Von Loch zu Loch. Was hier einmal war, würde niemanden dieser Leute interessieren. Sie würden denken, sie seien in der Natur. Ein Golfplatz. Ein Ort, an dem nichts wachsen darf, was den Sport behindert. Was hat das mit Natur zu tun? Ein Golfplatz ist das unwirklichste Stück Gras, das der Mensch erschaffen hat. Und nachdem die Spieler über dieses Gras, das einem Teppich gleicht, gelaufen sind und ihre Geschäfte getätigt haben, bestellen sie im Restaurant des Golfclubs getrüffeltes Wildschwein. Woher das kommt, ist ihnen egal. Auch, dass sie das alles vor der Nase haben könnten.«

David Perieux erhob sich von der Klavierbank. Sein Kinn war erhoben, sein Blick stolz und undurchdringlich.

»Ich habe Ihnen etwas mitgebracht, Monsieur Chevrier.« Er ging zu einer Tasche und kramte darin herum. Notenblätter fielen zu Boden. Schließlich holte er einen handgeschriebenen Zettel heraus und gab ihn Pascal. Die Buchstaben geschwungen, alte Schrift, die Zeilen eng aneinandergeschrieben.

»Das ist ein Geständnis«, sagte Pascal.

»Ein Geständnis meines Vaters, Maurice Perieux. Ein Mann, der diesen Ort erhalten hat.«

Pascal las die Zeilen. Sie waren an die Allgemeinheit, an die Bewohner der Provence, seines Ortes, und an die Familie gerichtet.

*Heute bin ich dreiundneunzig Jahre alt. Ich bin an diesem Ort geboren, und ich beabsichtige, hier in Kürze zu sterben. Ich fürchte den Tod nicht. Ich habe keine offene Rechnung. Die Gewichte sind gleichmäßig verteilt. Meine Waagschalen stehen in der Mitte. Schuld und Sühne. Ich habe dreißig Jahre lang mit der Schuld gelebt. Das reicht für ein Leben.*

*Ich habe nie daran gezweifelt, einst die richtige Entscheidung getroffen zu haben. Was ich genommen habe, habe ich zurück-gegeben. Ja, ich habe zwei Menschen das Leben genommen. Bill Frenzen im Jahr 1985 und Jack Frenzen im Jahr 2015. Ich bekenne mich also schuldig, im Sinne der Gesetze, die die Franzosen, die Europäer und die westliche Welt zum Maß aller Dinge erklärt haben, ohne die Gesetze der Natur zu berücksichtigen. Diese Gesetze standen aber mein Leben lang in meinem Gesetzbuch.*

*Ich bin ein einfacher Bauer und ein Winzer, der es mit Hilfe der Naturgesetze und dem Wissen um sie zu einigem gebracht hat. Ich habe mich früh für das Leben im Einklang mit der Natur entschieden und diese Entscheidung nie in Zweifel gezogen. Ich diente der Natur, wie sie mir, meiner Familie und meinen Vor-fahren gedient hat. Die Natur hat uns ernährt, sie hat uns das Leben gelehrt, sie hat uns immer daran erinnert, was die Welt und das Leben im Inneren zusammenhält. Niemand kann sich über ihre Gesetze hinwegsetzen. Niemand darf es wagen, die Grundlage allen Lebens auf der Erde zu zerstören.*

*Sowohl Bill Frenzen als auch Jack Frenzen haben diese Gesetze gebrochen. Mir blieb keine Wahl. Ich musste den Richter und Vollstrecker spielen. Ich habe ihren falschen Weg komfortabel beendet und ihnen in der Minute ihres Todes eine Erkenntnis geschenkt: Das Wissen, das nicht ich, eine Gewehrkugel oder ein Messer ihr Schicksal besiegelt, sondern eine Pflanze, die auf dem Boden lebt, den Vater und Sohn missbrauchen wollten.*

*Die Natur hat sich widersetzt, und sie hat es auf ihre Weise getan, ich habe ihr nur geholfen, so wie sie mir mein Leben lang geholfen hat. Ich hoffe, sie haben verstanden. Und gibt es eine höhere Gewalt, ein Karma, dann wünsche ich ihnen die Erkenntnis, die ich schon als Junge gewinnen konnte.*

*Maurice Perieux*

*PS: Ich habe für Jack Frenzen den besten Wein, den wir je erschaffen haben, als Transportmittel ausgewählt. Auch dieses Detail, so hoffe ich, war am Ende des Lebens eine Erkenntnis über die Macht der Natur.*

Pascal ließ den Brief sinken. Dann sah er David Perieux an, der wie ein Zeremonienmeister am Bühnenrand saß. Seine Beine schaukelten lässig über die Kante.

»Ja, er war altmodisch, mein Vater. Ein bisschen dickköpfig vielleicht auch. Und er hatte einen sehr eigenen Humor.« David Perieux blickte Pascal direkt an. »Sie wussten es.«

»Ja, Monsieur Perieux, ich wusste es. Als ich mit dem Arzt gesprochen habe, diesem Dr. Fabrice junior, und er mir die Krankenakte Ihres Vaters zeigte, wusste ich, dass er es getan hatte. Was hatte Ihr Vater noch zu verlieren? Er hat sich wahrscheinlich geopfert. Hätte er es nicht getan, hätte es jemand anderes getan. Ein Eindringling wie Jack Frenzen war hier nicht willkommen. Zunächst dachte ich, es ginge ausschließlich um den Reichtum der Familie. Jeder weiß, was mit den Trüffeln verdient wird.«

»Nein, darum mag es Jean-Paul Betrix gehen, auch ich bin gegenüber Reichtum nicht immun, aber mein Vater hatte seine ganz eigenen Prinzipien. Schon als ich ein Junge war, begann er, mit mir über Gesetze zu diskutieren und darüber, welches wohl über dem anderen stand. Er empfand es auch nie als Errungenschaft, dass das Grundgesetz in aufgeklärten Ländern wie Frankreich über dem der Religion stand. Manchmal war er ein Dickkopf.«

Pascal atmete tief ein. »Aber warum?«, fragte er schließlich. »Warum haben Sie mir diesen Brief gezeigt? Wir hatten eine Täterin. Mit einer einfachen kleinen Lüge, nämlich, dass Sie sie am Morgen des 15. Februar nicht gesehen haben, wäre sie ins Gefängnis gegangen. Ihr Vater wäre auch über den Tod hinaus ein ehrenwerter Mann geblieben. So steht sein Leben in Lucasson und Lourmarin in einem anderen Licht da.«

David Perieux sprang von der Bühne und setzte sich auf einen Stuhl neben Pascal. Die Sportlichkeit dieser Bewegung überraschte Pascal.

»Wissen Sie, Monsieur Chevrier, wie lange Patrick Dumont schon unser Önologe ist? Vor ihm war es Henry Dumont. Er ist mit einundneunzig Jahren gestorben. Wie könnte ich Patrick Dumont seine einzige Tochter nehmen? Wie hätte ich mit dieser Lüge weiterleben können? Ich glaube, am Ende wollte mein Vater sein Gewissen erleichtern. Zugegeben, eine egoistische Haltung dem Leben gegenüber, aber ich konnte auf diese Weise zwei Fliegen mit einer Klappe schlagen. Ich tue meinem Vater den letzten Gefallen, und ich gebe Patrick Dumont seine Tochter zurück.«

Pascal war sprachlos. Er wusste nicht, ob er die geradezu anarchistische Denkweise der Perieux jemals würde verstehen können. Auch wenn die Sichtweise eine gewisse Faszination auf ihn ausübte, war er ein Mann des Gesetzes. Jemand, der die über Jahre erarbeitete und erkämpfte Demokratie und die Gesetze, die das Leben unter den Menschen ordneten, akzeptierte. Genau das sagte Pascal auch David Perieux.

»Eben, auch das ist ein Grund dafür, dass ich Ihnen diesen Brief überreiche.«

Die beiden Männer sahen sich einen Moment lang tief in die Augen. Dann legte sich ein Lächeln um die Mundwinkel von David Perieux. »Jetzt haben Sie niemanden, den Sie festnehmen können.« Er machte eine Pause. »Darf ich den Brief zurückbekommen, wenn Sie ihn nicht mehr benötigen? Es ist immerhin das Letzte, was mein Vater in seinem Leben geschrieben hat, und ich bin ebenfalls ein Mann, der Dinge erhalten möchte, die den Lauf des Lebens dokumentieren. Es liegt eben in den Genen unserer Familie.«

## 33

»Ist es das, was Sie gesucht haben, Monsieur Chevrier?« Der Makler stand mit Pascal vor dem Natursteingebäude. Ein Stall, in dessen Dach ein großes Loch klaffte.

Die Außenmauer stand nicht gerade, sie musste zu einer Zeit errichtet worden sein, in der kein besonderer Wert auf Genauigkeit gelegt wurde.

Schweigend drückte Pascal die blau gestrichene Holztür auf und kam in die kleine Diele des Hauses. Gefolgt von dem Makler, betrat er das Wohnhaus neben dem Stall. Der inzwischen warme Frühlingswind wehte durch die Spalten der Fenster.

»Sie müssten gestrichen werden«, sagte Monsieur Baleare und rückte seine randlose Brille zurecht.

»Wo ist die Küche?«, fragte Pascal den Makler, der noch immer dicht hinter ihm stand.

In der Küche sah sich Pascal zufrieden um. Ein großer Gasherd, daneben ein Kamin und ein paar typische massive, provenzalische Küchenschränke. Pascal öffnete sie.

»Die Teller sind im Kaufpreis enthalten«, beeilte sich Monsieur Baleare hinzuzufügen. »Der Holztisch würde dann auch Ihnen gehören.« Er spürte offensichtlich, dass dies ein Schlüsselmoment der Verhandlung mit dem neuen Chef de police aus dem Nachbarort war. Er war Profi, und so wartete er geduldig, bis sein möglicher Kunde alles in sich aufgesogen hatte.

Es gab nichts, was Pascal nicht registrierte. Sanft ließ er seine Hand über das unebene Holz mit den vielen Vertiefungen und kleinen Löchern gleiten. »Er hat viel erlebt«, sagte er zufrieden. »Der Tisch trägt Narben.«

Er mochte Dinge, denen man das Leben ansah. Ein Küchentisch war der Inbegriff des Lebens, er erzählte Geschichten. Hier hatten sie gesessen, die Familien mit ihren Kindern, die Bauern, die Mägde, wenn sie vom Feld und aus den Weinreben gekommen waren, vor sich die einfachen Gerichte der Provence. Sie hatten ihre Weingläser auf den Tisch gestellt und den Duft von Rosmarin und Thymian eingeatmet. Im Juni standen die

Fenster offen, Lavendelgeruch durchströmte das Haus. Jedes Jahr aufs Neue. Das war es, was David Perieux gemeint hatte, die Natur, den ewigen Kreislauf.

Als Gendarm wusste Pascal, welche Gefahr von Menschen ausging, die ihre eigenen Gesetze über die Grundgesetze stellten. Er hatte versucht, diese Sichtweise Frédéric Dubprée zu erklären, als er ihm den Mörder Maurice Perieux präsentierte. Doch außer Audrey hatte sich niemand sonderlich für die Ideologien hinter diesem Mordfall interessiert. Frédéric Dubprée war glücklich gewesen, dass der Fall gelöst war, auch wenn er den Täter niemals zur Verantwortung ziehen konnte.

Nach dem Treffen in der Gendarmerie in Apt hatte Pascal mit großer Freude sein Versprechen, Audrey zum Essen einzuladen, eingelöst. Er hatte lebhaft mit ihr diskutiert. Pascal wusste, dass diese Ideologie, diese geradezu philosophische Sichtweise auf die Welt und das Leben, ihn noch lange beschäftigen würde.

Insgeheim hegte die rebellische Seite in ihm eine gewisse Zuneigung für die Idee, die Natur über das Leben derer zu stellen, die bereit waren, sie zu zerstören. Er hätte das niemals zugegeben, auch an jenem Morgen in Apt nicht, als er mit Audrey das Trüffelomelett gegessen und ihr dabei zugesehen hatte, wie sie die ganze Brasserie mit ihren strahlenden Augen zum Leuchten brachte. Wenn er Gedanken wie diese ausformuliert hätte, wäre sein Ansehen als Gendarm dahin gewesen, auch wenn er nur das ausgesprochen hätte, was viele Menschen in Lucasson und Lourmarin dachten.

Doch das hatte Pascal Chevrier nicht getan, und als der Zeitungsreporter ihn in der Mairie besuchte, um ein Foto von ihm zu machen, auf dem sich von rechts noch in letzter Sekunde der Bürgermeister ins Bild schob, mit seinem gewinnbringenden Lächeln eines Wahlsiegers, sagte er nur: »Ich bin froh, dass in unserem Département wieder Frieden eingekehrt ist.«

Jean-Paul Betrix hatte seinem neuen Gendarmen auf eine Weise gedankt, die nach weiteren Fotos geschrien hatte. Das anschließende Interview, das der Reporter in zusammengesunkenem Zustand im Sessel vor Betrix' Schreibtisch führen musste, wurde im Wesentlichen auch vom Bürgermeister beantwortet. Man beglückwünschte ihn zu seinem Fahndungserfolg.

»Der Mann, der einen Toten überführte«, hatte es später in der Zeitung »La Provence« geheißen. Und einen Tag später titelte die Zeitung mit dem Foto von Elaine, die die Provenzalen wissen ließ, dass es keinen Palace du Luberon geben würde und sie ein anderes Bauvorhaben in Pennsylvania mit der Unterstützung der Familie Frenzen umzusetzen gedachte. Danach verließ sie Lucasson. Pascal hatte keine Möglichkeit mehr gehabt, mit ihr zu sprechen. Ihre Entscheidung begrüßte er. Ihm war nicht wohl bei dem Gedanken, ihr in Lucasson immer wieder über den Weg zu laufen.

»Du sahst auf dem Foto ein wenig melancholisch aus«, hatte Audrey an dem kleinen Bistrotisch zu Pascal gesagt und ihm wieder wie eine Sportlerin auf seinen Arm geboxt. »Nun lach doch mal.«

Und tatsächlich: Nach vielen Tagen hatte er endlich wieder gelächelt. Und Audrey hatte dieses Lächeln erwidert. Es hatte etwas Verschwörerisches gehabt, wie sie dort saßen. Und Pascal war glücklich gewesen. Er hatte sich mit ihr zusammen am Tisch wohlgefühlt und eine unerklärliche Vertrautheit gespürt.

Vielleicht denkt Audrey wie ich, dachte Pascal, als er die Fenster über der großen Spüle öffnete und die klare Luft in seine neue Küche strömen ließ. Er wusste, dass dieses kleine Haus genau das war, was er immer gesucht hatte. Natürlich überstieg es sein Budget, und natürlich gab es eine Menge zu tun, aber er hatte Zeit.

Im Frühjahr wollte er die Fenster abschleifen und neu streichen, das Dach reparieren und seinen wenigen Dingen, die er aus Paris mitgebracht hatte, einen Platz für die Ewigkeit schenken. Und dann würden Audrey und Lillie ihn besuchen kommen. Vielleicht würden sie eines Tages zusammen an diesem alten Tisch in genau diesem Haus sitzen.

Und so lächelte Pascal Chevrier ein zweites Mal in diesen turbulenten Tagen, in denen er das Thema Nummer eins in den Medien war, und er hoffte, dass dieser Trubel schnell an ihm vorbeiziehen würde.

Dann drehte er sich zu dem Makler um und sagte: »Ich muss also nur noch die Fenster streichen.«

# Merci

Zuallererst möchte ich meiner Frau Marga und meiner Tochter Lucie danken, die mich trotz der entbehrungsreichen Zeit immer unterstützt haben. Ich liebe euch!

Und dann gibt es eine ganze Menge Menschen, die mich inspiriert und ebenfalls sehr unterstützt haben:

Mein Freund Christian Löwendorf, der mannhaft die erste Fassung über sich ergehen ließ, meine Freunde Björn Mathes, Ralf-Rainer Odenwald, mit dem ich eine traumhafte Zeit in der Provence erleben durfte (so viele Kirchen von innen habe ich noch nie gesehen). Überhaupt danke ich allen, die mit mir Zeit in der Provence verbracht und es nicht bereut haben: Paul, Petra, Ernst, Ellie, Hartmut, mein Bruder Sven und seine Frau Steffi, Jacob und Moritz.

Außerdem danke ich meinem treuen Leser Sven Jachmann und Andreas Pavelic, der mich immer bestärkt hat, weiterzumachen, und sich für das, was ich mache, interessiert hat – das muss man auch mal hoch anrechnen –, und meiner treuen Agentin Lianne Kolf, dem Emons Verlag, insbesondere Christel Steinmetz, Stefanie Rahnfeld und Anne Wißmann – und natürlich auch meiner Lektorin Susann Säuberlich. Ich bin mir nicht sicher, wie sehr ich unsere Diskussionen vermissen werde ☺.

Am wichtigsten sind allerdings Sie, liebe Leser. Danke, ich freue mich, Sie auf Lesungen einmal direkt kennenlernen zu dürfen.

Aktuelle Termine, hoffentlich auch in Ihrer Nähe, gibt es auf der Emons-Seite und hier: www.andreas-heineke.de